VENTE

D1234361

Location : - 1 $ pour 3 semaines
- renouvelable autant de fois que désiré
  1 $ toutes les 3 semaines

- Aucune réservation acceptée.

Amende : - 1 $ par jour de retard. Maximum 10 $.

**Si vous perdez ou endommagez ce livre,
vous devrez le rembourser en plus des
coûts d'administration.**

L'Octogone
votre bibliothèque

Arrondissement de
LaSalle
Ville de Montréal

Les Éditions du Boréal
4447, rue Saint-Denis
Montréal (Québec) H2J 2L2
www.editionsboreal.qc.ca

L'Heure mauve

La Promesse, roman, Boréal, 2014.

Histoire d'une vie trop courte. Une battante au pays de Lou Gehrig (avec Marie-Josée Duquette), La Presse, 2015.

Michèle Ouimet

L'Heure mauve

roman

Boréal

© Les Éditions du Boréal 2017
Dépôt légal : 4ᵉ trimestre 2017
Bibliothèque et Archives nationales du Québec

Diffusion au Canada : Dimedia
Diffusion et distribution en Europe : Interforum

*Catalogage avant publication de Bibliothèque et Archives nationales du Québec
et de Bibliothèque et Archives Canada*

Ouimet, Michèle, 1954-

    L'heure mauve

    ·ISBN 978-2-7646-2497-5

    I. Titre.

PS8629.U453H48   2017   c843'.6   C2017-941626-X

PS9629.U453H48   2017

ISBN PAPIER 978-2-7646-2497-5
ISBN PDF 978-2-7646-3497-4
ISBN ePUB 978-2-7646-4497-3

À mes parents
À mes sœurs
À ma fille

Si les vieillards manifestent les mêmes désirs, les mêmes sentiments, les mêmes revendications que les jeunes, ils scandalisent ; chez eux, l'amour, la jalousie semblent odieux, la sexualité répugnante, la violence dérisoire. Ils doivent donner l'exemple de toutes les vertus. Avant tout on réclame d'eux la sérénité.

SIMONE DE BEAUVOIR

1

Jacqueline

Jacqueline descend du taxi et prend sa valise que le chauffeur lui tend, celle qui l'a accompagnée dans ses voyages autour du monde. Le cuir est élimé, les roues protestent quand elle tire sur la poignée et la fermeture éclair bâille.

Elle y tient, à sa valise, vestige de son ancienne vie, celle où elle était la grande reporter Jacqueline Laflamme, avant le cancer, avant la peur de mourir.

Elle remercie le chauffeur et lui glisse un généreux pourboire. Le cœur battant, elle pousse la porte du Bel Âge, une résidence pour personnes âgées, en se promettant de ne pas chialer. À soixante-douze ans, elle se lance, inquiète, dans une nouvelle étape de sa vie. La dernière? Elle préfère ne pas y penser.

Ses meubles sont arrivés hier. Elle a fait un saut à la résidence afin de s'assurer que tout était prêt dans son minuscule deux et demie au loyer astronomique de 5 000 dollars par mois. Elle a passé une dernière nuit dans sa maison, un huit pièces avec deux salles de bain, qu'elle a vendue à un couple de professionnels sans enfants. Elle a dormi d'un sommeil agité, ressassant sa décision de s'enterrer dans une résidence de vieux. Elle a toujours détesté le milieu de la nuit, ces heures en dehors du temps, sombres, oppressantes. Aux premières lueurs de l'aube, elle a avalé un somnifère. Elle s'est réveillée quelques heures plus tard avec une tête d'enterrement et une humeur exécrable.

Pourquoi a-t-elle choisi une résidence snob d'Outremont? C'est la centième fois qu'elle se pose la question. Elle n'a pas été élevée dans une maison chic de la rue Bernard, mais à Otterburn Park, une banlieue anesthésiante où elle a failli mourir d'ennui. Peut-être voulait-elle que les juges, les avocats et les médecins qui vivent au Bel Âge reconnaissent son talent et sa brillante carrière, pour laquelle elle a tout sacrifié? Car il ne lui reste que ça, la reconnaissance, les souvenirs, la nostalgie, mais aussi la colère et l'amertume. Ses heures de gloire sont loin derrière elle. Jacqueline soupire, ces souvenirs la tuent.

Dans le hall d'entrée où trône un énorme bouquet, elle croise la propriétaire de la résidence, Lucie Robitaille, une grande sèche qu'elle a détestée dès la première rencontre.

Lucie Robitaille jette un regard méprisant sur le pantalon de jogging de Jacqueline, son t-shirt avachi et ses cheveux emprisonnés dans une couette désordonnée. Elle plisse le nez en signe de désapprobation.

— Bienvenue, madame Lacasse.

— Pas Lacasse, Laflamme, comme dans « en-flammé », répond Jacqueline.

— Pardon, Lacasse, Laflamme, ça se ressemble.

— Je trouve pas.

— Je vous ai déniché une belle place dans la salle à manger avec des compagnons agréables, poursuit Mme Robitaille en ignorant les protestations de Jacqueline.

— J'aimerais ça choisir ma place, on n'est pas à la petite école, quand même.

— Désolée, mais c'est moi qui décide. Il faut respecter les règles.

— Ben là !

— Vous n'avez pas lu le code de vie que je vous ai remis quand vous avez signé votre bail ? Vous auriez dû. Bonne journée, madame Lacasse.

« Elle le fait exprès », se dit Jacqueline. Elle attrape sa valise et s'engouffre dans l'ascenseur. Elle appuie plusieurs fois sur le bouton du quatrième. Les portes se referment avec une lenteur exaspérante. Jacqueline sent une vague de panique la submerger. Mais qu'est-ce qui lui a pris de s'installer ici ?

*   *   *

Jacqueline lit le journal en rouspétant. « Ben voyons, c'est quoi ces niaiseries-là ? »

Elle vit à la résidence depuis un an. Comme tous les matins, elle s'est installée dans la salle commune, enfoncée dans un fauteuil trop moelleux. « Comment voulez-vous qu'un vieux sorte de là sans se faire un tour de reins ? », bougonne-t-elle.

La salle est belle, grande, avec de hauts plafonds. Une douce lumière enveloppe la pièce située au dernier étage. Jacqueline a eu le coup de foudre quand elle est venue ici la première fois. Un foyer, une bibliothèque bien garnie, des fauteuils en cuir blanc cassé disposés autour de tables basses en bois et des portes-fenêtres avec une vue époustouflante sur la montagne et les maisons cossues d'Outremont.

Lucie Robitaille aime le blanc cassé, sauf que l'urine a laissé des taches sur certains fauteuils. Quand Jacqueline a visité la résidence, elle ne les a pas remarquées. Elle n'a pas non plus senti l'odeur de vieux, rance et acidulée, semblable aux effluves que dégage un corps qu'on ne lave pas assez souvent. Elle n'a vu que la grande salle, le feu qui ronronnait dans l'âtre, le coucher de soleil et la montagne aux sommets arrondis. Elle s'imaginait en train de lire au coin du feu, les pieds sur la table basse, tranquille, la tête libérée de tout souci, sans gazon à tondre, marches à repeindre, neige à pelleter, courses à faire, repas à préparer. La paix, la sainte paix, le repos tant mérité des vieux.

Sur un coup de tête, elle a vendu sa maison, bazardé la plupart de ses meubles et liquidé une bonne partie de sa bibliothèque qui croulait sous le poids des livres, son fétichisme d'intellectuelle. Elle n'en a gardé que quelques-uns : *Mémoires d'Hadrien* de Marguerite Yourcenar, *L'Insoutenable légèreté de l'être* de Milan Kundera, *Autant en emporte le vent* de Margaret Mitchell, *L'Idiot* de Dostoïevski, *Huis clos* de Jean-Paul Sartre, *L'Assommoir* de Zola. Des livres qu'elle a lus et relus avec délectation.

Elle a commis une grave erreur en abandonnant sa belle maison et en emménageant au Bel Âge, une erreur qu'elle rumine tous les jours. Elle n'avait que soixante-douze ans, elle était trop jeune pour s'enfermer dans une vie de vieux, mais elle a eu le cancer de la langue. Dieu l'a-t-il punie d'avoir trop chialé?

Dans sa maladie, elle a découvert avec effroi sa solitude et sa fragilité. Sa solitude, surtout. Pas de mari, pas d'enfants, des amants qu'elle a perdus de vue, un frère trop vieux pour s'occuper d'elle et une sœur toxicomane à qui elle ne parle plus depuis des années. Elle voit de moins en moins ses amis, des anciens collègues pour la plupart. La vie les sépare, même s'ils font semblant d'avoir encore des choses à se dire. Les soupers sont parfois crispés. On y ressasse de vieux souvenirs et des potins usés qui ont un arrière-goût de radotage.

La solitude, la vraie, la solitude nue. Quand le cancer l'a frappée, elle a eu peur de mourir seule, affalée pendant des jours sur le carrelage de la salle de bain avant qu'un voisin appelle la police, alerté par l'odeur de son corps en décomposition. Pendant qu'elle échafaudait des scénarios catastrophes de mort, de cadavre et d'odeur pestilentielle, le projet de vivre dans une résidence pour personnes âgées a fait son chemin. À l'époque, elle avait trouvé l'idée brillante, mais aujourd'hui, elle sent de nouveau la force de la vie courir dans ses veines.

Elle n'ose pas retourner dans sa vie d'avant, même si elle est en rémission et qu'elle vit dans la résidence depuis à peine un an. Un an, c'est 12 mois, 52 semaines, 365 jours, 8 760 heures, aussi bien dire une éternité. Elle n'a pas le courage de compter les minutes. La peur la retient dans sa cage dorée. Et si le cancer récidivait?

La résidence l'a dépouillée de sa fougue, de sa rage de vivre. Elle a peur de retourner dans la vraie vie, la jungle du dehors où il faut se battre avec les mille et un détails du quotidien. Elle aime la sécurité, les repas à heures fixes, les potins de la résidence qui ont remplacé ceux de la salle de rédaction qu'elle a quittée il y a trois ans. Quittée? Non, elle a été congédiée, mais Jacqueline chasse cette pensée trop douloureuse qui fait grimper sa pression.

Elle n'a toujours pas digéré l'affront. Elle a tout donné à cet « ostie de journal là », comme elle aime le répéter les jours de colère. Elle a risqué sa vie en couvrant des guerres, elle s'est ouvert les veines pour noircir ses pages, elle n'a jamais compté ses heures, elle a tout donné, tout, et ils ont eu le culot de la congédier, elle, la grande Jacqueline Laflamme! Trop encombrante, trop chialeuse, trop vieille, pas assez branchée. Pas assez branchée! Twitter, Facebook. Elle n'a que du mépris pour ces inventions diaboliques, surtout Facebook, où chacun raconte sa vie en l'enjolivant: j'ai mangé ceci, j'ai vu cela, j'ai fait ci, j'ai fait ça, mon nombril est ici, je suis heureuse tout le temps, ma vie est formidable. C'est ça qui a remplacé l'information ? La domination des réseaux sociaux ? Du potinage, oui, pas de l'information ! Bon, ça y est, elle s'énerve encore. Toujours en train de critiquer, la Laflamme, disaient ses patrons. C'est vrai qu'elle critiquait souvent, mais elle avait tellement raison.

Elle n'aime pas non plus le virage *people* du journal et elle déteste cette manie d'écrire des articles courts, cette obsession de tout découper en rondelles, comme si les lecteurs étaient trop débiles pour lire un texte long.

Elle tourne avec brusquerie les pages du journal. Plus personne ne lève les yeux quand elle râle. Ils la connaissent, Jacqueline, tout le temps en train de chialer quand elle lit le journal, son journal où elle a travaillé pendant quarante-six ans.

Elle voit Georges Dupont entrer dans la pièce. Même s'il a perdu de sa superbe, il est encore bel homme. Il lui a enseigné l'histoire à l'université. Elle était fascinée par sa vaste culture et sa passion pour Tombouctou.

À l'époque, Georges l'avait tout de suite remarquée. Elle était une étudiante brillante, jolie, avec des seins généreux, une taille fine et de longs cheveux blonds. Jacqueline a vite compris que Georges en pinçait pour elle. Elle connaissait depuis longtemps la faiblesse des hommes devant les courbes voluptueuses du corps féminin. Après le cours, elle allait souvent lui poser des questions. Elle se penchait au-dessus de son bureau. Il avait quasiment le nez dans son décolleté. Elle voyait les efforts inouïs qu'il déployait pour ne pas fixer l'échancrure de ses seins. Jacqueline avait vingt-deux ans, Georges, trente-cinq. Il a fini par craquer et elle a obtenu un A+ dans son cours d'histoire de l'Afrique.

Ils ont couché ensemble pendant un semestre. Il lui parlait de Tombouctou et du Mali. Elle buvait ses paroles, impressionnée par son charisme, sa beauté sombre, son corps souple presque sauvage et sa grande intelligence. Il était marié et il avait des enfants. Il en parlait peu, mais elle voyait les photos de sa famille sur les murs de la chambre où ils faisaient parfois l'amour.

Georges salue les joueurs de bridge, sourit en voyant Jacqueline et s'installe dans un fauteuil près de la cheminée éteinte. Toujours le même fauteuil, toujours à la même heure. Il ouvre son livre, un polar, et commence à lire, mais Jacqueline sait qu'il va piquer du nez dans cinq minutes et qu'il va dormir la bouche ouverte en poussant des ronflements disgracieux. Comme tous les matins.

Elle coucherait volontiers avec Georges. Sa présence comblerait sa solitude, mais il n'a d'yeux que pour Françoise, cette pimbêche distinguée qui fait tellement Outremont ma chère, une snob coincée qui a passé sa vie à se faire entretenir par son mari avocat. Jacqueline n'a que du mépris pour les femmes qui sont restées à la maison pour élever une ribambelle d'enfants. Elle pourrait flirter avec Georges, ça mettrait du piquant dans sa vie plate, mais peut-il encore bander?

Elle replonge dans le journal, jette un œil sur la météo, beau et chaud toute la semaine avec des pointes à quarante degrés, puis elle épluche chaque article avec un pincement au cœur. Le journal continue d'exister sans elle. Comment est-ce possible? Elle enlève ses lunettes, se frotte l'arête du nez, plisse la bouche et bouge son dentier d'un habile coup de langue. Elle replie le journal et s'extirpe du fauteuil moelleux. Elle sait qu'elle jure dans le décor bourgeois de la résidence. Elle voit les regards désapprobateurs quand elle sacre ou se promène en jogging, et la moue méprisante de Lucie Robitaille lorsqu'elle la croise dans un couloir, mais elle a été une grande journaliste et elle a dirigé la plus importante section du journal pendant des années. Ici, à la résidence, c'est le titre qui compte, médecin, avocat, juge, homme d'affaires, comédien, journaliste. Les snobs tolèrent ses mauvaises manières et sa tenue débraillée, qu'ils mettent sur le compte de l'excentricité.

Avant de s'engouffrer dans l'ascenseur, Jacqueline regarde Georges, qui s'est endormi dans son fauteuil. Il n'est que onze heures. Elle déteste cette heure creuse où il ne se passe rien, pas de cours, pas d'activité, pas de repas, qu'un grand vide à combler en attendant l'heure du dîner. Dire qu'elle a couru après le temps toute sa vie; aujourd'hui, elle en a trop.

Les portes de l'ascenseur s'ouvrent au quatrième

étage. Jacqueline tombe sur M. Moisan, son voisin de table, et Charlotte, la gentille préposée.

— Je vais où, là? demande M. Moisan d'un ton larmoyant.

— Chez vous, répond Charlotte.

— C'est où, chez nous?

— Au deuxième, il faut descendre deux étages.

— Est où, ma femme?

— Vous vivez plus avec elle. Vous, vous êtes au deuxième, elle, au quatrième.

— Je suis où, là?

— Au quatrième.

— Est où, ma femme?

— Au deuxième.

— Je la vois pas.

— C'est normal, elle est pas ici.

Jacqueline traverse le couloir, salue Charlotte d'un bref mouvement de tête et entre dans son appartement. En refermant la porte, elle s'appuie contre le chambranle et pousse un long soupir. « Misère. »

2

Françoise

Françoise fixe son steak trop cuit. Elle soupire en le coupant en morceaux et en poussant les petits pois qui flottent dans une sauce brune. Elle n'a pas faim, elle a de moins en moins faim. Elle regarde ses compagnons qui rient et boivent du vin. Trois fois par jour, elle se retrouve à la même table, dans le même décor : des murs blanc cassé, une grande fenêtre qui donne sur la montagne, un plancher en linoléum bleu ciel et une trentaine de tables où mangent les résidents du Bel Âge. Depuis un mois, elle se trouve à la prestigieuse table des six, qui fait l'envie de tout le monde. C'est la mort de la grande Germaine, la femme de Gilles, le médecin, qui lui a permis d'accéder au Saint des Saints. Elle jette un regard sur les autres tables. Certaines sont joyeuses, mais la plupart sont silencieuses. Aucune n'a le panache des six. Juge, avocat, médecin, son monde. Elle est fière d'avoir été choisie.

Françoise serre les pans de sa veste sur sa poitrine amaigrie. Il fait froid dans la salle à manger, même si le thermomètre dépasse les trente-cinq degrés à l'extérieur et que Montréal suffoque sous la canicule, la première de l'été. Elle contemple son assiette, la sauce figée, les petits pois. Elle pique sa fourchette dans un morceau de steak, hésite, l'approche, pince les lèvres, puis suspend son geste en réprimant un haut-le-cœur. Elle met finalement le morceau dans sa bouche et mastique en se concentrant sur les mouvements de sa mâchoire. Stoïque, elle essaie d'avaler la bouchée récalcitrante.

— Un peu de vin, Françoise?

La voix de Pierre la déconcentre. Elle avale le steak dans un douloureux effort de déglutition et fait oui de la tête.

Pierre lui verse du vin. Françoise lui sourit, reconnaissante. Elle regarde ses nouveaux amis : Pierre, un ancien juge de la Cour supérieure, sa femme, Suzanne, Gilles, un médecin qui a dirigé l'urgence d'un hôpital de Montréal, Louis, un grand avocat qui a fait fortune en défendant des criminels, et Georges, un historien qui a écrit plusieurs livres sur Tombouctou. Le beau Georges, encore séduisant malgré ses quatre-vingt-cinq ans.

Elle avale une longue gorgée de vin. Elle boit de plus en plus, souvent seule chez elle dans son minuscule deux pièces en compagnie de sa chatte épileptique, Simone III. Le soir, elle vide une bouteille, puis elle se traîne jusqu'à son lit, où elle sombre dans un sommeil agité. L'alcool a remplacé les somnifères. Le vin est devenu son fidèle compagnon, il ne l'a jamais trahie, contrairement à son ex-époux.

Elle envie le juge et sa femme, Suzanne. Ils ont l'air heureux. Ils planifient leur prochaine croisière dans les Antilles. Ils sont chanceux, ils n'ont mal nulle part, même s'ils ont soixante-dix-neuf ans. Françoise a perdu son homme il y a plusieurs années. Il l'a quittée pour une plus jeune, un classique. Son Raymond. Elle lui avait pourtant donné cinq garçons. Elle a vécu sa désertion comme une trahison. Françoise grimace. Elle, Françoise Lorange, abandonnée comme une vieille guenille par un mari qui refusait de vieillir. La blessure est encore vive et une vieille colère, toujours la même, remue son âme. Elle déteste ces poussées d'amertume qui empoisonnent son esprit. Comment cet homme peut-il détenir autant de pouvoir sur elle après toutes ces années ? Même mort, il garde son emprise.

Après l'avoir quittée, Raymond a vécu sa vie rajeunie pendant huit ans. Il a changé sa coupe de cheveux et sa garde-robe et il s'est acheté une auto rouge pompier. Huit ans de vie accélérée où il a travaillé comme un fou et fréquenté le milieu des artistes, car sa nouvelle femme était une peintre qui avait un certain talent, elle doit bien l'avouer. Une jeune qui avait besoin d'un homme riche pour lui permettre de peindre sans vivre dans l'obsession des fins de mois. Artiste, mais pas bohème, la Marie-Ève.

Un jour, Raymond a fait un AVC. Il était midi treize quand elle a appris la nouvelle. Elle s'en souvient, car elle venait tout juste de regarder l'horloge lorsque le téléphone a sonné. Une pluie forte fouettait les fenêtres de la cuisine. Elle se préparait un sandwich aux tomates quand le bureau d'avocats de Raymond l'a jointe, elle, la femme répudiée. L'autre, l'artiste, était en voyage à New York. L'associé de Raymond avait la voix chavirée :

— Raymond vient de partir à l'hôpital. Je pense que c'est une crise cardiaque. J'arrive pas à joindre Marie-Ève.

— Quoi ?

— Il s'est effondré en pleine réunion. Les ambulanciers viennent de partir. Ah ! Françoise ! C'est vrai qu'il avait l'air fatigué depuis quelque temps.

— C'est grave ?

— Je le sais pas, Françoise, je le sais pas.

Et c'est elle, Françoise, la femme abandonnée, qui s'est précipitée au chevet de Raymond. Avant de partir, elle a pris le temps de mettre du rouge à lèvres, de se peigner et de troquer son jogging contre un pantalon en lin, le beige, celui qui lui va si bien.

Raymond était étendu sur un lit dans la chambre A4253, le teint livide, les traits tirés. Sa bouche formait un rictus inquiétant. Elle l'a veillé toute la nuit. Malgré sa trahison, sa lâcheté, son démon du midi et sa bouche tordue, elle l'aimait. C'était Raymond, son Raymond, le père de ses cinq garçons.

Le lendemain matin, alors que le ciel était barbouillé de pluie, Marie-Ève a poussé la porte de la chambre A4253. Elle était belle, trop belle, jeune, trop jeune, le teint frais et les cheveux entortillés dans un chignon. Elle a fixé ses grands yeux bleus sur Françoise, puis sur le lit où reposait Raymond. L'espace d'un bref instant, le dégoût a déformé sa jolie bouche ornée de rouge à lèvres, un rouge cramoisi qui contrastait avec son teint de pêche. Françoise s'est levée brusquement. Marie-Ève l'a gentiment remerciée.

— Est-ce qu'il va mieux?

— Les médecins ont dit qu'il était hors de danger, mais il aura sûrement des séquelles.

— Des séquelles?

Marie-Ève a pâli. Françoise est partie. En refermant la porte de la chambre, elle a eu le temps d'apercevoir Marie-Ève qui pianotait nerveusement sur son BlackBerry. « Elle a un amant, s'est dit Françoise, j'en mettrais ma main au feu. » Pour se consoler, elle s'est imaginé la belle Marie-Ève transformée en infirmière-esclave attachée au chevet d'un Raymond à la bouche maculée de bave.

Tous ces souvenirs lui semblent loin. Si Marie-Ève la voyait dans sa résidence, assise devant son steak et ses petits pois, entourée de vieux qui sentent le vieux, Françoise mourrait de honte.

Georges, le beau Georges, la couve du regard. Françoise est gênée. Elle ne veut pas qu'il devine son trouble, sa honte d'être ici. La honte. Pourquoi aurait-elle honte d'être dans une résidence de vieux? Elle ne pouvait plus vivre seule. Les mille tâches quotidiennes qu'elle a accomplies les yeux fermés pendant des années s'étaient transformées en course à obstacles : l'épicerie, le ménage, les repas, descendre et monter les marches, surtout descendre. Elle ne voulait pas tomber, se fracturer la hanche et se retrouver à l'hôpital où elle aurait vieilli en accéléré. Elle s'est résignée à quitter sa maison, où elle a vécu pendant soixante ans, pour s'installer dans cette résidence située à un coin de rue de chez elle, au grand soulagement de ses fils.

Quand elle était jeune, elle passait souvent devant cette résidence de vieux. Elle se moquait du nom, le Bel Âge, avec un B et un A majuscules. Le bel âge ? Vraiment ? Le grand âge, plutôt, l'âge effondré, l'âge humilié avec sa vue déclinante, sa démarche vacillante, sa solitude et sa peur. Elle a longtemps entretenu une vision romantique de la vieillesse : de beaux cheveux blancs qui forment une couronne vaporeuse autour de la tête, des petits-enfants au regard attendri, le calme, la sagesse, la fameuse sagesse des vieux, et le repos après une vie bien remplie. Jeune, elle ne se doutait pas que la vieillesse, c'était les couches, l'odeur rance, l'esprit envahi de peurs et de tourments.

Même si elle vit en résidence, elle a gardé sa maison. Ses garçons la trouvent folle, ils veulent qu'elle vende, mais ils n'osent pas la brusquer. Elle résiste. Une fois par semaine, elle trottine vers son ancienne demeure. Elle se rend au 2833 à pas mesurés, gravit les trois marches du perron en s'appuyant sur la rampe en fer forgé, sort la clé de son sac à main et entre chez elle, dans cet univers qui n'a pas été contaminé par sa déchéance, là où elle est encore la femme du grand avocat qui décore sa maison avec goût et prépare les meilleurs martinis en ville.

Chaque mois, une femme de ménage époussette les meubles, cire les planchers et refait les lits où plus personne ne dort. La maison est payée depuis longtemps. Raymond a dû la céder à Françoise, en plus de lui verser une généreuse pension alimentaire. Quand il l'a quittée pour sa Marie-Ève, elle a embauché un avocat réputé et elle lui a arraché la peau des fesses, à ce salaud.

Françoise essuie sa bouche qui forme un pli amer et attaque le dessert, une tarte aux pommes à la croûte molle nappée de crème. Elle mange avec résignation. Elle était une excellente cuisinière, ses garçons se jetaient sur les plats qu'elle mitonnait avec amour comme si leur vie en dépendait. Ils mangeaient trop vite, toujours affamés, jamais rassasiés, sans dire merci et sans apprécier l'arôme délicat des mets.

Georges la regarde encore avec ses yeux de veau attendri. Françoise se sent flattée. Ce n'est pas n'importe qui, Georges : un grand chercheur, professeur d'université qui a voyagé partout dans le monde, vécu en Afrique, écrit des livres. Mais à part quelques érudits férus d'histoire, qui se souvient de Georges Dupont?

Georges s'extirpe de sa chaise et se dirige vers l'ascenseur. Il salue Françoise d'un hochement de tête et lui décoche son sourire au charme suranné. Ils vont se voir cet après-midi à l'atelier d'aphorismes. Elle adore cette activité. Elle ne la manque jamais, Georges non plus d'ailleurs. C'est là qu'ils ont commencé à flirter.

Françoise se lève. Sa hanche lui fait mal, son dos aussi, des élancements pénibles qui la tiennent éveillée la nuit. Elle se dirige vers le balcon pour fumer une cigarette. Elle n'en prend que cinq par jour, parfois six ou sept. Elle triche. L'été, elle fume davantage; l'hiver, elle n'a pas le courage d'affronter le froid.

Certains soirs, elle quitte la résidence et traverse la rue pour aller au dépanneur, où elle s'achète du chocolat à la fleur de sel. Elle revient ensuite dans sa chambre, glisse un CD dans le lecteur, toujours le même, la *Suite pour violoncelle n° 1 en sol majeur* de Bach. Elle s'installe dans sa chaise berçante, celle où elle endormait ses garçons lorsqu'ils étaient bébés, elle déballe son chocolat et en prend un morceau qu'elle laisse fondre dans sa bouche. Simone III dort sur ses genoux. Françoise ne pense à rien, elle se concentre sur le son lancinant du violoncelle et le goût amer du chocolat. Un bonheur doux, léger, fugace l'envahit.

3

Georges

Georges relit le même paragraphe. Il est perdu. Qui a tué Jane? Et qui est Jane? Il fixe la page de son livre d'un regard hébété. Tout s'embrouille dans sa tête depuis que sa femme, Élyse, est morte.

Il recule de quelques pages, retrouve le passage où Jane se fait assassiner de plusieurs coups de couteau. L'histoire lui revient par bribes, une histoire compliquée. Trop compliquée? Il doit lire vite avant de tout oublier et de se perdre dans l'intrigue.

Georges soupire. C'est normal qu'il ne sache pas qui a tué Jane, mais qu'il ait oublié qui est Jane, l'héroïne? Non, ce n'est pas normal. L'inquiétude revient, forte, obsédante, comme un rouleau compresseur. Et s'il devenait dément comme sa femme?

Georges ferme son livre et s'arrache de son fauteuil. Agité, il fait les cent pas. Toute sa vie universitaire est entassée dans son minuscule appartement du Bel Âge, où il vit depuis deux ans. Il a gardé ses notes, celles qui ont servi à l'écriture de ses livres sur l'Afrique, des pages et des pages couvertes de ses pattes de mouche. La plupart sont jetées en vrac dans des boîtes en carton, d'autres traînent par terre.

Depuis des années, il se promet de faire du ménage dans ses notes, qu'il veut offrir à l'université. Il a passé des heures à essayer de trouver un système de classement pendant qu'Élyse faisait ses mots croisés. Mais au lieu de les classer, il les relisait dans un élan narcissique. Il s'est toujours trouvé brillant.

Fils de diplomate, enfant unique, il a vécu dans plusieurs pays africains. Il ne s'est jamais fait de véritables amis à l'école, des amis avec qui on passe de l'enfance à l'adolescence avant de basculer dans l'âge adulte, des amis à la vie et à la mort à qui on confie tout, ses joies, ses peines, ses secrets, ses premiers émois amoureux. Il ne passait que deux ou trois ans dans chaque pays, Côte d'Ivoire, Haute-Volta, Sénégal, Mali. Il a grandi dans des villas avec piscine, entouré de serviteurs.

Sa mère, trop occupée à organiser des cocktails et à mousser la carrière de son mari, le négligeait. Elle le réveillait tous les matins. Il ne se levait jamais avant qu'elle entre dans sa chambre pour lui murmurer des mots doux, toujours les mêmes : « Bon matin, mon petit loup, il est temps de se lever. » Il ne vivait que pour ces moments tendres, ce bonheur évanescent qui durait à peine quelques minutes.

Il a été élevé par des nounous africaines, ses véritables mamans. C'est là, bercé dans leurs bras chauds et tendres, au creux de leurs seins et au son de leurs voix, qu'est née sa passion pour l'Afrique.

À douze ans, son père l'a emmené dans une de ses missions. Ils ont quitté Bamako, la capitale du Mali, en avion. Ils ont survolé le Sahel, puis le désert, avant d'atterrir à Tombouctou, la ville des Touaregs, perdue au milieu du Sahara, à plus de 1 000 kilomètres de Bamako. Il a eu le coup de foudre pour ses rues couvertes de sable poussé par l'harmattan, le vent chaud du désert, il a été ébloui par l'architecture soudanaise et la grande mosquée de Djingareyber, construite en banco, mélange de terre et de paille, avec ses portes en bois sculpté et sa bibliothèque remplie de manuscrits médiévaux.

Le petit Georges a été impressionné au-delà de tout ce qu'on peut imaginer. Il n'a passé que trois jours à Tombouctou, mais ce court séjour a scellé son destin. Il a été ému par la beauté hautaine de la ville, son horizon à perte de vue et ses soirées chaudes au ciel pur constellé d'étoiles. Il a consacré sa vie à l'étude des Touaregs, entre deux maîtresses. Il a vécu ardemment, intensément, entre Montréal, l'université, sa femme, ses deux enfants, son cottage à Outremont et son havre à Tombouctou, où il devenait un autre homme, un scientifique brillant et intrépide.

Georges regarde ses notes avec incrédulité. Aujourd'hui, tout cela lui semble vain. Pourtant, elles ont constitué le cœur de sa vie, la pierre angulaire de sa carrière. Depuis qu'Élyse est morte, il n'arrive plus à raviver l'intérêt. Il a même abandonné l'idée d'écrire un septième livre, qu'il mijotait depuis quinze ans.

Son appartement est sombre, les rideaux restent

fermés toute la journée. Il n'aime plus le soleil qui lui blesse les yeux, lui, l'amoureux du désert. Il assiste, impuissant, au démembrement de sa mémoire.

Sa vie est découpée en deux, tiraillée entre la dérive et la lucidité. Ce va-et-vient l'épuise. Lorsque le côté intact de son cerveau voit la démence envahir son esprit, il panique. Il se bat et s'agrippe à sa lucidité, il s'accroche à la vie avec une volonté farouche qui l'étonne et le réconforte. Il pense à Françoise, si délicate et si distinguée. Elle lui rappelle sa mère, une vraie femme qui n'a pas eu peur de consacrer sa vie à son mari, comme son Élyse.

Il pense aussi à Jacqueline, la journaliste forte en gueule. Sa vitalité, son franc-parler l'effraient et le fascinent. Drôle de coïncidence de se retrouver dans la même résidence cinquante ans plus tard. Bien qu'il soit amoureux de Françoise, il se souvient avec nostalgie de Jacqueline, de leurs ébats fougueux, lui, jeune professeur, elle, étudiante brillante prête à tout pour obtenir un A+.

Il est prêt à se remarier. Il en a parlé à ses enfants, qui lui ont fait la gueule.

— Es-tu fou, papa! lui a dit son fils, Jean. Maman vient de mourir.

— Je veux pas vivre seul.

— Mais t'es pas seul, regarde autour de toi.

— C'est pas pareil.

Georges s'est enfermé dans un silence buté. Il a été marié toute sa vie, ce n'est pas à quatre-vingt-cinq ans qu'il va apprendre à vivre seul.

Il se rassoit dans le fauteuil au tissu râpé qu'il a acheté avec Élyse au début de leur mariage. Il prend le téléphone et appuie sur le 1 pour joindre son fils. Le 1 pour son fils, le 2 pour sa fille. Jean ne répond pas, il ne répond jamais. Il lui laisse un message : « C'est ton père, rappelle-moi. » Il appelle ensuite sa fille, Chantal. Au deuxième coup, elle décroche.

— Allo papa, ça va ?

— Non, pas vraiment, je cherche ta mère.

— Maman est morte.

— ...

— Papa ?

— Comment ça, morte ?

— Ben oui, une crise cardiaque. T'as oublié ?

— Ben non, j'ai pas oublié, pourquoi tu dis ça ?

— T'oublies des fois.

— J'oublie pas ! Un petit peu, des fois, c'est tout.

— Papa, faut que je te laisse. Je vais te voir demain, OK ?

— À quelle heure ?

— Je le sais pas, faut que je te laisse.

Georges raccroche. Tout lui revient, l'infirmière qui secoue son épaule, les premières lueurs de l'aube qui filtrent à travers les rideaux et baignent la chambre d'une lumière irréelle, Élyse morte dans son sommeil, couchée près de lui dans sa jaquette usée, son corps encore chaud, ses mots croisés et ses lunettes sur la table de nuit. « Le cœur », lui a dit l'infirmière. Il se souvient de sa peine immense.

33

« Je suis trop vieux pour vivre un choc pareil », se dit Georges pour la centième fois.

Il a quatre-vingt-cinq ans. Dieu que le temps a passé vite. Il ne sait plus s'il veut vivre encore longtemps. Il a déjà eu cette discussion avec une amie. Elle avait quatre-vingt-treize ans, lui, soixante-seize.

— Veux-tu vivre jusqu'à cent ans ? lui avait-elle demandé.

— Non, avait répondu Georges.

— Moi non plus.

Elle était morte à quatre-vingt-dix-neuf ans.

Il avait menti. À l'époque, il voulait vivre jusqu'à cent ans, et même plus. Il se sentait en pleine forme, le pas alerte, l'esprit vif. Il allait à l'université deux fois par semaine, le mardi et le jeudi, réglé comme une horloge. Il arrivait à neuf heures, saluait la secrétaire du département, ramassait le maigre courrier dans son casier, jasait avec ses collègues qui le regardaient avec respect, puis il s'enfermait dans son bureau pour travailler à son septième livre.

Il était encore le grand historien, celui qui avait reçu la médaille de l'Ordre du Canada et pris le thé avec la reine d'Angleterre au palais de Buckingham. Élyse l'avait accompagné. Elle portait une robe rouge avec des chaussures crème ; lui, un smoking. La présentation s'était déroulée dans une grande salle, au milieu d'une centaine de personnes. Lorsque le chambellan avait prononcé leurs noms, ils s'étaient approchés. Élyse avait fait une courte révérence, comme on le lui avait montré. La reine avait prononcé quelques mots en français en prenant sa main. Elle s'était ensuite tournée vers lui. Il ne se souvient plus de ce qu'il avait dit tellement il était énervé, mais c'était sûrement brillant.

Tout le monde, du beau monde, du grand monde, avait pris le thé dans le jardin attenant au palais, un moment mémorable qui couronnait sa carrière.

Georges et Élyse avaient couché à l'hôtel Dorchester, au cœur de Londres, à six minutes à pied de Hyde Park, dans une suite hors de prix aux murs capitonnés, avec une salle de bain en marbre, des fauteuils en coton fleuri et un immense lit. Georges se sentait invulnérable, comme si le monde était à ses pieds. Il avait cinquante-cinq ans. Il avait fait l'amour avec fougue. Élyse riait, perdue au milieu des draps en satin.

Georges regarde la photo d'Élyse. Ses enfants l'ont fait encadrer après sa mort.

— Pourquoi tu m'as abandonné, gémit Georges en fixant Élyse.

Il reprend le téléphone, compose de nouveau le 1, pas de réponse, puis le 2. Chantal décroche rapidement.

— Allo papa, comment ça va?

— Je cherche ta mère. Je suis inquiet, je l'ai pas vue depuis hier.

— Maman est morte.

— …

— …

— Morte?

35

— Mais oui, en décembre. Son cœur.

— Est où?

— Au cimetière.

— …

— Papa?

— Ça me fait de la peine.

— Je le sais, papa. On se voit demain.

— Tu viens demain?

— Oui, papa, pis je le sais pas à quelle heure. Faut que je te laisse.

Georges repose doucement le combiné. Il soupire, met ses lunettes et reprend son livre. Après avoir lu quelques paragraphes, il se demande : « Mais qui est Jane? »

4

La salle à manger

Jacqueline regarde le couple Moisan. Ils partagent sa table depuis peu. Ils ont remplacé Mme Rossi, morte la semaine dernière, emportée par une embolie foudroyante. «La vieille radoteuse a fini par crever, bon débarras!» se dit Jacqueline. Elle n'en pouvait plus d'entendre ses coups de mâchoire bruyants et les slurps dégoûtants qu'elle faisait en avalant sa soupe. Jacqueline se souvient de son premier repas au Bel Âge. Mme Rossi lui avait dit : «Vous êtes venue ici pour mourir?» Jacqueline était restée sans voix. Elle lui en veut encore. Sa phrase, en apparence anodine, lui a trotté dans la tête pendant des mois. Allait-elle mourir ici? Cette question a réveillé ses pires craintes. Jacqueline a toujours été terrorisée par la mort, elle, l'athée finie qui ne croit en rien, ni à Dieu, ni au ciel, ni aux anges qui accueillent les âmes au paradis au son des trompettes. Elle panique à l'idée de passer l'éternité dans un grand rien sidéral.

Elle a essayé de changer de table, mais elle s'est heurtée au refus obstiné de la propriétaire.

— Si je vous change de place, tout le monde va me demander la même chose. Je dis pas non, mais il faut d'abord que j'étudie le plan des tables.

— Ben voyons, câlisse, c'est ridicule! Je vous demande pas la lune.

Lucie Robitaille l'a regardée, scandalisée.

— Ici, on ne sacre pas, madame Laflamme.

Jacqueline a fulminé. Étudier le plan des tables! N'importe quoi.

Les gens s'assoient toujours au même endroit. Trois fois par jour, comme un troupeau docile, ils se dirigent vers leur table. Le monde peut s'écrouler, la terre peut trembler, la moitié de la planète peut crever de faim, peu importe, rien n'est plus important que les places dans la salle à manger. Ici, tout est réglé au quart de tour, les gens arrivent à la même heure, jettent un œil sur le tableau qui trône à l'entrée avec la pensée du jour, saluent les mêmes personnes, s'assoient à la même place autour de la même table... Une routine bébête faite pour rassurer les vieux.

Jacqueline est mal tombée. Pourtant, la table était jolie et bien située, assez loin du piano et assez proche du buffet. Pratique, le dimanche, jour de brunch où une dame pioche sur le piano avec une énergie qui n'a rien d'artistique, et où la file pour le buffet forme une queue interminable.

La table est peut-être jolie, mais ses compagnons sont imbuvables. M. Rossignol a dirigé un prestigieux collège privé avec une poigne de fer. Homme tyrannique, il est adepte de la méthode forte. Il souffre de parkinson, ses mains tremblent. Quelle ironie, lui qui a fait trembler ses élèves pendant quarante ans. Sa main droite est agitée d'un mouvement continu et il renverse la moitié de son potage sur la nappe. Entre le bol et sa bouche, le chemin est long. À la fin du repas, son coin de table ressemble à un champ de bataille.

— D'anciens élèves me demandent : « Êtes-vous toujours aussi sévère ? » Je leur réponds : « Mieux vaut être craint qu'aimé ! »

Jacqueline soupire. M. Rossignol répète cette phrase à chaque repas, toujours avec le même ton sentencieux, la même élocution pointue, les mêmes mots soigneusement détachés. M. Rossignol est né à Paris. Il a vécu la guerre, l'occupation allemande, la résistance. Ses souvenirs sont fascinants. La première fois, Jacqueline est tombée sous le charme, mais après un an, elle n'en peut plus d'entendre ses histoires, toujours les mêmes, surtout qu'il se donne le beau rôle et qu'il les enjolive au fil des mois. Elle tuerait pour changer de table.

En face d'elle, M. Gordon prend son couteau, l'essuie avec sa serviette de table, le replace à côté de son assiette. Puis c'est au tour de sa fourchette, qu'il prend, essuie et remet au même endroit, à un millimètre près. Le même manège reprend avec la cuiller. Il répète ces gestes une fois, deux fois, trois fois. Il parle peu, concentré sur ses ustensiles, son assiette, sa nourriture, son verre de vin et sa cravate, qu'il replace d'un bref mouvement du cou.

« La Robitaille a fait exprès de me placer à une table de débiles », se répète Jacqueline.

Depuis une semaine, les Moisan prennent leurs repas à la table de Jacqueline. Mme Robitaille a tenté de déplacer M. Rossignol pour leur faire de la place, mais il a protesté avec véhémence :

— Mais c'est quoi, ces manières ! C'est MA place !

Elle a battu en retraite et a finalement réussi à loger cinq personnes autour d'une table pour quatre. La résidence est pleine à craquer, il n'y a pas assez de places pour tout le monde.

Mme Moisan est charmante, mais son mari est insupportable, toujours en train de rouspéter. Il s'accroche à sa femme comme à une bouée de sauvetage. « Comment fait-elle pour l'endurer ? » se demande Jacqueline.

M. Moisan avale sa soupe en maugréant. Il en renverse sur son chandail jaune moutarde. Sa femme soupire, prend sa serviette de table, en trempe un bout dans son verre d'eau et essuie la tache. Ils sont mariés depuis soixante-sept ans et demi. « Et demi », a précisé Mme Moisan.

Hier, elle a fait rire Jacqueline.

— Mon mari est tellement sourd, il faut que je crie pour qu'il m'entende.

— Il me semble que c'est pas si pire, a répondu Jacqueline pour l'encourager.

Mme Moisan s'est alors tournée vers son mari en lui disant : « Je suis enceinte. »

M. Moisan n'a pas réagi.

— Vous voyez!

Jacqueline aime cette femme, même si elle ne comprend pas son dévouement résigné et sa patience obligée. M. Moisan souffre d'alzheimer. De la nourriture s'accroche souvent dans sa barbe. Sa chambre est au deuxième étage, où sont regroupés ceux qui exigent trop de soins pour vivre seuls. Les « atteints », comme les appellent les bien-portants. M. Moisan est un atteint, sa femme, une bien-portante. Elle est d'une lucidité sans faille. Elle vit au quatrième, comme Jacqueline.

M. Moisan découpe son napperon avec son couteau et sa fourchette.

« Maudite maladie! C'est-tu effrayant d'être vieux! se dit Jacqueline qui le regarde avec consternation. C'est décidé, après dîner, je vais voir Mme Robitaille et j'exige de changer de table, sinon je fais un meurtre!»

Elle pique le nez dans son assiette et se concentre sur sa tranche de veau.

Un éclat de rire lui fait lever la tête. Le groupe des six. Encore. Leurs tables sont voisines. On n'entend qu'eux. Ils rient fort, boivent du vin, parlent de tout et de rien et prennent leur temps pour manger, comme s'ils dégustaient un menu gastronomique cinq services, alors que les autres résidents bouclent leur repas en trente minutes. Leur bonne humeur agace Jacqueline. Souvent, elle épie leurs conversations.

41

— Tu lis quoi présentement? demande Françoise à Georges.

— Je sais pas trop, c'est ma fille qui m'a donné le livre. C'est l'histoire d'une femme qui s'appelle Jane. Ça commence avec la mort de sa mère.

— C'est triste.

— Oui, mais c'est bon.

— J'espère qu'il n'y a pas un meurtre en plus!

Georges hésite. N'y a-t-il pas un meurtre? Une vague histoire de couteau? Il ne s'en souvient plus.

— Je pense que Mme Gabrieli s'est fait remonter le visage, dit Pierre, le juge.

— Ça me surprendrait pas, lâche sa femme, Suzanne. Qu'est-ce que t'en penses, Gilles, t'es médecin, toi.

— Elle aurait dû se payer un meilleur chirurgien, répond Gilles.

Tout le monde rit. Gilles est fier de son mot d'esprit.

— Vous l'avez pas vue en costume de bain, ajoute Suzanne, une vraie catastrophe. À sa place, je me serais fait refaire les seins.

Jacqueline se délecte, même si elle déteste tous ces snobs, juges, médecins, avocats. Elle adore les potins, surtout s'ils sont méchants. Les six forment un clan soudé. Ils jouent au bridge, font des croisières et gagnent les concours organisés par la résidence. La semaine dernière, le juge a encore remporté le prix du plus beau balcon fleuri. Sa femme aide le prêtre pendant la messe. Elle s'habille comme une carte de mode, vêtements cintrés, chaussures et sac à main assortis, boucles d'oreilles en diamant et collier de perles. Rien de vulgaire, toujours bon chic bon genre, de la classe.

Jacqueline repousse son assiette où un clafoutis aux cerises agonise dans une flaque de crème glacée, essuie sa bouche et secoue les miettes de pain qui s'accrochent à son jogging, qu'elle porte pour narguer tous ces snobs. Mais aujourd'hui, elle se sent moche, vieille et vaguement honteuse dans son habillement débraillé. Le repas est terminé. Elle se lève en saluant tout le monde d'un bref hochement de tête.

— Soyez sage comme une image, lui dit M. Rossignol.

— Lâchez-moi avec ça, j'ai pas quinze ans! répond Jacqueline, exaspérée.

En sortant de la salle à manger, elle entend la table des six rire aux éclats. Son humeur s'assombrit. Elle se dirige d'un pas guerrier vers le bureau de Lucie Robitaille.

5

Charlotte

— Bonjour, monsieur Dupont, avez-vous bien dormi?

— Hein?

— AVEZ-VOUS BIEN DORMI?

— Oui, très bien, merci, Charlotte.

— Êtes-vous prêt pour le déjeuner?

— Oui, mais je trouve pas mes lunettes.

Charlotte cherche les lunettes de Georges. Elle regarde la chambre, découragée, le désordre, les livres et les notes qui traînent partout. Charlotte fouille et finit par trouver les lunettes sous le lit. Elle a un pincement au cœur. M. Dupont est désorienté depuis qu'il a perdu sa femme. Dans ses moments d'égarement, il passe d'un étage à l'autre à la recherche de son Élyse. Il sait que sa femme est morte, mais parfois, il l'oublie. Il a ses bons et ses mauvais jours.

Charlotte ouvre un tiroir et sort une chemise bleue à manches courtes. Dans le placard, elle choisit un pantalon beige en coton léger. Il va faire chaud aujourd'hui, le thermomètre va dépasser les trente-cinq degrés. Charlotte devra convaincre les résidents les plus fragiles de ne pas s'aventurer trop loin. Heureusement, c'est la journée crème glacée. Elle dépose le linge sur une chaise.

— Avez-vous besoin d'autre chose, monsieur Dupont?

— Hein?

— Avez-vous besoin d'autre chose?

— Non, merci, ma petite Charlotte.

Charlotte sort, elle doit se rendre au deuxième. Normalement, elle n'aide que les atteints dans sa tournée du matin, mais M. Dupont l'inquiète. Elle passe tous les jours dans sa chambre en commençant sa journée.

Charlotte emprunte les escaliers, car l'ascenseur est trop lent. Au deuxième, elle lit le rapport de Marie-Ange, la préposée de nuit, une Haïtienne aux hanches colossales. M. Moisan l'a traitée de grosse négresse, Mme Mackenzie a été agitée, Mme Patenaude a sonné huit fois, M. Blanchette a passé la moitié de la nuit à parler à son ami imaginaire dans le miroir de sa salle de bain, Mme Couture s'est promenée les seins nus et M. Miller a vomi. Charlotte fronce les sourcils. M. Miller a encore vomi. Elle range le rapport sur la tablette et vérifie le contenu de son chariot: des couches, des gants, de l'onguent, de la crème, des Q-tips, oui, tout est là. Elle commence sa tournée de bonne humeur.

— Bonjour, madame Patenaude, ça va bien?

— Non, ça va pas! J'ai perdu mes lunettes pis mes dents.

Charlotte effectue sa tournée les yeux fermés. Elle travaille au Bel Âge depuis quatre ans. Elle aime son travail, ce qui étonne ses amis. Comment peut-elle torcher des vieux qui puent et qui l'envoient promener? Comment fait-elle, à vingt-cinq ans, pour passer ses journées avec des vieillards?

Elle les aime, ses vieux, même si parfois elle a envie de les planter là, dans leur caca, leur vomi et leur solitude. Sous leurs sautes d'humeur et leur agressivité, elle devine leurs peurs et leurs angoisses. Elle noue des liens solides avec certains d'entre eux, elle pleure quand ils meurent, même si, pendant sa formation, on lui a dit qu'elle devait garder un « détachement professionnel ». Charlotte est incapable de détachement. Elle s'attache à ses résidents et ils s'attachent à elle. Elle les connaît comme jamais leurs enfants ne les connaîtront, dans l'intimité de leur corps et de leur âme, dans leur vie remplie de souvenirs, dans leurs sursauts de dignité, leur dégénérescence et leur vieillesse assombrie par la maladie. Elle les berce, les console, les gronde, change leur couche. Elle les voit souffrir, chercher leurs dents, leurs lunettes, rire, pleurer, être parfois heureux, souvent malheureux.

— Il est sept heures, monsieur Blanchette, c'est l'heure du déjeuner.

— Non! Il est trop de bonne heure!

— Restez couché, je reviens plus tard.

Charlotte pousse son chariot et ouvre la porte de M. Miller. En lui mettant une couche propre, elle pense à sa soirée d'hier, à Maxime qui embrasse si bien. Son cœur s'emballe. « Il est tellement beau ! » Charlotte se trouve laide et grosse. Elle passe son temps à se martyriser avec des régimes qu'elle déniche sur Internet. Elle ne s'est jamais aimée. À l'école, elle était la petite grosse à lunettes. Poche en sport, poche en français, poche en mathématiques, poche en tout. Elle a détesté son adolescence, les samedis soir à se regarder dans le miroir, à détailler ses défauts avec une complaisance malsaine et à crever ses boutons avec son amie Annabelle, qui faisait encore plus d'acné qu'elle.

Son grand frère, Mathieu, l'a toujours rabaissée. Ses parents, professeurs à l'université, avaient honte d'elle. Ils ne lui ont jamais rien dit de tel, mais elle l'a senti dès son plus jeune âge. Elle les a souvent entendus parler d'elle le soir. Lente, c'est ce qu'ils disaient. Ils ont tout fait pour elle, ils lui ont payé des cours particuliers en mathématiques et en français, ils ont passé des soirées entières à lui infliger des dictées et à lui expliquer l'algèbre et les équations à deux inconnues, mais son esprit se rebellait. Lente.

Son frère est devenu dentiste, il a épousé une pharmacienne et ils ont eu des jumeaux. La famille parfaite vit à Saint-Bruno, dans un bungalow tapageur avec une piscine creusée, un immense barbecue à six brûleurs et deux tout-terrain parqués dans un garage aussi grand que son appartement du Centre-Sud.

Elle déteste son frère, elle ne lui a jamais pardonné ses humiliations. Elle aime encore moins ses enfants, des garçons turbulents qui, du haut de leurs sept ans, la regardent avec mépris.

M. Miller vomit, un long jet brunâtre. « Ah non ! se dit Charlotte. Je suis bonne dans la marde, mais dans le vomi, je vaux rien. »

M. Miller s'énerve :

— Laissez-moi !

— Calmez-vous, monsieur Miller, je vais vous nettoyer.

— Non, je veux pas me calmer !

Il vomit encore. Heureusement, le médecin est sur l'étage, il vient une fois par semaine. Charlotte va le chercher en courant. Il examine M. Miller avec une froideur hautaine qui met Charlotte mal à l'aise. Il l'ignore, comme si elle n'existait pas.

— Appelez le 9-1-1, ordonne-t-il.

Charlotte obéit. Elle quitte la chambre de M. Miller. Il va partir à l'hôpital et il ne reviendra peut-être pas. Il a quatre-vingt-treize ans. Depuis quelques jours, il est pâle et agité. La semaine dernière, il lui a dit : « Je veux pas vivre trop vieux. J'aimerais ça partir dans mon sommeil, je veux pas traîner. »

Charlotte est triste. M. Miller va mourir, elle le sent. Il n'a pas d'enfants, sa femme et ses amis sont morts depuis longtemps. Il sera seul à l'hôpital, comme un chien, sans personne pour lui tenir la main quand il ira rejoindre le bon Dieu. Charlotte est croyante, même si Dieu n'a pas été généreux avec elle. Il est gentil, M. Miller, quand il n'est pas para-noïaque. Il lui dit toujours « s'il vous plaît » et « merci ». « Qui va pleurer sa mort ? » se demande Charlotte.

Pour chasser sa tristesse, elle pense à son beau Maxime qui embrasse si bien. Il lui a dit qu'elle était belle en dedans. Elle espère qu'elle va le croiser. Il travaille ici depuis un an, il organise les activités, bingo, crème glacée, sorties. Il est drôle et il la trouve belle, en dedans. C'est vrai qu'elle n'est pas jolie. Petite, ronde, visage ingrat. Par contre, elle a des seins superbes, fermes et rebondis, et des yeux magni-fiques, mais quand elle se regarde dans le miroir, elle ne voit que ses défauts. Elle a fini par croire son frère : elle est grosse et laide.

Elle a hâte de faire l'amour avec Maxime, même si elle a honte de son corps. Elle n'a couché qu'avec deux hommes dans sa vie, des expériences désastreuses. Le premier l'a prise sans ménagement, debout, sans se soucier de sa virginité. Quand il l'a pénétrée, elle a cru mourir. Il ne s'est même pas déshabillé, son pantalon flottait sur ses chevilles maigres. L'autre a pétri ses seins avec brutalité et ses coups de hanches lui ont fait mal. Il a joui en deux minutes en la traitant de salope. Quand il s'est retiré, elle a pleuré. Il est parti sans l'em-brasser. Elle sent que ce sera différent avec Maxime.

Elle sort son iPhone de sa poche, même si elle n'a pas le droit, et elle le texte rapidement :

« T'es la ? »

Il répond tout de suite :

49

« Oui, suis occupé »

« On se voi se midi ? »

« Peux pas »

Charlotte est inquiète. Ça y est, il ne l'aime pas.

« On se voi se soir ? »

« Pourquoi pas »

Comment ça, pourquoi pas ? Il devrait répondre oui avec empressement. Elle range son iPhone en chassant une mèche rebelle qui barre son front et elle entre dans la chambre de Mme Mackenzie, qui ouvre les yeux et lui sourit. Charlotte l'aime beaucoup. Elle est gentille, jamais agressive.

— Mon fils avocat vient me voir aujourd'hui.

— Vous êtes chanceuse, de la belle visite.

Charlotte sait qu'il ne se pointera pas. Il vient une fois par mois, toujours le dimanche. Ses visites durent à peine une demi-heure. Charlotte le sent crispé, mal à l'aise. Il est toujours tiré à quatre épingles, veston, cravate, chemise blanche, pantalon au pli impeccable, même quand Montréal crève sous la canicule. Il apporte des fleurs ou du chocolat, pourtant Mme Mackenzie ne peut pas manger de sucre à cause de son diabète. Chaque fois, Charlotte le prévient.

— Mangez-le, vous, répond-il.

— Je peux pas, je suis au régime.

— Vous ne devriez pas, vous êtes jolie.

Elle sait qu'il n'en pense rien, mais son compliment la touche. Il passe la moitié de son temps le nez collé sur son iPhone. La mère et le fils parlent peu, et quand ils parlent, ils répètent toujours la même chose :

— Ça va, mon chéri ?

— Oui, et toi, maman, ça va ?

— Les gens sont gentils ici. Je trouve que tu as l'air fatigué.

— Mais non, maman, inquiète-toi pas.

— …

— …

— Ça va, mon chéri ?

— Oui, maman.

— Je trouve que tu as l'air fatigué.

— Mais non, maman, inquiète-toi pas.

Il la quitte en l'embrassant sur le front, puis il se dirige vers l'ascenseur presque en courant.

— Mon fils avocat vient me voir aujourd'hui, répète Mme Mackenzie.

— De la belle visite, je suis contente pour vous.

Charlotte change sa couche et l'habille avec des mains expertes. Parfois, Mme Mackenzie s'habille seule. Au-dessus de la commode, Charlotte a collé une feuille sur laquelle elle a écrit : « Les culottes son dans le tirroir du hau du meuble orange, les chandail dessous. »

Elle lui met son soutien-gorge, elle prend ses seins et les place dans les bonnets. Elle choisit une jolie robe d'été avec des fleurs roses et bleues, puis elle la pousse gentiment vers la salle à manger.

Elle jette les couches souillées, ramasse le linge qui traîne par terre, fait le lit et sort de la chambre en s'essuyant le front. « Il va faire vraiment chaud aujourd'hui. » Charlotte a hâte à la crème glacée. « Maxime sera là », se dit-elle, amoureuse. Elle chasse son coup de déprime et sent un regain d'énergie. « C'est pas grave s'il m'aime pas, moi, je l'aime. » Elle sort de nouveau son iPhone.

« T'est la ? »

6

La crème glacée

Un soleil de plomb éclabousse la cour. Le ciel reste désespérément bleu. Maxime pousse le chariot de crème glacée pendant que Charlotte babille à ses côtés. Il vérifie les contenants : framboise, pistache, vanille, chocolat, quatre saveurs, une de moins que la semaine dernière. Il n'y a plus de pâte à biscuits, les résidents vont se plaindre. Maxime passe sa main sur son front moite. Cette chaleur le tue. Il déteste l'humidité, qui colle sa chemise sur ses flancs trop maigres. Charlotte le trouve beau, même s'il transpire. C'est vrai qu'il est un peu maigre, mais il a un charme fou. Elle soupire en lançant des regards langoureux à Maxime, qui ne la voit pas, trop concentré sur son travail.

Le groupe des six est déjà là, ils arrivent toujours les premiers. Ils se jettent sur la balançoire qui trône au milieu de la cour. Ils raffolent de cette activité qui les ramène à leur enfance, déguster une crème glacée en papotant et en se balançant dans la chaleur de l'été.

Tous les mercredis à quinze heures, qu'il fasse

beau ou qu'il pleuve, ils se retrouvent dans la cour ou dans la salle à manger. Les hommes portent des pantalons en lin et des polos, Suzanne, la femme du juge, ne quitte jamais son sac à main, accroché à son bras orné d'un discret bracelet en diamants, et Françoise, qui a toujours froid, porte une veste en cachemire vert pomme avec des boutons en nacre du plus bel effet.

La cour n'a jamais été aussi belle. Tout est harmonieux, les anémones bleues et roses, les tournesols et leurs délicats pétales jaunes, le lilas, les fougères dans les coins ombragés, les sentiers en pierre blanche, la balançoire sur le gazon vert tendre. Deux érables majestueux créent une ombre salvatrice. La cour est encastrée entre des tours d'habitation, loin de la circulation et de la rumeur de la ville. Elle forme une oasis de calme et de paix au cœur d'Outremont.

Maxime s'installe toujours au même endroit, sous le lilas qui le protège du soleil, près des portes-fenêtres qui donnent sur la salle à manger.

— J'ai de la belle crème glacée! Pistache, chocolat, vanille, framboise! Premier arrivé, premier servi!

Une longue file se forme. Maxime rit, il a un bon mot pour chaque résident. Il commence à les connaître, les vieux, il est au Bel Âge depuis un an. Il n'avait jamais travaillé dans une résidence pour personnes âgées. Il avait milité dans des organismes communautaires qui s'occupent des vieux et organisé des activités et des sorties, mais son expérience s'arrêtait là.

À travers les yeux de Charlotte, il a découvert le monde souterrain qui régit les relations entre les vieux. Il n'en revient toujours pas de voir à quel point une résidence ressemble à une école secondaire, avec ses rejets, ses têtes fortes, ses cliques, ses codes, ses potins et ses rumeurs, sans oublier les classes sociales, les riches qui s'habillent chez Holt Renfrew, les autres, à La Baie. D'un côté, la bande des six, les leaders qui donnent le ton, au milieu, la majorité silencieuse et, en bas de l'échelle, les atteints.

— Ici, lui a expliqué Charlotte à son arrivée, ça marche avec le nom et la fortune.

Ils profitaient de leur pause pour se reposer dans le parc situé en face de la résidence. Charlotte buvait un coke pendant que Maxime enchaînait les cigarettes en avalant un café refroidi.

— Le juge a beaucoup d'argent, il vient d'une riche famille d'industriels. C'est lui le boss des six, lui et sa femme, Suzanne. Elle était sa secrétaire et il est tombé en amour avec elle. Elle a tout de suite lâché son travail et elle lui a pondu des bébés. En tout cas, c'est ce qu'on raconte.

— Pis Jacqueline Laflamme? Il me semble qu'elle fitte pas dans le décor, avec ses joggings et ses sacres.

— C'est vrai, mais elle a eu le cancer. Elle et Mme Robitaille, c'est l'eau pis le feu. Elles se détestent, ça fait des flammèches.

Maxime l'aime bien, Charlotte, même si elle a des grands pieds, un nez trop long et des rondeurs. Il adore ses gros seins et sa spontanéité. Elle rumine ses complexes et elle porte sa fragilité d'écorchée vive à fleur de peau, c'est vrai, mais elle possède ce charme déroutant de ceux qui croient qu'ils n'en ont pas. Elle aime les vieux, ses vieux, et elle les respecte.

— Vite! On va être en retard, a lancé Charlotte en regardant sa montre.

Elle a avalé son coke d'un trait, Maxime a écrasé sa cigarette sous son talon, ils ont traversé la rue en courant et ils se sont engouffrés dans la résidence en riant. Oui, il l'aime bien, Charlotte.

« C'est vrai qu'on s'attache aux vieux », se dit Maxime en plongeant sa cuiller dans la crème glacée pour servir un cornet à Jacqueline Laflamme, qui le taquine sur son coup de soleil. Maxime est roux, il n'a jamais supporté le soleil.

— Vous avez quel âge? lui demande-t-il.

— Je vous le dis pas, répond-elle, faussement bourrue.

Tous les jours, il répète la même blague et elle lui sert la même réponse. Il l'aime bien, cette ex-journaliste forte en gueule, il se délecte quand elle lance ses « ostie de câlisse » à Mme Robitaille et quand elle rabroue le juge qui la prend de haut.

Maxime regarde les vieux qui défilent devant son chariot. Depuis un an, il les a vus vieillir, se courber sur leur canne ou leur marchette. Plus ils sont vieux, plus le déclin est rapide. Ils deviennent maigres, de cette maigreur qui vient avec le grand âge.

Il pense à ses parents, qui vivent ensemble dans leur maison du Bas du fleuve, lui, soixante-quatorze ans, elle, soixante-treize, solides comme le roc. Ils ont eu onze enfants qui ont grandi au milieu d'un village près de Rimouski. Ses parents possédaient le magasin général. Ils vendaient des œufs dans le vinaigre, de la farine, du pain, des bonbons à une cenne, des manteaux, des souliers et du tissu à la verge. Dès son plus jeune âge, Maxime a aidé ses parents. Sa tête dépassait à peine du comptoir qu'il donnait déjà un coup de main en plaçant du linge sur les étagères. Plus vieux, il s'est occupé de la caisse. Il rougissait en tendant des sacs remplis de bonbons aux filles qui le regardaient en papillonnant des yeux.

Le magasin faisait partie de sa vie, il aimait son atmosphère surannée, ses étagères qui craquaient sous le poids des marchandises et les dernières nouvelles échangées au-dessus de la trancheuse qui coupait le jambon en fines lamelles. L'hiver, son père partait dans le bois où il travaillait comme bûcheron. Au printemps, il revenait, faisait un petit à sa femme, travaillait au magasin et s'occupait des enfants et du jardin où poussaient les légumes qui nourrissaient la famille pendant les longs mois d'hiver.

Maxime est le petit dernier. Son père avait quarante-six ans quand il est né, sa mère, quarante-cinq, une grossesse surprise qu'elle a acceptée avec résignation puisque telle était la volonté de Dieu. Quand le Walmart a ouvert ses portes à Rimouski, au tournant des années 2000, le magasin s'est vidé.

Un matin d'été souffreteux qui sentait la catastrophe et la fin d'une époque, son père n'a pas ouvert le magasin. Il a soupiré en avalant sa troisième tasse de café, puis il a pris sa femme dans ses bras. Elle pleurait. À seize ans, Maxime n'avait jamais vu sa mère pleurer. À l'aube de la soixantaine, elle a accepté de faire des ménages. Ses clientes étaient exigeantes, jamais de « s'il vous plaît » ni de « merci », comme le groupe des six que Maxime a pris en grippe. Cette arrogance des riches, ce mépris hautain et condescendant pour les gagne-petit lui rappellent trop les humiliations subies par sa mère.

— Non, je n'ai pas de pâte à biscuits, dit Maxime au juge qui fait la moue.

— Framboise, d'abord.

« Ça vous écorcherait la bouche de me dire "s'il vous plaît" ? » a envie d'ajouter Maxime, mais il se retient. Il se penche sur son chariot et dépose une boule rouge sang sur le cornet du juge.

Les vieux du deuxième arrivent dans la cour. La plupart s'appuient sur une marchette ou une canne, alors que d'autres se déplacent en fauteuil roulant. Ils sont malades ou ils n'ont pas toute leur tête. Le groupe des six les regarde en levant les yeux au ciel.

Charlotte aide Mme Patenaude à s'installer près de la balançoire où rigole la bande des six. Elle voudrait tellement que les bien-portants s'intéressent aux atteints. Depuis quelque temps, elle sent l'animosité des six, mais les atteints ne doivent pas rester entre eux, c'est mauvais pour leur moral, ils ont besoin de la vitalité des bien-portants.

— Voulez-vous un cornet, Mme Patenaude?
demande gentiment Charlotte.

— Est-ce que je peux avoir un cornet? répond
Mme Patenaude.

Charlotte sourit. Pendant qu'elle prend son
temps pour commander le cornet de Mme Patenaude,
Françoise décide de faire un effort. Après tout, elle
est une bonne chrétienne, même si elle entretient
une vision comptable avec la religion. Chaque bonne
action compte, car Dieu note tout, croit-elle. Une
bonne action efface un péché. Lorsque Françoise
mourra, Dieu sortira son grand livre des comptes, il
pèsera son âme et il décidera de son sort, l'enfer ou le
paradis.

— On est bien même s'il fait chaud, dit-elle à
Mme Patenaude en prenant soin de bien articuler.

— J'entends pas, j'ai oublié mon appareil. Quoi?

— IL FAIT CHAUD.

— Oui, c'est vrai qu'on est bien.

Françoise cherche le regard complice de Georges,
mais il est absent, enfermé dans sa bulle. La crème
glacée fond dans sa main en formant des rigoles
écarlates.

Charlotte se promène entre les groupes, essuie la
crème glacée qui coule sur le menton de M. Blanchette, replace le châle de Mme Couture tout en écoutant des bribes de conversation entre deux résidents.

— Le jour où j'aurai vingt ans, les chiens auront
plus de dents.

— Vous avez plus de dents?

59

— Quoi?

— Vos dents.

— Quoi, mes dents?

— Vous en avez plus?

— Ben oui, j'en ai! J'ai dit que les chiens auraient plus de dents le jour où j'aurai vingt ans.

— Je comprends rien.

— Ça, c'est vrai.

Il est déjà seize heures. L'activité tire à sa fin, même si Maxime sert encore des cornets. Il flirte gentiment avec les vieilles qui en pincent pour lui.

— Charlotte! crie Mme Patenaude. Charlotte!

Charlotte accourt. Mme Patenaude vient de faire caca. Elle a taché sa belle robe fleurie, celle avec des fleurs mauves. L'odeur est forte, écœurante.

— Pleurez pas, madame Patenaude. Je vais toutte vous arranger ça.

Elle quitte la cour avec Mme Patenaude sous le regard outré du juge.

— Je suis plus capable! tonne le juge. On n'est quand même pas dans un mouroir!

Les autres l'approuvent. Ils vont parler à Lucie Robitaille. Tous ensemble. Elle ne pourra pas leur résister. Françoise frissonne, enfin un peu d'action. Elle se sent aussitôt coupable. Et si Dieu ajoutait cette pensée peu charitable dans la colonne de ses péchés?

7

Lucie Robitaille

Lucie Robitaille regarde le couple en face d'elle. Lui, confiné dans un fauteuil roulant, autoritaire, légèrement confus ; elle, menue, lucide, totalement dévouée à son mari. Autour, leurs enfants, un homme et une femme dans la cinquantaine. Ils n'ont qu'une envie, caser leurs parents au plus vite et se débarrasser de cette responsabilité trop lourde qui encombre leur vie et leur conscience.

Lucie soupire. « Encore un couple qui arrive trop tard, ils ne pourront jamais s'intégrer », pense-t-elle. Elle regarde ses notes. M. et Mme Gariépy, quatre-vingt-treize et quatre-vingt-neuf ans. Ils vivent dans une grande maison à Ville Mont-Royal. Lui, récidive d'un cancer de la prostate et début de démence ; elle, aidante naturelle, épuisée, vidée. Même si elle pèse à peine cent livres, elle pousse le fauteuil roulant de son mari, qui en pèse deux cents. « Encore un homme qui use sa femme jusqu'à la corde », se dit Lucie.

— C'est beau, ici, plaide le fils.
— C'est déprimant, il y a juste des vieux.

— Mais, papa, tu es vieux.

— J'ai jamais signé de bail de ma vie, c'est pas aujourd'hui que je vais commencer. On s'en va-tu?

Mme Gariépy ne dit pas un mot. L'éternelle soumission des femmes qui ont enchaîné leur vie à celle de leur mari et qui ont élevé leur famille sans jamais travailler ou payer une facture.

Les enfants jettent un regard désespéré à Lucie.

— Vos parents ne pourront pas vivre ensemble, explique-t-elle. Votre père sera au deuxième, on prendra soin de lui, votre mère occupera un studio au troisième. Elle pourra le voir tous les jours et…

— Non!

Le non claque comme un fouet. M. Gariépy est cramoisi. Sa femme pose sa main sur son bras agité.

— Fernand, calme-toi.

— Ben voyons, papa!

— J'ai jamais entendu des sornettes pareilles! J'ai vécu toute ma vie avec ma femme, c'est pas à quatre-vingt-treize ans qu'on va nous séparer. On s'en va!

La famille quitte le bureau. Lucie sait qu'ils reviendront dans quelques mois, un an, deux peut-être, que lui sera encore plus dément, elle, encore plus épuisée. Et qu'il sera trop tard. M. Gariépy ne pourra pas vivre à la résidence si son alzheimer ou son cancer est trop avancé. Lucie ne dirige pas un hôpital, elle ne peut pas prendre des cas trop lourds.

Le deuxième déborde, il lui manque une infirmière et une préposée. Elle l'a expliqué aux enfants de

M. Gariépy. Ils vivent dans le déni et ils s'écrasent devant leur père. Ils n'osent pas le bousculer, encore moins l'obliger à quitter sa maison, qui contient toute sa vie. Ils sont écartelés entre la culpabilité, la peur de déplaire à un père autoritaire et le devoir filial. Peuvent-ils laisser leurs parents vivre seuls dans leur grande maison? M. Gariépy a mis le travailleur social à la porte en l'insultant. Lucie imagine le frigo rempli de produits périmés, le plancher collant de la cuisine, les médicaments pêle-mêle, le cerne autour du bain, la maison qui sent l'abandon et les enfants qui passent en coup de vent. Elle connaît tout cela par cœur, elle a rencontré tellement de vieillards dans sa vie.

Elle venait de fêter ses vingt ans quand elle a commencé à travailler dans un CHSLD. À l'époque, ça s'appelait un centre d'accueil. Même si le nom a changé, la réalité est restée la même. Après trente ans de loyaux services, elle n'en pouvait plus de voir des vieux mariner pendant des heures dans leur couche et des préposés qui passaient le plus clair de leur temps à se plaindre de leurs conditions de travail en épluchant les circulaires des supermarchés. Ses collègues la rabrouaient : « Heille, Robitaille ! Assis-toi, tu nous énerves, t'es donc ben zélée ! » Au début, elle a pleuré, puis elle s'est endurcie. Elle n'a jamais sympathisé avec les autres préposés. Le midi, elle mangeait dans son auto en écoutant la radio. Le jour de ses cinquante ans, elle a démissionné, elle ne voulait plus se battre contre une machine qui ne respectait pas les vieux.

Le Bel Âge était à vendre. Elle rêvait depuis longtemps d'être la patronne. Elle a acheté la résidence avec ses économies et celles de ses parents, et elle est retournée vivre chez eux, car elle n'avait plus les moyens de payer son condo. Même si elle exige des loyers astronomiques – 6 000 dollars pour le dernier étage, 8 000 pour le deuxième, 5 000 pour les autres –, elle doit tout calculer. Son hypothèque est monstrueuse. Chaque fois qu'un résident meurt, elle s'empresse de louer son appartement. Elle laisse une semaine à la famille en deuil pour tout vider et elle leur facture deux mois de pénalité.

Ses parents ont eu quatre-vingt-cinq ans la semaine dernière. Ils sont heureux et en santé, malgré les inévitables bobos qui viennent avec la vieillesse, heureux comme on peut l'être à quatre-vingt-cinq ans, le grand âge et non le bel âge. Ce qu'elle a détesté ce nom, le Bel Âge, un mensonge, oui, un mensonge. Le bel âge, c'est à vingt ans que ça se passe, pas à quatre-vingts. Elle n'a pas changé le nom, car la résidence existait depuis soixante-quinze ans et jouissait d'une excellente réputation. Elle se contentait de grimacer intérieurement chaque fois qu'elle prononçait les mots *Bel Âge*. Aujourd'hui, ce détail n'a plus d'importance. Elle s'est attachée à la résidence, c'est son bébé.

Elle n'a jamais eu d'enfants. Elle aurait aimé en avoir, mais la vie lui a joué un sale tour. Son mari avait trente-cinq ans lorsqu'il a été terrassé par une crise cardiaque sur un court de tennis, un dimanche soir pluvieux. Elle était enceinte de jumeaux – ils venaient d'apprendre la nouvelle, ils étaient fous de joie. Elle a fait une fausse couche après la mort de son mari. Elle ne s'est jamais remariée.

Lucie soupire. Le groupe des six l'énerve, tout comme cette Jacqueline Laflamme, qu'elle n'aurait jamais dû accepter, pas de classe, vulgaire. Elle ne peut pas la supporter.

Elle doit refaire les salles de bain du deuxième, augmenter les salaires des employés. Et le gouvernement qui l'oblige à installer des gicleurs d'eau partout. Et quoi encore ? Elle regarde la pile de factures, découragée.

Elle est fatiguée. Le soir, elle s'endort devant la télévision. Céline Galipeau ne réussit plus à la tenir éveillée avec sa planète en folie.

La porte de son bureau s'ouvre.

— On veut vous parler !

Lucie a un haut-le-cœur. Le juge et sa bande. « Il n'a même pas frappé ! Mais pour qui se prend-il ? Je suis la PDG du Bel Âge, je suis occupée, je suis pas à la retraite, moi ! » Elle ravale son coup de sang, lève un sourcil et dit, avec une froideur calculée :

— Je peux vous aider ?

— On veut vous parler, c'est urgent.

— J'ai un appel à faire. Attendez à côté, ma secrétaire vous fera signe.

C'est faux, mais elle a envie de remettre le juge à sa place.

Sa secrétaire. A-t-elle vraiment besoin d'une

secrétaire ? Si elle la congédiait, elle économiserait 35 000 dollars par année. Ça paierait les factures les plus pressantes. Elle l'aime bien, Manon, mais elle est paresseuse. Si elle s'en débarrasse, qui va répondre au téléphone ? Qui va trier le courrier, classer les factures, parler aux résidents, aux fournisseurs, aux futurs clients ? Elle n'a pas le choix, elle doit la garder.

Une migraine martèle son front et brouille ses idées. Elle en a de plus en plus souvent. L'âge ? Le stress ? La ménopause ? Elle ouvre le tiroir du haut, prend un flacon et avale deux analgésiques extra-forts. Elle se lève, respire à fond, puis elle ouvre la porte et, avec son plus beau sourire, invite le juge et sa suite à entrer dans son bureau.

— Ça peut pas continuer comme ça ! lance le juge.

Pas de bonjour, pas de fioriture, droit au but. « Ça promet », se dit Lucie.

— Qu'est-ce qui peut pas continuer ?

— Vous le savez, le deuxième. Ils prennent toute la place avec leurs marchettes et leurs fauteuils roulants. Ils sont confus, agressifs, ils mangent avec des bavettes, il y en a même un qui est venu souper en pyjama ! On est dans une résidence privée, pas dans un CHSLD !

Lucie le laisse se défouler. C'est vrai que les gens du deuxième sont de plus en plus malades et confus, mais agressifs ? Il exagère. C'est la réalité des vieux d'aujourd'hui, elle n'y peut rien. Et c'est sa clientèle, celle qui accepte de payer 8 000 dollars par mois pour une chambre sans rechigner.

— Je ne suis pas contre les vieux, moi-même je suis vieille, ajoute doucement Françoise, mais à la longue, c'est démoralisant. On voit des malades, des fauteuils roulants, du monde qui parle tout seul, il y en a même qui meurent. Ça manque de jeunesse. C'est dur, vieillir, on n'a pas envie de voir des atteints tous les jours, au déjeuner, au dîner, au souper, pendant les activités, c'est trop. Vous comprenez?

— On est en forme, nous, renchérit Suzanne. On est autonomes et en santé. On veut vivre, profiter de notre retraite.

— C'est à cause de la crème glacée? demande Lucie. C'était un incident isolé.

— C'était la goutte de trop, répond le juge. Vous ne comprenez pas.

— Je comprends très bien.

— Je pense pas, réplique le juge avec aigreur.

Il faut qu'elle parle à Maxime et à Charlotte pour savoir exactement ce qui s'est passé. Elle a pris l'incident à la légère, elle n'aurait pas dû, mais elle était débordée. « Comment ai-je pu penser une seule seconde que je pourrais me débrouiller sans secrétaire? »

Elle revient au juge qui termine sa phrase. Elle a perdu le fil de la conversation.

— … on voudrait pas être obligés d'aller ailleurs.

« Comment ça, ailleurs? Il me menace? »

— Qu'est-ce que vous voulez dire ? demande Lucie d'un ton abrupt.

Le juge se rebiffe, il n'a jamais aimé cette femme vulgaire qui n'a même pas de diplôme d'études secondaires.

— Il existe d'autres résidences de luxe à Montréal.

Lucie change de tactique. Elle se radoucit. Si les six partaient, ce serait la catastrophe. L'effet serait terrible sur sa réputation et sur le moral des autres résidents. Par contre, si elle exclut les gens du deuxième de la salle à manger et des activités, elle aura une révolution sur les bras. Leurs enfants vont protester, peut-être même placer leurs parents dans une autre résidence. S'il fallait que ça se retrouve dans les journaux. Lucie pâlit, un gouffre s'ouvre sous ses pieds. Elle imagine déjà les titres : « Le Bel Âge se vide ! », « Faillite du Bel Âge après quatre-vingt-cinq ans d'existence ! ».

Depuis l'incendie de L'Isle-Verte où trente-deux vieux sont morts, les résidences sont sous haute surveillance. On scrute chacune de leurs décisions. Lucie a lu des éditoriaux vitrioliques qui l'ont ulcérée. Elle s'est sentie comme une tueuse de petits vieux.

— Vous m'écoutez ? répète le juge.

Elle a encore perdu le fil.

— Oui, oui, je vous écoute. Laissez-moi réfléchir, je vous reviens là-dessus.

Elle les met à la porte. Elle est épuisée. Résignée,

elle attrape la pile de factures. Un coup discret à la porte la sauve.

— Entrez!

C'est la responsable de la cuisine, Olivia Rodriguez, la brave Olivia qui est avec elle depuis le début.

— Vous avez deux minutes?

Elle s'assoit, essuie son front avec son tablier puis, d'une voix précipitée, elle déballe ses frustrations. Elle n'en peut plus des atteints. «Une autre!» soupire Lucie.

— Ça ne peut pas continuer comme ça, madame Robitaille. Je ne peux pas m'occuper des gens du deuxième, c'est trop de travail. Hier, M. Blanchette a renversé son verre de vin trois fois, Mme Patenaude a fait un esclandre parce que ses patates étaient trop cuites, et la table des six a été odieuse. Je les ai servis en dernier, j'étais débordée. Les plats étaient tièdes, le juge était furieux. Il m'a dit: «Si ça continue, je vais vous faire congédier!»

Olivia a raison, Lucie le sait, mais elle ne veut pas s'occuper de ce problème, pas maintenant. Demain, oui, demain. Son mal de tête enfle. Elle n'écoute plus Olivia, elle voit ses lèvres bouger et ses joues s'empourprer.

Lucie réussit à s'en débarrasser avec une vague promesse et une tape dans le dos.

Elle se rassoit lourdement dans son fauteuil de luxe au design épuré qu'elle a payé 899 dollars, avant taxes, une folie. Elle lorgne de nouveau les factures. Elle les repousse. «Demain, avec tout le reste.»

Sa porte s'ouvre à la volée.

— Faut que je vous parle !

« Coudonc, se dit Lucie, c'est une manie ! Qu'est-ce qu'ils ont tous à défoncer ma porte ? » Elle n'a pas le temps de protester, Jacqueline Laflamme s'est déjà écrasée dans le fauteuil en face de son bureau.

— Ça fait plusieurs fois que je vous le demande, mais là, c'est sérieux, je veux changer de table ! Je suis pu capable, pu capable !

Lucie la regarde. Et si elle la plaçait à la table des six ? Elle imagine la tête que ferait le juge en voyant débarquer la Laflamme.

— Laissez-moi y penser.

— Vous m'avez dit ça la dernière fois.

— Je le sais, mais je vous le répète, c'est une opération délicate et, pour l'instant, toutes les places sont prises.

— Vous êtes capable de diriger une résidence, mais changer une personne de place dans une salle à manger, c'est trop complexe ?

Lucie rougit, elle lève le ton, Jacqueline Laflamme aussi.

— Si vous êtes pas contente, allez ailleurs, je vous retiens pas.

— Vous me mettez à la porte ?

— J'ai dit ça, moi ?

— Presque.

— Vous êtes paranoïaque.

Jacqueline n'en revient pas. Elle, paranoïaque ? Franchement, pour qui elle se prend ?

— Je vous aime pas, lui lance Jacqueline, à court d'arguments.

— Moi aussi, je peux pas vous sentir.

Jacqueline quitte le bureau en claquant la porte. «Mais qu'est-ce qui m'a pris de m'énerver?», se demande Lucie en passant une main agitée sur son front. Elle ouvre son tiroir et avale deux autres comprimés. Elle a l'impression que sa tête va exploser.

Pour la première fois en neuf ans, elle songe à vendre, à tout abandonner. Elle attrape son sac et part en coup de vent.

8

Le juge

— B 12, B 1-2.

Charlotte articule avec soin. Maxime lui donne un coup de main, il vérifie la carte quand un résident crie « Bingo! ». La partie commence. Elle se déroule dans la salle à manger, près des fenêtres qui donnent sur la montagne. Chaque résident met deux dollars dans la cagnotte. Ils sont vingt-huit autour des tables rassemblées pour l'occasion. Le gagnant raflera le magot, cinquante-six dollars. Le juge, un excellent joueur de poker, a voulu augmenter la mise à cinq dollars. Lucie Robitaille s'y est opposée. « On n'est pas à Las Vegas », a-t-elle tranché d'un ton autoritaire.

Charlotte répète :

— B 12, B 1-2.

— Ça commence mal, je l'ai pas, dit Georges avec un clin d'œil. Françoise glousse. Jacqueline lève les yeux au ciel.

— O 70, O 7-0.

— Soixante-six? demande M. Moisan.

— Non, soixante-dix, le corrige Charlotte.

— Soixante-dix ou soixante-six ? Je comprends pas.

— Soixante-dix, monsieur Moisan, sept-zéro.

Maxime se penche au-dessus de l'épaule de M. Moisan et place le jeton au bon endroit. Le juge pousse un soupir. La lenteur du jeu l'exaspère. Suzanne dépose sa main sur sa cuisse pour le calmer. Il avale une gorgée de son jus d'orange dans lequel il a versé une bonne rasade de gin.

Il n'a pas été un juge craint pendant trente ans pour se retrouver à la merci d'un crétin au cerveau embrouillé par l'alzheimer. Il se jure qu'il se tuera plutôt que de vivre une telle déchéance. Il se rappelle avec nostalgie la crainte respectueuse qu'il inspirait aux avocats. Il les fixait d'un regard sévère par-dessus ses lunettes quand ils s'embrouillaient dans leurs dossiers. Lorsqu'il entrait dans son tribunal, tout le monde se levait. Un silence respectueux flottait dans la salle. Il adorait cette déférence. Il s'assoyait et parcourait l'assistance des yeux, les procureurs, les avocats de la défense, l'accusé et la poignée de journalistes à la recherche d'une bonne histoire. Il ne lui reste plus grand-chose de ce passé glorieux.

Quand il a visité le Bel Âge, il n'a vu que l'immense bouquet de fleurs dans l'entrée, les fauteuils en cuir, la cheminée où crépitait un feu et la salle à manger avec ses nappes d'un blanc immaculé. Son appartement, situé au dernier étage, est lumineux. Suzanne l'a décoré avec goût. Il s'est dit qu'il y coule-

73

rait des jours paisibles et heureux. Il était une personne âgée, pas un vieux. Il avait accepté ce nouveau statut avec sérénité.

Au début, il était heureux. Le Bel Âge remplissait ses promesses, il s'est rapidement fait un cercle d'amis. Il voyage, fait des croisières, va au restaurant, participe aux activités de la résidence. Mais à côté de cette vieillesse choyée, il voit l'autre vieillesse, celle qui le terrorise et qui lui saute au visage matin, midi et soir.

Lucie Robitaille a osé le rabrouer. Le ton qu'elle a utilisé lorsqu'elle a refusé de monter la mise à cinq dollars! Il en est encore tout chamboulé. Si elle avait été dans son tribunal, il l'aurait condamnée à dix ans de travaux forcés. Si ça continue, il va déménager dans une autre résidence. Il en a visité une à Westmount le mois dernier. D'un chic. Aura-t-il le courage de déménager, de se créer un nouveau cercle d'amis, de s'adapter? Suzanne est contre le déménagement. Ils ont soixante-dix-neuf ans, bientôt quatre-vingts. À quel âge devient-on un vieillard? Il avale une autre gorgée de son jus d'orange trafiqué. Il regarde sa femme. Elle a toujours eu un effet apaisant sur lui.

Jamais il n'aurait cru que vieillir pouvait être aussi douloureux. Tout est plus long: se lever, faire sa toilette, marcher, manger, jouer au golf. Il a l'impression de ne plus faire partie de la société. « Ils nous prennent pour des enfants, des attardés, se dit-il avec amertume. Il faut que je parte! » Mais il sait qu'il ne partira jamais et qu'il finira par crever au Bel Âge.

Adolescent, il a retrouvé son père pendu. La scène était incongrue. Le printemps naissant, les bourgeons dans les arbres, toute cette vie qui s'éveillait après un long hiver et qui côtoyait cette mort obscène dans le salon inondé de soleil. Son père avait attaché une corde à une poutre. Son corps se balançait encore quand Pierre l'a vu. Il ne s'est pas précipité pour le détacher, il s'est évanoui, foudroyé par la brutalité de la scène. Le reste ne forme qu'un magma confus dans sa mémoire : les ambulances, les gyrophares, le visage éperdu de sa mère penché sur lui, l'hôpital, les longs mois de dépression.

Il s'est toujours senti responsable de la mort de son père. S'il l'avait détaché, aurait-il pu le sauver ? La lente oscillation du corps indiquait-elle un restant de vie ? Il s'est évanoui comme un lâche, laissant son père se balancer au bout de sa corde. Son aversion pour le printemps remonte à cette époque.

Pierre a confié cet épisode honteux à Suzanne un soir de déprime. Il venait de condamner une femme à vingt ans de prison. Elle avait tué son mari à coups de hache. Il la battait depuis des années. Est-ce que sa sentence était trop sévère ? Il était souvent rongé par le doute, un doute qui alimentait ses nuits d'insomnie. Derrière ses airs de juge arrogant se cachait l'adolescent fragile qui avait craqué.

Suzanne a eu le coup de foudre pour cet avocat brillant. Elle avait trente ans lorsqu'elle a été embauchée dans son cabinet. Elle était une secrétaire prévenante, efficace, discrète. Pierre a tout de suite remarqué cette rouquine coquette, habillée avec goût, polie, distinguée. Un soir, il l'a invitée au cinéma. Six mois plus tard, ils étaient mariés. Suzanne a abandonné son travail sans aucun regret. Elle a consacré sa vie à son mari et à ses enfants, qu'elle a pondus en accéléré, un par année pendant cinq ans.

Ils ont été heureux, un bonheur lisse, tranquille, ponctué par les crises d'angoisse de Pierre qui a toujours flirté avec la dépression. Il a réussi à garder la tête hors de l'eau grâce aux antidépresseurs. Elle l'a toujours aimé, même si elle connaît ses défauts par cœur, son narcissisme, sa vanité, son besoin irrépressible de parler de lui, de quêter les regards admiratifs qui le nourrissent comme une intraveineuse. Elle lui pardonne son ego surdimensionné, car elle sait qu'il camoufle une sensibilité à fleur de peau et une grande fragilité.

Chaque renoncement effraie Pierre : quitter leur grande maison, se débarrasser de la plupart de leurs livres et de leurs meubles, voyager moins, vivre moins. La semaine dernière, ils ont annulé leur abonnement à l'Orchestre symphonique, qu'ils renouvelaient pourtant chaque année depuis quarante-huit ans. Pierre n'a plus le goût d'assister à des concerts, il s'endort au milieu d'une symphonie.

— Ça achève, a-t-il dit, la mine lugubre.

— Qu'est-ce qui achève ? lui a demandé Suzanne.

— La vie.

Le monde de Pierre a rapetissé. Il s'enthousiasme davantage pour une partie de bingo que pour la visite de ses petits-enfants. Il a moins le goût de voyager, les aéroports, les fouilles, l'attente interminable, les retards, les valises à traîner, le décalage horaire, les hôtels surchauffés, les chambres trop petites, les lits trop mous, les oreillers trop durs.

Le juge se console en se disant qu'il a le bridge, les mots croisés, le golf, Suzanne et le gin. Il ne survivrait pas sans le gin. Il soupire et continue de placer ses jetons sur les trois cartes posées devant lui. Il joue toujours trois cartes à la fois. Il n'est pas comme M. Moisan, qui est incapable d'en maîtriser une seule.

— G 52, G 5-2.

— Bingo! crie le juge.

Maxime se lève, il examine la carte et vérifie les jetons.

— On a un bingo, dit-il.

Le juge est heureux, une joie juvénile le submerge. Il ramasse la cagnotte en faisant un clin d'œil à Charlotte. Elle rit. Elle l'aime bien. Derrière ses grands airs et son impatience, elle devine sa détresse et ses peurs.

Tout le monde se lève, la partie est terminée.

— Je comprends rien là, dit M. Moisan. C'est-tu fini?

— Oui, c'est fini, répond Jacqueline.

— Quoi?

— C'EST FINI!

77

— Pourquoi?

— Parce que, répond Jacqueline.

— Ah, je comprends.

9

Jacqueline

Montréal, 1969

Nerveuse, Jacqueline regarde sa montre. Déjà dix-sept heures et elle n'a rien. Elle allume une cigarette. L'auto se remplit d'une fumée âcre. Elle panique en regardant son paquet, il ne lui reste que deux clopes. Comment va-t-elle tenir le coup sans nicotine? Depuis midi, elle fait le guet devant la porte du 4528. Elle crève de froid dans son auto aux vitres embuées. Dehors, une neige obstinée tombe sur la ville. Jacqueline attend que quelqu'un sorte de la maison, un duplex triste en banlieue de Montréal. Il faut qu'elle leur arrache une réaction! Quelques mots feraient l'affaire, elle n'en demande pas plus.

En arrivant, elle a sonné à la porte. Un homme lui a répondu, front bas, regard hostile :

— Foutez-nous la paix!

- Juste un mot…

— Vous n'avez aucun respect? Vautour!

Il lui a claqué la porte au nez. Pour l'instant,

c'est tout ce qu'elle a, c'est-à-dire rien, même pas de quoi noircir un paragraphe. Elle comprend l'hostilité de l'homme. Sa fille de seize ans s'est pendue dans le gymnase de l'école. C'était la troisième mort violente en deux semaines. Que des filles, dans la même école, le même gymnase, la même méthode, la pendaison. Tous les journalistes du Québec ont sauté sur cette série de suicides sans précédent. Ils ont épluché la vie de chaque victime, interrogé l'école, la direction, les élèves, interviewé des psychologues, des curés, des politiciens, lancé des hypothèses souvent farfelues : est-ce la faute à l'hystérie provoquée par les Beatles, à l'atmosphère délétère distillée par les Rolling Stones, à la perte des valeurs religieuses, aux cheveux longs des garçons, à la drogue, à la pilule ou aux nouvelles polyvalentes, lieu de perdition des jeunes ?

C'était il y a un mois. Depuis, aucune famille n'a parlé.

Jacqueline fait le pied de grue devant la maison en espérant que quelqu'un sortira. Elle pourra l'aborder gentiment, mais la porte reste close. Rien ne bouge derrière les rideaux. Elle pense à son article, mais aussi aux parents dévastés par la mort de leur fille. Son patron a été clair :

— Parle à une famille, n'importe laquelle.

— Ben voyons ! Ils veulent rien savoir des journalistes !

— Tu es jeune et jolie, ils vont te faire confiance, arrange-toi !

Il l'a regardée d'un air moqueur.

— Montre-moi ce qu'une femme est capable de faire.

Jacqueline est partie en sacrant. «Je vais lui en faire, moi, des "jeune et jolie"! Il fait moins vingt dehors, ciboire!» Elle a attrapé son calepin, mis son manteau, enfoncé sa tuque jusqu'aux oreilles et elle est sortie dans la tempête. Le vent lui a coupé le souffle, la neige l'a aveuglée. Elle a eu de la difficulté à démarrer sa voiture, une antique Chevrolet Bel Air des années 1950 qu'elle a achetée pour une bouchée de pain. Elle l'appelle affectueusement Bertha. Elle est bleu poudre avec des pare-chocs en chrome.

— Envoye, Bertha, c'est pas le temps de niaiser!

Bertha a toussoté, protesté, crachoté avant de démarrer dans un bruit de ferraille. En conduisant dans les rues enneigées, Jacqueline a pesté contre son patron, un macho fini. Très peu de femmes travaillent dans la salle de rédaction, elle doit faire ses preuves et lui ramener cette foutue entrevue. Elle déteste les faits divers, du journalisme de vautour où il faut se jeter sur les victimes et se nourrir de leur malheur. Elle a envie de vomir. Elle doit s'endurcir, se blinder contre la tristesse et la pitié, sinon elle n'y arrivera pas.

Elle travaille au journal depuis trois ans et elle n'a fait que des incendies, des meurtres et les bals du Musée des beaux-arts. À vingt-six ans, elle est encore obligée de décrire les robes des femmes de la haute bourgeoisie. Pitoyable. Oui, elle est pitoyable, elle ne réussira jamais. La dernière fois, elle s'est fourvoyée dans les noms, et son patron l'a engueulée :

— Tu veux couvrir des guerres et tu confonds M. Castonguay avec M. Lépine !

Elle a encaissé la remontrance en serrant les lèvres. Si elle doit se taper un autre bal, elle va faire un meurtre, tuer quelqu'un, n'importe qui, de préférence son patron, qu'elle torturera avant de l'achever à coups de machine à écrire sur la tête. Pourtant, elle a un baccalauréat en histoire. Elle a davantage de diplômes que la majorité de ses collègues masculins.

Pourquoi ne couvre-t-elle que des insignifiances ? Elle veut se pencher sur les convulsions de la planète, les guerres, les révolutions. Seule une poignée de journalistes parcourent le monde, que des hommes, évidemment. Et une femme. Elle veut devenir la nouvelle Judith Jasmin. Jacqueline lui voue une admiration sans bornes. « Elle a de la classe, cette femme, se dit Jacqueline en aspirant la fumée à pleins poumons. Une grande reporter, correspondante de Radio-Canada à Washington. Moi aussi… »

De l'autre côté de la rue, la porte s'ouvre. Le cœur de Jacqueline bondit. Elle écrase sa cigarette et sort de son auto. Elle traverse la rue en essayant de ne pas courir. La silhouette marche d'un pas pressé en serrant les pans de son manteau. « Sa mère ! se dit Jacqueline. C'est ma chance. »

— Pardon, puis-je vous parler ?

La femme continue de marcher sans regarder Jacqueline.

— Laissez-moi tranquille, souffle-t-elle.

Elle a l'air épuisée. Même dans ce froid inhumain, son teint est blême.

— Juste un mot. Je sais que vous ne voulez pas parler, mais le Québec a besoin de comprendre ce qui s'est passé. Vous pourriez aider d'autres jeunes filles désespérées...

Cet argument-là marche à tout coup. Jacqueline lui sourit. Elle met toute sa force de persuasion dans ce sourire. Elle déteste manipuler le chagrin de cette mère qui pleure son enfant, elle se sent lâche et sale.

La femme lève ses yeux cernés et regarde Jacqueline, qui perçoit son indécision, son désarroi.

— Il y a un restaurant au coin de la rue, je vous paie un café ?

La femme hésite, puis elle cède. Pendant deux heures, elle lui raconte tout : l'adolescence tourmentée de sa fille, ses crises existentielles, son immense peine d'amour pour un garçon qui l'a laissée tomber, sa fragilité, sa fascination pour cette bande de filles qui a conclu un pacte de suicide, le choc devant la mort de sa plus jeune, son bébé, le deuil qui la tue à petit feu.

La mère est intarissable. Jacqueline ose à peine respirer. Elle a une pensée fugitive pour son paquet de cigarettes abandonné dans l'auto. Elle couvre son calepin de son écriture nerveuse en espérant qu'elle sera capable de se relire. La détresse de cette mère la touche plus qu'elle ne l'aurait cru. Elle tient enfin son entrevue. C'est son macho de patron qui n'en reviendra pas. « Peut-être que Judith Jasmin va lire mon article », se dit Jacqueline en quittant le restaurant.

* * *

Jacqueline flotte sur le nuage de son scoop, qui a fait le tour du Québec. Elle a donné des entrevues à la radio, son patron ne la regarde plus de la même façon, et Robert, le journaliste sportif que tout le monde adule, flirte avec elle. Il l'a invitée à prendre un verre après le travail. Même s'il a trente ans de plus qu'elle, qu'il est marié, qu'il a des enfants, un ventre de femme enceinte et un début de calvitie qu'il cache maladroitement en ramenant ses rares cheveux sur son crâne, elle a décidé de coucher avec lui. Il a du pouvoir, de l'influence, il possède les numéros de téléphone des politiciens, juges et autres gros bonnets, il connaît les ficelles du métier, et les patrons ne lui refusent rien. Elle est prête à tout pour sortir des faits divers.

Car elle ne fait que ça, des faits divers, depuis son entrevue avec la mère de la suicidée. Son patron lui en redemande. Elle ne couvrira plus les bals, mais elle devra consacrer tout son temps aux meurtres, aux accidents et aux catastrophes. Elle a creusé sa propre tombe. Si elle avait su.

En attendant, elle doit finir son article sur l'incendie qui a rasé deux immeubles et jeté des familles sur le pavé en plein hiver. Elle a passé la journée à interviewer des sinistrés en se gelant les pieds. Elle tire sur sa jupe trop courte, ajuste ses lunettes, ramasse ses cheveux dans un chignon improvisé, allume une cigarette, et prend trois feuilles qu'elle intercale avec du papier carbone avant de les glisser dans la machine à écrire.

Robert l'attend au bar en face du journal. Elle attaque son article en soupirant. Elle n'essaie même plus de varier son style. Elle a l'impression d'écrire le même article depuis trois ans : familles catastrophées, pleurs, désespoir... Elle a presque fini lorsque son téléphone sonne.

— Allo, jappe-t-elle.

— Salut, ma fille, c'est Octave.

Il ne dit jamais « papa ». Elle se crispe.

— Qu'est-ce que tu veux ?

— Je voulais te féliciter pour ton article.

— Un mois plus tard, ricane Jacqueline. Pourquoi tu m'appelles ?

— On peut-tu se voir ?

— Non, on peut pas.

Elle raccroche. Elle est bouleversée, elle n'a pas parlé à son père depuis un an. Qu'est-ce qui lui prend de l'appeler au journal ?

Il n'a pas le droit de remuer le passé. Elle croyait qu'elle avait dompté sa peur et que son père ne pouvait plus l'atteindre. Elle se sent coupable, le cœur barbouillé et l'âme à l'envers.

Elle a toujours eu peur de son père, un homme petit, un maigre au corps noueux, doté d'une force surprenante. Quand elle était jeune, il était souvent frustré, en colère, une colère sourde sans éclats de voix qui empoisonnait l'atmosphère de la maison. Fonctionnaire sans envergure, il détestait son travail, son patron et ses collègues. Le soir, il se vengeait sur sa famille à coups de silences terrifiants. Son frère et sa sœur plongeaient le nez dans leur assiette pendant que sa mère, nerveuse, faisait des allers-retours entre la cuisine et la salle à manger avec une servilité qui ulcérait Jacqueline.

Ils vivaient dans un bungalow à Otterburn Park, aussi bien dire à l'autre bout du monde. Adolescente, elle a cru mourir d'ennui dans cette banlieue beige et aseptisée. Quand Jacqueline allait à l'université, elle se tapait matin et soir l'interminable trajet en autobus. C'est là, entre deux arrêts, secouée par les cahots de la route, qu'elle a découvert les auteurs russes, Tolstoï, Dostoïevski, Tchekhov, qu'elle s'est pâmée sur Flaubert et son Emma Bovary qui se consumait d'ennui, qu'elle a dévoré Balzac et Zola, surtout Zola. Elle a pleuré sur le sort de Gervaise, morte dans le dénuement le plus total. Tous ces destins tragiques la consolaient. Elle se disait que les colères glaciales de son père n'étaient rien à côté du destin tragique d'Anna Karénine et du prince André.

Quand son père la convoquait dans son bureau, une pièce chichement meublée, elle tremblait. Elle savait ce qui l'attendait. Peu importe ce qu'elle faisait, bien ou mal, son père trouvait à redire. Elle entrait dans le bureau exigu la mort dans l'âme. Son pouls s'accélérait, son corps se couvrait de sueur froide. Elle reconnaissait les symptômes de la peur, cette peur qui la rendait lâche et servile. Chaque fois, la même scène se répétait.

— Enlève tes lunettes.

— …

— Enlève tes lunettes !

Jacqueline obéissait. Elle enlevait ses lunettes avec des gestes lents, espérant repousser le moment fatidique, les déposait d'une main tremblante sur le fauteuil au tissu élimé, puis se tenait le dos droit, les yeux fermés, prête à encaisser les gifles. Il la frappait au visage avec le plat de la main, un coup sec, dur. Sa tête ne faisait qu'un tour. Il la frappait de nouveau. Elle avait tellement peur qu'elle faisait pipi dans sa culotte. Elle maudissait son corps qui la trahissait. Une lueur mauvaise s'allumait alors dans les yeux de son père. Dès qu'elle faisait pipi, les coups s'arrêtaient.

— Remets tes lunettes, pis ferme la porte en sortant.

Docile, elle remettait ses lunettes, puis elle sortait, humiliée, les joues marbrées de rouge et les larmes aux yeux. Elle croisait sa mère, qui fuyait son regard. Jacqueline ne lui a jamais pardonné sa lâcheté, même si elle comprenait sa peur. Elle partageait la même.

Aujourd'hui, à vingt-six ans, Jacqueline se jure qu'elle ne reverra jamais son père, même s'il est malade. Il vient d'apprendre qu'il a un cancer du rein. Il veut se réconcilier avec ses enfants, racheter ses fautes, se faire pardonner sa violence en espérant

gagner son ciel, mais elle ne cédera pas. « Qu'il pour-
risse en enfer ! »

Elle finit son article comme un automate, éteint
la lumière de son bureau, attrape son poncho et part
au bar où l'attend Robert. Elle a besoin de boire et de
baiser.

10

Françoise

Montréal, 1957

Françoise se regarde dans le miroir d'un air satisfait. « Parfait », murmure-t-elle. Elle ajoute un peu de rouge à lèvres, passe sa main sur sa jupe qui moule ses hanches étroites, attrape son sac et sort en lançant : « Je pars à l'université, maman. Attends-moi pas pour souper. »

Françoise referme la porte derrière elle avant d'entendre la réponse de sa mère. Elle arpente d'un pas léger les rues d'Outremont. Elle a décidé de marcher pour profiter du printemps. Le soleil est chaud, l'air est doux, les arbres sont en fleurs et elle est amoureuse. Elle devrait penser à son examen de droit fiscal, sa bête noire, mais elle a la tête ailleurs.

Elle pense à Raymond, le beau Raymond Lorange, la coqueluche du département. Étudiant brillant et ambitieux, il veut devenir un grand avocat. À la fin du dernier cours, il l'a invitée à prendre un café pour lui emprunter ses notes. Elle n'est peut-être pas aussi brillante que lui, mais elle prend de bonnes notes. Sa plume court sur les feuilles de son cahier quadrillé où elle couche tout ce que le professeur dit avec l'application d'une collégienne zélée. Sa calligraphie est élégante, héritage d'une éducation stricte chez les Sœurs de la Providence. Elle utilise un stylo bleu, mais lorsque le professeur insiste sur une notion particulièrement importante, elle le troque contre un rouge. Même si ses notes sont courues, elle les passe à très peu de monde. Pourquoi laisserait-elle la moitié de la classe photocopier ses notes? Mais Raymond? Ah! Raymond! Elle est prête à tout pour lui.

Il veut ses notes. Simple prétexte pour se rapprocher d'elle? «Il me trouve à son goût, décide-t-elle. Après tout, je suis la plus belle fille de la faculté.» Elle oublie qu'elles sont peu nombreuses en droit, à peine une poignée, mais, peu importe, Raymond la trouve de son goût, elle le sait, elle le sent, elle le voit dans ses yeux lorsqu'il la regarde.

Hier, Françoise avait rendez-vous avec des copains au cinéma. Ils voulaient ensuite aller prendre un café, ce qui la menait à vingt-trois heures, mais son père a refusé. Le cinéma, oui, mais pas plus, a-t-il tranché. Il trouve qu'elle a déjà trop de liberté. Trop de liberté! Françoise s'étouffe d'indignation. Parmi ses amies, elle est la seule à rentrer aussi tôt, la seule à subir la tyrannie paternelle à vingt ans. Elle lui a obéi, résignée.

Elle a vu le film *Il était une chaise,* réalisé par

Norman McLaren et un jeune cinéaste dont elle n'a jamais entendu parler, Claude Jutra, puis elle est rentrée chez elle pendant que ses amis, y compris le beau Raymond, partaient au restaurant. À la maison, elle n'a salué personne et elle s'est enfermée dans sa chambre en claquant la porte. Elle a passé le reste de la soirée à mariner dans ses frustrations et à pester contre son père qui ne comprend rien à rien.

Même si les temps changent, son père reste figé dans son ordre ancien. Il va à la messe tous les dimanches, récite le chapelet en famille et reçoit le curé à souper. Il ne jure que par Maurice Duplessis. Françoise, elle, lit Sartre, Camus, Simone de Beauvoir, surtout Simone de Beauvoir, son idole. Elle est en train de lire *Le Deuxième Sexe*, une révélation, et *L'Invitée*, un livre scandaleux qui raconte l'histoire d'un ménage à trois. *Les Mandarins*, roman à forte saveur autobiographique, la fait rêver. Elle aussi aimerait faire partie d'un groupe d'intellectuels qui critiquent la société. Elle est subjuguée par la force des personnages féminins de Beauvoir et par le couple mythique Sartre-Beauvoir. Elle aimerait former un tel couple avec Raymond, mais elle doit d'abord se battre contre son père.

Avant de lire Beauvoir, elle a été subjuguée par *La Grève de l'amiante*, un essai brillant écrit par un jeune intellectuel, Pierre Elliott Trudeau. Elle l'a lu avec une ferveur religieuse, soulignant des passages qu'elle a appris par cœur. Trudeau bouscule les *a priori* qui guident depuis trop longtemps le Québec. Sa plume est mordante, parfois agressive lorsqu'il taille en pièces les idées archaïques véhiculées par l'Église. Ce livre est osé, frondeur.

— Ce Trudeau n'est qu'un petit intellectuel qui se croit tout permis, lui a dit son père. Il n'ira pas loin.

C'est son père qui a insisté pour qu'elle s'inscrive en droit, alors qu'elle se passionne pour l'histoire, en particulier celle du Québec. Nommé juge à quarante ans, il pense que le droit mène à tout.

Parfois, Françoise se faufile dans les cours de Maurice Séguin, l'étoile montante du département d'histoire. Elle s'assoit dans la dernière rangée du grand amphithéâtre qui est plein à craquer et elle l'écoute parler de la Conquête de 1760, des stigmates laissés par ce traumatisme et de l'assimilation du peuple canadien-français par les Anglais, une vision nouvelle qui malmène les idées reçues et qui est à des années-lumière de l'histoire traditionnelle où la Conquête est escamotée et la province réduite à une société rurale idéalisée. Sur l'estrade, la frêle silhouette de Maurice Séguin tranche avec ses propos électrisants.

De Beauvoir, Sartre, Trudeau, Séguin, tout sauf le droit, qui l'ennuie. Elle presse le pas. Elle ne veut pas penser à son examen, elle refuse d'assombrir cette belle journée avec des notions barbantes de fiscalité.

Elle voulait assister au concert rock d'Elvis Presley à Montréal, mais son père s'y est opposé. Le concert d'Elvis a été annulé, car aucune salle ne voulait l'accueillir, par peur des émeutes. Il a finalement chanté à Ottawa la semaine dernière. Elle aurait donné dix ans de sa vie pour le voir sur scène. Françoise aperçoit la tour de l'université. Une boule d'angoisse se forme dans son estomac. Elle déteste le droit fiscal, pour ne pas dire le droit tout court. Pour se donner du courage, elle fredonne une chanson d'Elvis Presley en gravissant les marches : « *One for the money, two for the show, three to get ready, now go, cat, go.* »

*　*　*

— Encore du macaroni au fromage !

Raymond rit et enlace Françoise.

— Oui, encore, c'est tout ce qu'on a les moyens de se payer.

— Tu fais le meilleur macaroni au monde.

Françoise et Raymond vivent ensemble depuis six mois dans un minuscule appartement. En hiver, ils gèlent, en été, ils crèvent, mais peu importe, été comme hiver, chaud ou froid, ils sont heureux, un bonheur pur, cristallin, léger, éternel.

Pendant que Raymond étudie le Code criminel, Françoise dévore les *Mémoires d'une jeune fille rangée* de Simone de Beauvoir. Elle devrait préparer son examen en droit fiscal qu'elle a échoué l'année dernière, mais le cœur n'y est pas. C'était son premier échec, elle l'a vécu comme un acte de rébellion contre son père.

Elle ne s'est pas mariée, autre acte de rébellion. Elle est partie vivre avec Raymond sur un coup de tête. Elle est encore stupéfiée par son audace. Elle a quitté la maison avec quelques boîtes de carton qui contenaient des vêtements, des livres et un peu de vaisselle. Sa mère a accepté de l'épauler discrètement. Cet appui inattendu, cette complicité inespérée l'a bouleversée. En quittant la maison, elle a découvert sa mère, une femme qui n'est pas aussi soumise qu'elle l'avait imaginé. Elle l'a aidée à faire ses boîtes et lui a refilé 500 dollars.

La veille de son départ, Françoise a affronté son père, les mains moites et l'estomac noué.

— Papa, je pars en appartement... avec Raymond.

Sans oser regarder son père, elle a murmuré « avec Raymond » d'une toute petite voix, prête à disparaître sous le plancher.

— Quand?

— Demain.

— Tu te maries pas?

— Non.

— Pourquoi?

— Je crois pas au mariage.

Sa voix n'était plus qu'un filet. Elle essayait d'être convaincante, mais elle se liquéfiait sous le regard courroucé de son père. Elle ne souhaitait qu'une chose, que cette conversation se termine au plus vite.

— Tu t'en vas vivre en concubinage.

— Oui.

— Tu sais ce que j'en pense?

— Oui.

— Si tu pars, tu remets plus jamais les pieds ici.

— Mais papa…

Il a quitté la pièce, la laissant seule au bord des larmes. À quoi s'attendait-elle? Qu'il saute de joie? Qu'il lui donne sa bénédiction? Qu'il la prenne dans ses bras en lui disant : « Sois heureuse, ma fille »? Sa mère l'a consolée.

— Pars, je m'occupe de ton père.

Françoise a ramassé ses boîtes. Raymond est venu la chercher, il avait emprunté l'auto d'un ami. Tous les soirs, elle appelait sa mère :

— Est-ce que je peux venir souper?

— Non, attends, ton père est encore fâché.

Six mois après son déménagement, sa mère lui a dit qu'elle pouvait souper à la maison, mais sans Raymond. Elle s'est présentée avec sa poche de linge sale. Son père l'a regardée, gauche, mal à l'aise, puis il lui a dit d'un ton bourru :

— Tu m'as manqué.

— Toi aussi, papa, tu m'as manqué.

Elle s'est assise à la table avec ses sœurs, sa mère et son père comme si rien n'avait changé, comme si elle ne s'était jamais rebellée, comme si l'ordre immuable des choses n'avait pas bougé d'un iota. Son père lui a même offert un verre de vin, un geste sans précédent. Mais pas question de voir Raymond.

Françoise met la table. Elle place les assiettes qu'elle a piquées à la cafétéria de l'université. Raymond la couve du regard. Ils mangent leur macaroni en parlant de droit, de littérature et en échangeant des potins sur leurs camarades de classe.

Après le repas, ils abandonnent la vaisselle sale dans l'évier et se réfugient dans le fauteuil, blottis l'un contre l'autre, enveloppés dans une couverture de laine râpeuse. Une vague de froid s'est abattue sur Montréal, ils n'osent pas mettre le nez dehors. Ils préparent leurs examens de fin de session. Raymond étudie comme un fou, Françoise, elle, passe du droit fiscal à Simone de Beauvoir.

« Noël dans deux semaines », se dit Françoise. Raymond n'est pas invité. Il ira dans sa famille et elle dans la sienne. Elle doit parler à son père, elle ne peut plus attendre, son ventre commence à s'arrondir. Sa mère est folle de joie, mais que dira son père? Il n'y a qu'une façon de l'amadouer : elle doit se marier. Elle n'a plus envie de se battre. Elle veut être heureuse, un bonheur parfait qu'aucun nuage n'assombrira.

Raymond est prêt à se marier, il est prêt à tout pour sa belle Françoise. Il est tellement heureux qu'elle soit enceinte. Ils n'ont pas d'argent? Pas grave, ils vont se débrouiller. Il veut plusieurs enfants, cinq, dix, quinze, des garçons, des filles, des jumeaux, des triplés. Il fait rire Françoise avec ses folies.

Elle replonge le nez dans les *Mémoires d'une*

jeune fille rangée en caressant son ventre. Elle est enceinte, elle n'en revient pas. Elle va être maman. Elle répète ce mot : « Maman, maman, maman. » Jamais elle n'aurait cru qu'elle pouvait être aussi heureuse. Si elle a une fille, elle l'appellera Simone.

11

Georges

Montréal, 1964

Le regard de Georges survole la classe. L'amphithéâtre est plein à craquer. Même s'il n'a que trentequatre ans, il est le professeur le plus populaire du département d'histoire. Il y a bien ce Maurice Séguin qui lui fait de l'ombre, mais il enseigne l'histoire du Québec, alors que lui se penche sur l'Afrique. Il aime enseigner, parler, expliquer, voir tous ces jeunes suspendus à ses lèvres.

— Le Mali a été le douzième pays africain à obtenir son indépendance, en 1960. Son président s'appelle Modibo Keita. C'est un nationaliste comme Kadhafi en Libye, Nasser en Égypte, Ben Bella en Algérie, Nehru en Inde.

Un silence respectueux accueille les paroles de Georges, qui se sent tout-puissant entre les quatre murs de son amphithéâtre.

Georges pointe les pays sur la carte qu'il a accrochée au mur, Mali, Libye, Égypte, Algérie, Inde. Il aperçoit Jacqueline Laflamme au premier rang. Elle le fixe de ses grands yeux bleus camouflés en partie par d'énormes lunettes. Georges perd le fil, bafouille, jette un œil sur ses notes, rattrape son idée et se lance dans un long monologue sur le démembrement de l'empire colonial français en Afrique.

— Comment la France, qui a toujours vanté les principes d'égalité, de liberté et de fraternité, a-t-elle pu se montrer aussi autoritaire avec ses colonies?

Georges se tait, balaie la salle des yeux et ignore la main levée d'un étudiant boutonneux. Il adore répondre à ses propres questions. Il enchaîne en oubliant l'heure. Il est passionné, il aime profondément l'Afrique, elle fait partie de lui, elle a bercé son enfance et abrité son adolescence et son premier amour. Il a passé davantage de temps en Afrique qu'au Québec. La chaleur tropicale lui manque, il n'arrive pas à se réconcilier avec les rudes hivers d'ici.

Son premier émoi amoureux, il l'a vécu en Afrique de l'Ouest, à l'époque de cette fameuse colonisation française. À quatorze ans, il vivait à Bamako, au Mali, depuis deux ans, avec sa mère et son père ambassadeur. Il n'avait rien de l'adolescent fluet. Une barbe naissante noircissait ses joues, et ses biceps musclés gonflaient son chandail, résultat des séances intenses de natation qu'il s'infligeait tous les jours dans la piscine familiale.

La cuisinière s'appelait Fanta. Elle avait vingt-cinq ans, la taille fine, des fesses d'enfer et des seins énormes. Après l'école, il se précipitait dans la cuisine, où Fanta travaillait en chantonnant. Elle lui préparait une collation, toujours la même, une mangue, une papaye et une tranche de pain tartinée de chocolat fondu. Il mangeait en dévorant Fanta des yeux. Elle riait, coquette, consciente du trouble de Georges, cet adolescent beau comme un cœur. Il était obsédé par Fanta. Le soir, il se masturbait en pensant à ses seins et à ses fesses. Son fantasme s'arrêtait là, il était incapable de s'aventurer plus loin, car il ne connaissait rien au corps des femmes. Il n'avait jamais vu de films érotiques ni feuilleté de revues cochonnes, encore moins vu une femme nue. Il devait se rabattre sur les descriptions prudes des romans français du XIXᵉ siècle.

Une nuit, Fanta s'est glissée dans son lit. Elle lui a fait l'amour. Georges a joui en dix secondes, un orgasme bref et violent. Fanta l'a regardé en riant.

— On recommence, mais cette fois-ci, doucement, tout doucement, lui a-t-elle dit.

Ils se retrouvaient toutes les nuits. Georges découvrait les délices de l'amour sous les draps de coton qui recouvraient son lit étroit d'adolescent. Fanta était une maîtresse exigeante qui voulait jouir. Il a appris à se retenir. À quinze ans, il était déjà un bon amant, le clitoris et le point G n'avaient plus de secrets pour lui.

Vingt ans plus tard, Georges est incapable de se rappeler le nombre de femmes avec qui il a couché. Il est accro au sexe, il le sait et il l'assume. C'est un bel homme, grand, mince, musclé. Il a une démarche souple, une dégaine de jeune premier et une gueule d'enfer. Ses cheveux noirs et son teint mat rappellent ceux des Amérindiens. À la fin du cours, des étudiants viennent le consulter. Il aime ce moment informel où il multiplie les mots d'esprit et étale ses connaissances. Il s'assoit sur le coin de son bureau, un pied par terre, l'autre qui se balance, détendu, nonchalant.

*   *   *

Dans son bureau minuscule qui ressemble à un cagibi, Georges écrit. Il ne voit pas le rayon de soleil qui éclabousse ses notes en désordre et ses livres qui débordent des étagères. Il n'entend pas non plus ses collègues qui discutent dans le corridor. Il est concentré. Son stylo court sur le papier, ses idées se bousculent. Il rédige son premier livre sur les Touaregs de Tombouctou, un résumé de sa thèse de doctorat, une brique de 542 pages. Il travaille sur le chapitre cinq, où il décrit le mode de vie des Touaregs.

« L'hiver, d'octobre à mars, les Touaregs quittent Tombouctou avec une centaine de dromadaires. Ils traversent le désert du Sahara, un périple de 750 kilomètres. Ils se rendent à Taoudeni pour acheter du sel, qu'ils ramènent à Tombouctou. L'aller-retour prend un mois. Le jour, les hommes boivent du thé et se reposent ; la nuit, ils avancent dans le désert sans boussole. Ils suivent les étoiles qui brillent dans un ciel pur. »

Il s'arrête, mâchonne son stylo. « Qui brillent dans un ciel pur. » Trop fleur bleue ? Pas assez sérieux ? Georges hésite, puis d'un trait vif biffe « qui brillent dans un ciel pur ». « Ce commerce très lucratif… »

Un grattement à sa porte.

— Entrez !

Une tête blonde apparaît.

— Je te dérange ? demande Jacqueline.

— Tu me déranges jamais. Viens ici.

Georges l'enlace.

— Attention ! On pourrait nous voir, dit-elle en riant.

Il verrouille sa porte et prend Jacqueline dans ses bras. Ils font l'amour sur le bureau en désordre, entre les livres d'histoire et les notes sur les Touaregs. Ils sont amants depuis le début de la session. Ils baisent avec fougue dans le bureau de Georges et dans le minuscule appartement de Jacqueline qu'elle partage avec des colocs. Parfois, quand Élyse part avec les enfants pour aller voir ses parents en Abitibi, ils font l'amour dans l'immense lit conjugal. Leur étreinte est toujours passionnée, leurs discussions aussi. Georges est en train de s'amouracher de Jacqueline. Il a peur. Depuis que Fanta lui a brisé le cœur, il maintient une distance prudente avec ses maîtresses. Fanta a quitté la maison de ses parents sans l'avertir, le laissant seul avec sa première peine d'amour. Son cœur était en miettes, son âme en désarroi. Ils couchaient ensemble depuis un an lorsqu'elle est partie sans lui dire adieu, rien, pas un mot, pas un sourire. Il a mis des mois à s'en remettre. Il croyait naïvement qu'elle l'aimait.

Avec l'arrivée récente de la pilule, qui bouleverse les mœurs sexuelles, le territoire de chasse de Georges s'est formidablement agrandi. Il choisit ses maîtresses avec soin, des femmes qui aiment le sexe et qui ne tombent pas amoureuses. Il possède une intuition infaillible pour les jauger, fruit d'une longue expérience. Il ne veut pas être piégé par une amante hystérique qui le supplierait de l'épouser. Il évite les scènes de jalousie comme la peste. Il a horreur de ça, c'est d'un vulgaire. Il a déjà une femme, Élyse, il l'aime, c'est la mère de ses enfants.

Georges a toujours séparé sa vie en deux. D'un côté, ses maîtresses, souvent des étudiantes. Au département, il a la réputation d'être un don Juan, ce qu'il trouve flatteur. De l'autre côté, sa vie rangée avec Élyse. Ses maîtresses et Élyse, deux univers séparés qui ne doivent pas se toucher; deux mondes parallèles, l'un clandestin, l'autre officiel. L'arrivée de Jacqueline a mis du sable dans sa machine bien huilée. Il a peur de s'attacher et de rompre le fragile équilibre entre ses deux vies qui coexistent en paix dans sa tête et dans son cœur. C'est la seule maîtresse qu'il a emmenée chez lui. Jacqueline le fascine. Est-ce sa vivacité d'esprit, son intelligence, son humour décapant ou cette rage souterraine qu'il devine quand ils font l'amour? Il l'ignore, mais il doit la quitter avant d'être trop amoureux. Élyse ne se doute de rien. Si elle le quittait, il s'effondrerait. Sa femme représente sa sécurité, son ancrage qui le ramène les deux pieds sur terre. Élyse doit être tenue dans l'ignorance. À tout prix.

Après l'amour, les amants se retrouvent dans un café près de l'université. Georges parle de l'Afrique, Jacqueline du Québec. Pendant que l'Afrique se débarrasse de la France qui l'a colonisée et goûte à l'indépendance, le Québec vit toujours sous le joug des Anglais. Mais la province se réveille. Un nouveau mouvement, le FLQ, utilise la violence pour prôner l'indépendance du Québec. L'année dernière, les felquistes ont attaqué trois casernes militaires avec des bombes incendiaires.

— Le Québec bouge enfin, ostie! Pis tant pis si c'est avec des bombes, dit Jacqueline en ajustant ses lunettes qui lui glissent sur le nez.

Georges n'arrive pas à se passionner pour le Québec. Son identité est trouble, il n'est ni québécois ni africain. Il est africano-québécois ou québéco-africain, il ne sait trop. Sa carrière, sa femme et ses enfants sont au Québec, mais son cœur et ses recherches sont en Afrique. Cette identité hybride lui plaît, mais elle le déstabilise. D'un continent à l'autre, il n'est pas le même homme. Encore sa vie scindée en deux.

— Pourquoi le Québec se sépare pas ? demande Georges. L'Afrique a pas eu peur, elle.

— Heille, l'Africain ! Tu comprends rien.

— Au contraire, je comprends très bien. On a toujours levé le nez sur l'Afrique. T'as acheté des petits Africains à l'école quand t'étais jeune ? On leur faisait la charité. Aujourd'hui, ces mêmes Africains nous font la leçon. Ils osent et nous pas. Tu vois ?

— Je vois quoi ?

— Que l'Afrique est en avance sur le Québec !

— T'exagères, t'es pas objectif pour deux cennes.

Ils sourient, bêtement heureux.

« Il faut que je la quitte, se dit Georges. Quatre mois que ça dure, c'est trop. »

*   *   *

— C'est moi, chérie !

Georges ôte son manteau, secoue ses bottes, les enlève en tirant sur le talon, chausse ses pantoufles, les rouge et noir qu'il aime tant, embrasse Élyse et prend sa fille et son fils dans ses bras. Il est heureux, comblé. Dans sa douillette maison d'Outremont, entouré de sa femme et de ses enfants, il devient un autre homme. Il se glisse dans la peau du mari, laissant, dans un coin verrouillé de sa mémoire, son autre vie, celle où brille Georges Dupont, historien, baroudeur, homme à femmes. Ici, il est plus québécois qu'africain.

— Qu'est-ce qu'on mange pour souper, ma chérie? Ça sent bon.

— Du ragoût de boulettes avec un renversé aux ananas pour dessert. Veux-tu un Bloody Caesar?

Il s'installe dans son fauteuil préféré, son Bloody Caesar à la main. Il écoute distraitement ses enfants lui raconter leur journée à l'école. Sa fille est brillante, son fils, un peu lent.

Après le souper, il descend au sous-sol pendant qu'Élyse fait la vaisselle et couche Jean et Chantal. Il ouvre son sac en cuir, sort son manuscrit et, oubliant l'heure, il se plonge dans le mode de vie des Touaregs. Il corrige certains passages, en ajoute d'autres. Il utilise toujours la même plume, celle qu'Élyse lui a offerte pour ses trente ans.

À une heure du matin, il s'étire, remet le capuchon sur sa plume, range son manuscrit dans son sac, éteint la lumière, puis il monte les marches d'un pas lourd. Il s'arrête dans la chambre des enfants. Il les regarde dormir. Jean suce son pouce en serrant son toutou dans ses bras, emmitouflé dans ses couvertures comme s'il faisait moins dix dans la pièce. Il l'embrasse sur le front. Chantal dort couchée en travers de son lit, emmêlée dans ses draps. Il l'abrille, la borde, ébouriffe ses cheveux.

Il traverse le couloir à pas feutrés pour rejoindre sa femme. Il se déshabille et se glisse doucement dans le lit. Il prend Élyse dans ses bras, il caresse ses seins, sa main descend jusqu'à son ventre ferme, puis entre ses cuisses. Elle gémit. Il la prend tendrement, amoureusement. Elle ouvre les yeux et lui sourit. Il aime faire l'amour avec Élyse quand elle est à moitié endormie. Il s'endort, heureux. Élyse, elle, reste éveillée, les yeux rivés au plafond. Elle sait que Georges collectionne les maîtresses et qu'il a une double vie, mais elle ne dit rien. Il l'aime, elle le sait, elle le sent. Le reste n'a pas d'importance.

12

La vie au temps de la résidence

Jacqueline ouvre un œil et regarde l'horloge au mur : six heures. Découragée, elle fixe le plafond de sa chambre. Six heures du matin, que va-t-elle faire de tout ce temps? Elle se sent vide et fatiguée, même si elle s'est couchée à neuf heures et demie. Neuf heures et demie! Elle n'en revient pas, une heure de vieux. Depuis quand se couche-t-elle à neuf heures et demie? Pourquoi se lever? Tout ce qui l'attend, c'est une journée ennuyante comme la pluie ponctuée par les repas et des jeux débiles. Elle n'a pas d'enfants, ses amis sont trop occupés, son frère est trop vieux, elle a rompu les liens avec sa sœur toxicomane et sa mère est morte. Son père vit à Otterburn Park dans le bungalow familial, seul avec ses deux chiens, mais elle le fuit. Il a quatre-vingt-dix-huit ans. Pas tuable, le vieux crisse.

Elle tend le bras et allume la radio. Elle tient son oreiller contre sa poitrine, comme un toutou. Elle se rendort au milieu du bulletin de circulation. S'ils savaient à quel point elle s'en fout des embouteillages, des ponts bloqués et des travaux qui entravent la ville! Elle se réveille à onze heures et demie en sursaut. Elle sourit: onze heures et demie, la vie est bonne pour elle aujourd'hui. Elle s'extirpe du lit, traverse son deux et demie nue, aperçoit sa silhouette dans le miroir, grimace en voyant ses chairs ramollies et ouvre les rideaux d'un grand geste de la main. Elle regarde les autos qui filent sur l'avenue Van Horne. Il va faire chaud. Encore. Elle n'aura pas le courage de mettre le nez dehors. Elle bâille et s'étire en se grattant l'entrecuisse. Elle a envie de se masturber. Non, cet après-midi, décide-t-elle, lorsque les minutes se transformeront en heures. Elle prend sa douche lentement. Elle s'habille en prenant tout son temps, le choix n'est pas compliqué: un jean et un t-shirt. Elle ramasse ses cheveux dans une queue de cheval, applique une mince couche de rouge à lèvres, une rare coquetterie qui la surprend elle-même, puis elle se dirige vers la salle à manger. Elle a réussi à tuer une heure.

Le repas commence à midi tapant. Elle arrive à midi trente. Elle cultive les retards, un délicieux pied de nez à la tyrannie de l'heure de tombée qui a guidé sa vie. Parfois, l'idée d'avaler un repas en tête-à-tête avec les Moisan, M. Gordon et M. Rossignol la déprime tellement qu'elle mange seule dans son appartement. Elle grignote des restants qui agonisent dans son frigo et observe les soubresauts de la planète à travers le petit écran. Elle préfère les nouvelles aux histoires mille fois racontées par M. Rossignol, la guerre, les privations, l'occupation allemande, la résistance. Sauf qu'aujourd'hui elle a besoin de sentir du monde autour d'elle.

Après le repas qu'elle a avalé en vingt minutes, elle revient dans son appartement et s'installe devant son ordinateur. Elle pose des questions à Google, son nouveau passe-temps. À qui d'autre les poser? Quelle est la profondeur des océans? Est-ce que les perruches font pipi? Quelle est la meilleure route pour se rendre à Percé? Par Matane ou par Amqui? Quel temps fera-t-il cet hiver? Est-ce que l'Afghanistan va replonger dans la guerre civile? Qui va gagner la guerre en Syrie? Comment tricher au bridge? À court d'idées, elle demande: «Comment vas-tu, Google?» Il lui répond une platitude: «Comment se faire embaucher chez Google.» Zéro imagination. Google ne sera jamais son ami.

Elle regarde l'heure: quatorze heures. Elle attrape le journal qui traîne sur la table basse et le lit d'une traite avec une lenteur calculée. Elle parcourt toutes les sections, même le cahier Auto. Elle finit avec la rubrique nécrologique, son plat de résistance, qu'elle épluche avec un zèle méchant, espérant glaner quelques miettes de potins. Elle sacre contre la formule obscure: «mort d'une longue maladie». Elle veut des détails. Quelle maladie? Cancer? Crise cardiaque? A-t-il beaucoup souffert? Où est-il mort? À l'hôpital? Dans son salon? Dans sa chambre en train de faire l'amour une ultime fois? Elle déteste cette pudeur hypocrite qui entoure la mort. Elle attaque ensuite les mots croisés, le sudoku, les mots fléchés, les citations. Quand elle réussit les mots croisés en moins de trente minutes, elle se donne un A. Elle dépose le journal en poussant un long soupir. Elle a rempli la grille en vingt-sept minutes. Elle décide de se donner un A+. Elle se lève, le corps engourdi. Elle colle son nez sur la porte-fenêtre. Les balcons sont vides. Elle a l'impression de vivre au milieu de gens éteints que plus rien n'intéresse sauf le train-train de la résidence, comme s'ils avaient abdiqué leur vie. Les résidents ressassent les mêmes souvenirs jour après jour avec un entêtement exaspérant. « Dans mon temps… » Si elle entend encore une fois cette phrase, elle prend un flingue et se brûle la cervelle.

Elle a sous-estimé le poids de la solitude. Elle a eu une vie tellement remplie qu'elle a oublié le temps qui prend son temps. Elle ignore comment occuper toutes ces heures qui ressemblent à la Sibérie. Quand elle sent la panique monter, elle se sermonne : « Calme-toi, Jacqueline, calme-toi, maudite marde ! »

Elle envie la bande des six, leurs discussions animées, leurs repas arrosés, leur franche camaraderie. Cette envie frise parfois la haine. Quand elle les voit rigoler, elle n'ose pas s'avouer qu'elle voudrait être assise à côté du juge à la place de Suzanne, sa femme prétentieuse qui ne pense qu'à se pomponner et qui change de robe à chaque repas. Mais plutôt se faire hacher menu que d'admettre tout cela.

Quand la boule d'amertume grossit trop, quand son cœur se remplit de fiel, elle enfile les verres de vin.

Elle s'assoit dans son La-Z-Boy et se plonge dans *Le Docteur Jivago*. Elle relit les classiques. C'est fou, c'est comme si elle ne les avait jamais lus. Elle a commencé par *Crime et Châtiment* de Dostoïevski. Elle se souvenait de l'étudiant Raskolnikov qui tuait sa logeuse pour lui voler un peu d'argent, mais rien de plus. Elle avait oublié ses tourments, ses remords, sa crise presque mystique. Emballée, elle a décidé de relire Boris Pasternak.

Elle s'est lancée dans *Le Docteur Jivago* avec un bel enthousiasme, mais elle s'est vite empêtrée dans les longueurs. Elle s'arme de courage et ouvre le livre. Elle relit le passage où le Dr Jivago est déchiré entre sa femme et sa maîtresse. Cette histoire d'amour impossible sur fond de guerre l'ennuie.

Elle est fâchée contre l'amour, surtout lorsqu'elle voit Georges et Françoise roucouler comme de jeunes amoureux. Elle voudrait les secouer et les pulvériser avec un bazooka, le beau Georges et l'insignifiante Françoise qui n'a rien fait de sa vie, sauf torcher cinq garçons. Mon Dieu! Encore cette rage, cette colère, cette envie de tout foutre en l'air. «C'est mon père que je devrais trucider, pas Georges et Françoise», se dit-elle.

Peut-être devrait-elle consulter un psy? Charlotte lui a donné le nom d'une femme. La fine Charlotte qui comprend tout. Jacqueline voit bien qu'elle est amoureuse de Maxime, trop amoureuse. Elle a peur pour elle, Maxime va la faire souffrir, elle le sent. Elle dépose son livre et jette un œil sur sa montre : quinze heures trente. La salle à manger n'ouvre pas avant dix-sept heures. Elle se lève, fait coulisser la porte-fenêtre, une bouffée d'air chaud et humide lui saute à la gorge, elle la referme aussitôt. Elle se sert un grand verre d'eau qu'elle boit d'un trait, elle allume la télévision, passe les chaînes en rafale, remet la télécommande sur la table basse en soupirant. Elle n'a même plus envie de se masturber. Elle se lève de nouveau, fait les cent pas, puis elle se décide sur un coup de tête. La messe a commencé à quinze heures, elle a le temps d'attraper la fin. Elle regarde son t-shirt fripé. Elle voit une tache, elle hésite, elle devrait peut-être le changer ? Tant pis. Elle saisit son sac et sort de son appartement, heureuse d'avoir enfin quelque chose à faire.

* * *

Quand Jacqueline arrive, le prêtre est en train de donner la communion. Il circule laborieusement entre les marchettes et les fauteuils roulants au son d'une musique ponctuée de chants et d'orgue. Il dépose une hostie dans les mains de chacun en disant : « Le corps du Christ. » M. Rossignol prend l'hostie en tremblant, l'échappe en la portant à sa bouche, se penche péniblement pour la ramasser, s'appuie sur la chaise de son voisin qui racle bruyamment le plancher, vacille, puis finit par retrouver son équilibre en s'excusant à voix haute. Le prêtre continue son chemin comme s'il n'avait rien vu. Il passe tout droit devant Jacqueline.

Le prêtre revient devant son autel improvisé. Maigre, il flotte dans sa soutane blanche. Dans ses sandales, il porte des bas blancs qu'il tire sur ses mollets diaphanes. La messe est célébrée le samedi. Le dimanche, le prêtre est trop occupé, il n'a pas le temps de venir à la résidence. Il nettoie le calice avec un linge, puis il prend la télécommande et arrête la musique.

— Ouvrez votre livret à la page 32.

Jacqueline ne croit plus en Dieu depuis longtemps. Comment Dieu, qu'on dit bon et miséricordieux, peut-il fermer les yeux sur les guerres, les génocides, la misère et la pauvreté? Elle exècre tout ce que le pouvoir religieux représente, en particulier son exigence en une foi aveugle. Croire à tout, même les miracles, sans discuter et sans rouspéter. La soumission. Jacqueline n'a jamais cru à cette histoire de pains qui se multiplient, une fumisterie qui confirme tout le mal qu'elle pense de l'Église. Jésus était, au mieux, un magicien de génie, au pire, un manipulateur qui a berné des disciples crédules.

Son cancer a réveillé une vieille peur, celle de la mort, de l'enfer et des limbes, ce néant mystérieux où les âmes impures errent pendant l'éternité, quelque part entre le ciel et l'enfer. Les limbes lui font penser à Otterburn Park. L'ennui et l'éternité rassemblés dans une banlieue éteinte de Montréal. Elle ne veut pas vivre son immortalité dans un Otterburn Park *post mortem*.

Elle observe le prêtre qui jette un regard condescendant sur ses ouailles, car il a la foi, lui, la vraie foi, celle qui commande les sacrifices et transporte les montagnes. Si Dieu existe, se dit Jacqueline, il lui saura gré de sa présence. Cette vision mercantile l'étonne, elle qui s'est toujours vantée de vivre dans le péché sans craindre les tourments de l'enfer. Mais si Dieu lui a collé un cancer de la langue parce qu'elle a trop chialé, il est capable de l'envoyer rôtir avec Satan pour expier ses péchés. Et ils sont nombreux, ses péchés : la colère, la mesquinerie, la jalousie, l'orgueil, l'envie... L'enfer. Elle y retrouvera sûrement son père. L'idée de le côtoyer pendant l'éternité lui chamboule l'estomac.

Le prêtre récite une prière. Jacqueline connaît les paroles par cœur. Petite, elle les a récitées jusqu'à l'écœurement. À l'époque, on vouvoyait Dieu. Cette manie de le tutoyer lui tape sur les nerfs, comme si l'Église, en s'encanaillant, espérait recruter davantage de fidèles. Cette prière est gravée dans sa mémoire avec toutes les autres : *Je vous salue Marie, Je crois en Dieu, Je confesse à Dieu,* sans oublier les sept commandements de l'Église et les dix commandements de Dieu, surtout le quatrième : « Père et mère tu honoreras afin de vivre longuement. » Elle préfère mourir tout de suite, ici, foudroyée par une crise cardiaque, plutôt que d'honorer son père. Elle voit

Françoise, ses lèvres bougent avec ferveur. Georges, lui, marmonne, la tête ailleurs.

Quand elle était jeune, elle était très croyante. Elle voulait devenir une sœur, consacrer sa vie au petit Jésus, comme la moitié des fillettes du Québec. Elle était en quatrième année et sa maîtresse, Mlle Macanthy, une bigote, ne jurait que par Dieu. Tous les vendredis, elle permettait à l'élève la plus sage d'apporter chez elle une statue de la Sainte Vierge, une grande statue en plâtre de deux pieds de haut. Elle trônait en avant de la classe sur une petite table recouverte d'une nappe blanche. Jacqueline ne se lassait pas de la regarder. Elle la trouvait belle avec sa robe blanche, son voile bleu, ses mains délicates et son visage angélique qui respirait la bonté. Jacqueline était secrètement amoureuse de la Vierge Marie. Un vendredi, Mlle Macanthy l'a choisie parmi les quarante enfants de la classe.

— Vous me la ramenez lundi matin. Prenez-en soin, la Sainte Vierge veillera sur vous.

Jacqueline a parcouru le kilomètre qui la séparait de sa maison avec la Sainte Vierge sous le bras. Elle était lourde et massive. Elle est entrée dans la cuisine, gonflée d'orgueil, et a montré la statue à ses parents. Son père s'est exclamé en lui jetant un regard mauvais :

— C'est donc ben laid !

Il a ri, lui qui ne riait jamais.

— Je veux pas la voir de la fin de semaine, c'est-tu clair ?

— Oui, a bredouillé Jacqueline, au bord des larmes.

Le lundi matin, elle a pris la statue sous son lit, elle l'a calée sous son bras et elle est partie à l'école en s'excusant auprès de la Vierge Marie. Elle a déposé son précieux fardeau sur le bureau de la maîtresse sans dire un mot. Elle avait honte, car elle avait trahi la confiance de Marie, de Jésus, de Dieu, de tous les saints de l'univers et de Mlle Macanthy. Jamais elle ne pourrait devenir une sœur après une telle trahison.

— Le Seigneur soit avec vous, dit le prêtre.

— Et avec votre esprit, répond la salle.

Jacqueline pense à la partie de bingo qui se déroule tous les jours après le souper, beau temps, mauvais temps, qu'il neige ou qu'il grêle. Quand elle a révélé à ses anciens collègues qu'elle jouait au bingo, ils ont ri d'elle. Ce rire franc et spontané l'a ulcérée. « On joue à l'argent », a-t-elle dit pour se défendre. Elle a vu leur regard ahuri. Jamais elle ne s'est sentie aussi vieille, aussi loin de la vraie vie, celle qui se déroule en dehors de la résidence.

— Allez dans la paix, conclut le prêtre. Passez une belle semaine. Paraîtrait qu'il va faire très chaud.

Pendant que le prêtre remballe ses affaires, les résidents se lèvent, placotent, échangent des potins, comme s'ils étaient sur le parvis d'une église. Jacqueline se sauve sans saluer personne.

13

La nuit

Charlotte est stressée. Il est trois heures du matin et le deuxième étage est agité. Mme Patenaude a appelé quatre fois, le son grêle de la sonnette résonne encore dans le cagibi qui sert de bureau aux préposés. M. Miller est revenu de l'hôpital, son état est stable, mais elle a peur qu'il fasse une rechute. Elle est seule sur l'étage, seule pour s'occuper de vingt-trois résidents fragiles et confus.

« Plus jamais ! », se jure Charlotte. Marie-Ange, la préposée haïtienne, a appelé à vingt heures pour dire qu'elle ne rentrait pas parce qu'elle ne se sentait pas bien. Charlotte ne la croit pas, c'est la troisième fois en trois semaines qu'elle s'absente à la dernière minute avec une excuse bidon et, chaque fois, Charlotte a dû la remplacer au pied levé. Elle est convaincue qu'elle va démissionner. Le racisme de certains résidents l'ulcère. Elle n'en peut plus de se faire traiter de bronzée, de négresse et de grosse vache noire. Charlotte a essayé de la consoler :

— C'est pas de leur faute, c'est la maladie.

— Je le sais, mais j'en peux plus.

Marie-Ange lui a raconté son échange surréaliste avec M. Moisan :

— Toi, ta religion, c'est quoi ?

— Le vaudou.

— Ça parle quelle langue, ça ?

— Le créole.

— Ben ça, ça me dépasse.

Elles ont ri.

Le concept même de la résidence scandalise Marie-Ange : des vieux malades, seuls dans leur chambre sans leur famille. Comment les enfants osent-ils abandonner leurs parents aux mains d'étrangers ?

— En Haïti, on trouve toujours quelqu'un prêt à nous aider. À votre place, j'aurais honte.

Mais la goutte d'eau, c'est la directive de Mme Robitaille, qui a interdit au personnel de parler créole pendant les heures de travail.

— Il y a eu des plaintes, a expliqué Mme Robitaille.

— De qui ? a demandé Marie-Ange.

— Des plaintes, contentez-vous de ça.

Charlotte a écouté Marie-Ange en hochant la tête. Elle n'a pas osé lui dire qu'elle se sentait exclue quand les employés parlaient créole entre eux. Marie-Ange l'impressionne avec son rire tonitruant. Charlotte ne connaît rien au monde, encore moins à Haïti, à part les images cauchemardesques du tremblement de terre qui ont tourné en boucle à la télévision dans une atmosphère de fin du monde. Enfant,

Charlotte a souvent voyagé aux États-Unis avec ses parents, qui avaient un condo en Floride. Sa vision de la planète se limite au Québec et à Pompano Beach, avec ses rangées de maisons identiques, ses palmiers, ses autoroutes, ses immenses hamburgers et ses gigantesques centres commerciaux.

Charlotte a commencé à minuit. Il n'est que trois heures, le milieu de la nuit, l'heure où tout peut basculer. Elle ne tiendra pas le coup, c'est trop pour une seule personne. Comment Marie-Ange fait-elle pour se débrouiller? Elle n'a pas arrêté une minute, une vraie queue de veau. Elle finit à huit heures, aussi bien dire dans une éternité. Elle est en retard sur son horaire, elle doit refaire le tour des résidents pour changer leurs couches et s'assurer que personne n'est en train d'agoniser, de mettre le feu ou de s'enfuir en jaquette dans les rues d'Outremont.

Mme Patenaude sonne de nouveau. Charlotte entre dans sa chambre. On se croirait sous les tropiques tellement l'air est chaud et humide. Mme Patenaude disparaît sous une montagne de couvertures.

— Vous m'avez appelée?

— C'est-tu la nuit, là?

— Oui.

— Je peux-tu dormir, là?

— Oui, vous pouvez dormir.

Elle change sa couche, baisse le chauffage et referme la porte.

Elle croise M. Moisan, qui erre dans le couloir à la recherche de sa femme.

— Allez vous coucher, monsieur Moisan.

— Est où, ma femme?

— Au quatrième, monsieur Moisan, inquiétez-vous pas.

— Je me cherche un endroit où dormir.

— Venez, j'ai une belle place pour vous.

Il se laisse faire. Elle l'amène dans sa chambre, éteint la télévision qui joue à tue-tête, le rassure, le cajole, change sa couche et lui met une suce dans la bouche. C'est la seule façon de le calmer.

Charlotte est essoufflée, inquiète. Elle a le numéro de cellulaire de Mme Robitaille dans sa poche.

— S'il y a quoi que ce soit, tu m'appelles.

— Oui, madame Robitaille.

Elle n'osera jamais la déranger en plein milieu de la nuit. À moins que, à moins que quoi? Charlotte refuse d'échafauder des scénarios catastrophe. Elle continue sa tournée. Mme Mackenzie est assise dans son La-Z-Boy, une photo de famille sur les genoux. Elle lève les yeux quand Charlotte entre dans la chambre.

— Vous devriez dormir, madame Mackenzie.

— Je veux vous présenter ma famille.

Elle lui montre une photo en noir et blanc au lustre patiné, des hommes et des femmes en rangs serrés sur les marches d'une église. En avant-plan, Mme Mackenzie au bras de son mari. Elle porte une robe blanche avec de la dentelle et un long voile diaphane. Elle sourit, son mari aussi. Ils ont l'air heureux, ils ont la vie devant eux. Ils auront huit enfants, que Mme Mackenzie mettra au monde avec la régularité d'un métronome, un tous les deux ans. Parmi eux, le fils avocat qui lui rend visite une fois par mois, le nez collé sur son iPhone. Son mari possédait une pharmacie au centre-ville. Après onze attaques à main armée perpétrées par des toxicomanes, il l'a vendue. Il est parti travailler à la Baie-James. Il n'a jamais été aussi heureux. Il adorait les grands espaces, l'hiver, le blanc à perte de vue, le vent glacial qui soufflait du nord et balayait la toundra en soulevant la neige en rafales. Il se sentait libre, délivré de la pharmacie qu'il avait héritée de son père. Sa femme venait parfois le rejoindre. Les enfants étaient grands, ils avaient enfin du temps à eux. Ils ont vendu leur maison pour s'installer dans un condo. La vie a filé entre la Baie-James, Montréal et les petits-enfants.

Puis la maladie a frappé, un cancer du cerveau fulgurant. Les premiers symptômes sont apparus un soir de février, un mal de tête lancinant suivi d'une crise d'épilepsie. Ils ont consulté, le diagnostic est tombé comme une tonne de briques. M. Mackenzie est mort deux mois plus tard, au printemps. Sa femme a vendu le condo et elle s'est installée au Bel Âge. Un an plus tard, l'alzheimer commençait ses ravages.

— C'est du bien beau monde, dit Charlotte en regardant la photo pour la centième fois.

— Lui est mort, lui est mort, elle est morte, c'est

toutte mort. Moi aussi, je vais mourir, j'ai hâte de rejoindre mon monde, je m'ennuie ici.

Elle dépose la photo sur la table du salon et ferme les yeux.

— Je suis fatiguée, laissez-moi.

Charlotte est triste. Mme Mackenzie a de rares moments de lucidité. Elle a envie de lui dire de prendre son temps pour mourir doucement, tout doucement, sans peur et sans douleur. Elle la laisse dans son fauteuil, où elle passe souvent la nuit. En refermant la porte, elle entend le tic-tac de l'horloge grand-père qui trône dans un coin de la chambre mêlé au bruit de la respiration lourde de Mme Mackenzie.

En parcourant les couloirs silencieux du deuxième, Charlotte se demande si elle va se marier. Est-ce qu'elle aura des enfants? Goûtera-t-elle au bonheur? Elle pense à Maxime et une bouffée d'allégresse lui monte à la tête. Ils ont fait l'amour hier pour la première fois.

Il l'a invitée dans un restaurant polonais de la rue Prince-Arthur. Maxime est fou de la Pologne. Il aime tout de ce pays, sa langue chuintante avec ses mots truffés de consonnes, la choucroute, les pierogis et les Tatras, la chaîne de montagnes qui chevauche la Pologne et la Slovaquie. Il rêve de visiter ce pays où il n'a jamais mis les pieds, il veut voir Varsovie, Cracovie et Gdańsk, berceau de la lutte du syndicaliste Lech Wałęsa. Il a vu tous les films d'Andrzej Wajda et de Roman Polański, et il est passé à travers l'œuvre de Witold Gombrowicz.

Maxime est entier, intense. Il parle avec passion de ce grand journaliste polonais, Ryszard Kapuściński, et de son livre *Ébènes,* où il raconte ses reportages en Afrique noire. Il adore répéter ce nom, Kapuściński, il se sent savant lorsqu'il le prononce avec un accent qu'il croit slave, mais qui n'est que du québécois émaillé de « schhh ». Quand il parle de la Pologne, Charlotte est suspendue à ses lèvres. Elle se promet d'acheter le bouquin de ce journaliste au nom impossible, même si elle n'a jamais terminé un livre de sa vie. Elle a toujours abandonné à mi-chemin – ce n'est pas de sa faute si elle s'endort au milieu d'une page. Mais pour Maxime, elle est prête à dévorer tous les Kapuściński de la création. Pour une rare fois, elle se sent intelligente.

Hier, Charlotte a mis des sandales à talons hauts et sa robe noir et blanc à pois, qui met en valeur sa poitrine généreuse. Elle a noué un bandeau assorti dans ses cheveux éternellement en bataille. Ils ont partagé une bouteille de vin en échangeant des anecdotes sur la résidence et ils ont ri en parlant des snobs de la table des six. La conversation a pris un tour plus intime au troisième verre de vin.

Après le souper, ils ont marché dans la moiteur de la nuit. Maxime a pris la main de Charlotte, qui a rougi.

— Chez nous ou chez vous ? a demandé Maxime.

— Chez vous, a répondu Charlotte sans hésiter.

Elle avait mis des heures à choisir une tenue qui plairait à Maxime. La moitié de sa garde-robe est éparpillée dans sa chambre, elle est partie en laissant tout traîner. Elle ne veut pas qu'il voie son désordre amoureux. Ils ont traversé la moitié de la ville en métro. Leurs corps se touchaient, bercés par le cahotement du wagon. Charlotte sentait un choc électrique parcourir son échine chaque fois qu'elle frôlait Maxime. Ils ont grimpé en silence les marches de l'immeuble où vit Maxime. Ils ont commencé à s'embrasser dans les escaliers. Ils sont arrivés au quatrième, essoufflés. Il a ouvert sa porte en tenant Charlotte dans ses bras. Ils sont restés au milieu du salon, enlacés dans une étreinte maladroite. L'obscurité baignait la pièce, malgré la lueur d'un lampadaire. Maxime a enlevé la robe de Charlotte avec des gestes lents. Il a commencé par les fines bretelles, puis il a fait glisser le vêtement léger, qui est tombé par terre dans un bruit de tissu froissé. Elle portait un soutien-gorge et une culotte en dentelle noire d'une étonnante coquetterie. Maxime aime ses rondeurs appétissantes. Charlotte était terriblement gênée, nue dans le salon aux fenêtres sans rideaux. Il l'a prise par la main et il l'a entraînée dans sa chambre, il l'a étendue sur le lit avec mille précautions et il lui a fait l'amour doucement, tendrement.

Charlotte chasse Maxime de ses pensées. Le temps file, elle doit préparer les médicaments, laver le plancher, ranger le bureau, rédiger son rapport et effectuer une dernière ronde avant que le jour se lève.

L'étage est silencieux, la nuit a finalement été calme, Charlotte est soulagée. Elle ne voulait surtout pas réveiller Mme Robitaille, encore moins appeler le 9-1-1.

Mme Mackenzie dort, Mme Patenaude aussi. Elle est recroquevillée dans son lit, comme une enfant perdue au milieu d'une tempête.

M. Blanchette, lui, est debout devant le miroir de sa salle de bain. Il parle à son ami imaginaire. Il passe des nuits entières à s'entretenir avec lui. Le jour, il dort pour rattraper le sommeil perdu. Cette nuit, M. Blanchette est pâle et agité.

— Ça va mal, ça va mal, je sais pas ce que je vais faire, dit-il à son reflet.

— Il est cinq heures, vous avez besoin de sommeil, insiste Charlotte d'une voix ferme.

— J'ai pas le temps.

— Regardez dehors, il fait noir.

— Je le sais, mais je suis occupé, là, mon ami est avec moi.

— Il est fatigué, votre ami, il veut se coucher.

M. Blanchette hésite.

Il se laisse guider par Charlotte. Il glisse doucement son corps perclus de rhumatismes entre les draps. Lorsqu'elle le quitte, il fixe le plafond avec un entêtement muet.

Elle entre dans la chambre de M. Moisan.

— Vous dormez pas? Vous devriez, c'est encore la nuit.

— Vous me prenez pour un enfant?

Le ton est agressif. Charlotte soupire. L'alzheimer le rend paranoïaque, elle sait qu'il n'y a rien à faire. Elle ouvre la porte de M. Miller. Il est couché dans son lit, les yeux grands ouverts.

— C'est-tu le temps de se lever?

— Non, pas encore.

Les premières lueurs de l'aube colorent le ciel. Il fait déjà chaud. Charlotte s'assoit dans le cagibi avec une tasse de café, sa cinquième. Elle a une furieuse envie de griller une cigarette. Elle sort son iPhone et jette un œil anxieux sur l'écran. Rien, pas un mot de Maxime.

À regret, elle prend le cahier où les préposés notent le déroulement de la nuit. Elle déteste remplir de la paperasse, elle fait des fautes d'orthographe. Mme Robitaille l'a déjà réprimandée pour son français « catastrophique ». Elle a eu tellement honte. Catastrophique. Le mot lui semble un peu fort. Elle fait des fautes, elle est la première à l'admettre, mais ce n'est pas « catastrophique ». Elle regarde la page blanche à la recherche d'inspiration, elle pense à Maxime une dernière fois, puis elle se lance : « Mme Patenaude a soner neuf fois sette nui… »

14

Les atteints

Charlotte est angoissée. Depuis deux jours, elle a mal au cœur. Ce matin, en se levant, elle a vomi. Elle se sent à fleur de peau, tout l'énerve, surtout Mme Pate-naude.

— Sont où, mes dents?

— Je peux pas les chercher, je vous lave, là, répond Charlotte.

— Sont où? Sont où?

Charlotte dépose la débarbouillette dans la bassine en poussant un soupir. Elle cherche le dentier en bougonnant. C'est la même histoire tous les matins, d'abord les dents, puis les lunettes. Ça fait deux ans qu'elle cherche les lunettes et les dents de Mme Pate-naude.

D'habitude, elle reste calme, mais aujourd'hui... En se penchant trop brusquement pour regarder sous le lit, un haut-le-cœur la chavire. Elle se précipite aux toilettes, son estomac se soulève, les hoquets sont douloureux, mais elle ne vomit que de la bile. Elle n'a rien mangé ce matin, elle n'avait pas faim.

« Mais qu'est-ce que j'ai ? Je peux pas être enceinte, je prends la pilule. »

Elle s'essuie la bouche, puis elle se regarde dans le miroir. Elle a une petite mine. Et si c'était le cancer ? L'estomac, peut-être ? Une de ses tantes en est morte l'an dernier, c'était horrible. Elle se rappelle avec effroi son visage décharné, sa maigreur extrême. Ou le côlon ? Ou le sein ? Elle palpe sa poitrine à la recherche d'une masse suspecte. Rien.

— Charlotte !

— J'arrive !

Et si c'était la sclérose en plaques ? Depuis hier, ses jambes sont engourdies. Mais non, elle ne vomirait pas. Elle se regarde de nouveau dans le miroir. Elle ouvre la bouche, tire la langue. Et si elle avait un cancer de la langue comme Jacqueline Laflamme ? Impossible, elle ne parle jamais contre les autres.

— Charlotte !

— Oui, oui !

Elle s'asperge le visage d'eau froide, puis elle prend une grande respiration. En se retournant, elle aperçoit les dents de Mme Patenaude dans le bain. Elle revient dans la chambre.

— Tenez, vos dents ! Mettez-les, sinon vous allez encore les perdre.

Son ton est brusque. Mme Patenaude la regarde avec des yeux de chien battu, des larmes coulent sur ses joues.

— Pleurez pas, madame Patenaude, c'est pas grave, c'est juste des dents.

Charlotte l'habille avec des gestes doux, la couche, le soutien-gorge, la robe, les sandales.

— Vous êtes belle comme un cœur.

Mme Patenaude rit.

— Allez déjeuner. À droite en sortant de votre chambre. À droite!

Elle regarde son iPhone. Pas de message de Maxime. Ils se sont quittés en froid ce matin. Charlotte était en retard. Maxime l'a regardée vomir sans rien dire, il était encore fâché.

Charlotte repousse une mèche de cheveux en surveillant l'ascenseur. Jacqueline Laflamme sera ici dans dix minutes. Elle a insisté pour visiter le deuxième. Charlotte a hésité. Ce n'est pas interdit, mais ce n'est pas permis non plus. Un mur de Berlin sépare le deuxième du reste de la résidence, comme si le deuxième était contaminé, ou, pire, contagieux. Pourtant, la vieillesse, ça ne s'attrape pas.

Les bien-portants ne viennent jamais ici. C'est une règle non écrite. De toute façon, qui a envie de se balader au deuxième et de voir Mme Couture jouer avec ses seins au milieu du couloir encombré de fauteuils roulants et de marchettes? Elle aurait dû demander la permission à Mme Robitaille, mais Jacqueline Laflamme ne voulait pas. «Juste une petite visite», a-t-elle dit d'une voix enjôleuse. Charlotte a accepté, elle n'aurait pas dû. Si Mme Robitaille l'apprend, elle risque de perdre son emploi.

Charlotte se tord les mains en guettant l'ascenseur. Craquant sous la pression du juge et de sa clique, Mme Robitaille songe à organiser des activités séparées pour les atteints. Elle en a parlé à Charlotte.

— Penses-tu que tu pourrais y arriver si les activités étaient séparées ?

Charlotte a hésité.

— C'est sûr que c'est plus d'ouvrage. Oui, peut-être, je sais pas. Avez-vous demandé aux autres ?

— Je te le demande à toi, ma petite Charlotte. J'ai besoin de toi. Ça affecte le moral des résidents de voir tout le temps des malades.

Jacqueline Laflamme, qui a eu vent du projet, veut écornifler au deuxième pour alimenter son indignation.

Maxime est en colère. Il n'aime pas la table des six, le juge, sa femme et leurs amis, tous plus snobs les uns que les autres. Charlotte est plus nuancée, elle ne sait pas, elle ne sait plus. Elle compatit avec les atteints, mais elle comprend aussi les bien-portants. Maxime et elle en ont discuté hier. Le ton s'est envenimé.

— Ils sont vieux, Charlotte. Vieux, comprends-tu ? Toute la gang ! Fini les classes sociales, fini l'argent. La vieillesse épargne personne.

— Je le sais qu'ils sont vieux, je travaille ici depuis quatre ans ! T'es trop dur avec les bien-portants. T'aimerais ça, toi, voir à tout bout de champ des marchettes, des fauteuils roulants pis du monde perdu ?

— Il n'y a pas que des perdus au deuxième, plusieurs ont toute leur tête.

— Oui, mais t'as vu dans quel état ils sont? Des cancéreux.

— Raison de plus pour pas les mettre à part. Je te reconnais plus, Charlotte. Tu t'es laissé embobiner par la Robitaille?

— Pantoute!

— Tu trouves qu'il fait pitié, toi, le juge? Hon! Pauvre petit pit, obligé de croiser M. Moisan dans la salle à manger. Voyons donc, Charlotte! Tu dis n'importe quoi.

— C'est toi qui dis n'importe quoi!

C'était leur première querelle. Ils se sont couchés dos à dos, sans se toucher. Charlotte a pleuré silencieusement, la tête enfouie dans l'oreiller. C'est peut-être pour ça qu'elle a vomi ce matin? Elle n'a pas digéré leur chicane?

Elle est fâchée contre Maxime et Jacqueline Laflamme, qui vient mener sa petite enquête au deuxième comme si elle travaillait encore dans son journal. Elle les voit souvent ensemble. Leur complicité la dérange, elle se sent exclue. Charlotte regarde son iPhone. Au même moment, les portes de l'ascenseur s'ouvrent et Jacqueline apparaît, tout sourire.

— Alors, ma petite Charlotte, on le visite, ce deuxième?

« Pourquoi tout le monde m'appelle "ma petite Charlotte"? se demande-t-elle, exaspérée. Je suis pas petite, mais grosse. Grosse et laide. »

15

La vie au temps de la résidence, suite

— Le bonheur n'est pas le fruit de la paix. Le bonheur, c'est la paix.

L'animatrice, Sofia, regarde l'assistance. Elle laisse planer un silence. Au premier rang, le juge et sa femme. Tout près, Georges et Françoise, qui sont entrés dans la salle en se tenant par la main. Plus loin, Mme Patenaude, M. Gordon, Mme Mackenzie et Jacqueline Laflamme. Sofia ne se souvient pas des noms des autres résidents, elle ne vient ici que depuis un mois, une heure par semaine, bénévolement. Une quinzaine de personnes se sont déplacées pour assister à son atelier sur les aphorismes.

— C'est quoi, un aphorisme ? a demandé Lucie Robitaille quand Sofia lui a vendu l'idée.

— Une phrase qui résume une vérité en quelques mots.

— Ça donne quoi ?

— Les résidents doivent réfléchir au sens de la phrase, lancer des idées, discuter. Ça stimule leur intellect. J'ai développé cette technique en Italie. J'aimerais la tester sur des personnes âgées.

— Ça me coûtera rien?

— Non, rien.

L'activité patauge. Sofia consulte discrètement sa montre : trois heures moins quart. Encore quinze minutes! Une éternité! Comme l'a si bien dit Woody Allen, l'éternité, c'est long, surtout vers la fin. Elle essaie de garder un ton joyeux. Elle ajuste ses lunettes, tire sur sa jupe rouge pompier qui remonte un peu trop haut sur ses cuisses et sourit.

Elle a commencé avec enthousiasme, mais les résultats sont décevants. De semaine en semaine, elle a l'impression de s'enliser en Absurdistan. Elle répète sa phrase :

— Le bonheur n'est pas le fruit de la paix. Le bonheur, c'est la paix.

— On ne peut pas avoir le bonheur sans la paix, dit le juge.

— C'est très bien, très, très bien, s'excite Sofia. D'autres commentaires?

— Ça veut rien dire, lance Jacqueline. Le bonheur, c'est la jeunesse, pas la paix. C'est évident, câlisse.

Sofia se fige. La remarque de Jacqueline jette un froid dans l'assistance. Elle se dépêche de lire un autre aphorisme.

— La terre est remplie de ciels.

Silence.

— De ciels? demande Mme Patenaude.

— Oui, de ciels, répète gentiment Sofia.

— On l'a, le ciel, on n'a pas à le chercher.

Sofia hoche la tête comme si Mme Patenaude venait d'énoncer une grande vérité.

— Quel est votre ciel? lui demande Sofia.

— Comment?

— Votre ciel.

— Qu'est-ce qu'il a, mon ciel?

— Votre ciel, c'est quoi?

Mme Patenaude réfléchit.

— Mon ciel, c'est le bonheur de mes enfants.

— Et vous, monsieur Gordon, c'est quoi, votre ciel?

— C'est quand je fais ce que j'ai à faire.

— Hum, hum… Intéressant. Rien d'autre? C'est tout pour aujourd'hui. Merci. On se revoit la semaine prochaine.

Sofia vient d'apercevoir Charlotte, qui est arrivée sans faire de bruit. Elle balance son livre d'aphorismes dans son sac à main, lisse sa jupe rouge pompier, salue tout le monde et sort la tête haute en remontant ses lunettes sur son nez.

D'autres résidents entrent dans la pièce. Ils s'installent, certains en poussant leur marchette, d'autres le pied vaillant. Jacqueline quitte le fond de la salle et s'installe au premier rang. Le juge la toise, ils s'affrontent du regard. Ils adorent l'activité Tout connaître, un jeu-questionnaire où chacun étale ses connaissances. Leurs réponses fusent alors que les autres commencent à peine à fouiller les méandres rouillés de leur mémoire. L'activité prend vite l'allure d'un duel entre Jacqueline et le juge. Jacqueline voudrait des questions sur l'histoire et la politique internationale, le juge, sur les grands procès et les subtilités du Code criminel.

— Vous êtes prêts ? demande Charlotte. « Chanteuse pop née en 1923, ma carrière se divise en deux époques, avant et après un accident d'auto en 1948... »

— Alys Robi ! hurle Jacqueline.

Le juge hausse les épaules. « Je le savais », marmonne-t-il.

— Bravo, madame Laflamme ! Qui a dit : « Je ne connais pas la question, mais le sexe est définitivement la réponse. »

— Woody Allen ! répond le juge en lançant un regard féroce à Jacqueline.

— Bravo ! Vous êtes bons ! s'exclame Charlotte. « Je me suis fait connaître en chantant avec mon frère jumeau de 1967 à 1976... »

16

La guerre

Jacqueline regarde l'assistance. Elle finit de compter : trente et un, trente-deux, trente-trois. C'est bon, au-delà de ses espérances. Même le juge et sa bande sont présents. Ils occupent le dernier rang, comme des collégiens attardés. Jacqueline espère qu'ils ne saboteront pas sa réunion, elle a travaillé fort pour rassembler autant de monde. Elle a parcouru tous les étages, cogné à chaque porte et répété son baratin avec fougue. Elle avait l'impression de revivre les belles années de sa carrière, quand elle partait à l'assaut du monde avec son calepin de notes. Ce n'est pas l'enquête du Watergate, c'est vrai. N'empêche, elle a réuni trente-trois personnes, un exploit.

Elle veut créer un comité de locataires et fonder un journal qui s'appellera *Le Flambeau*. Elle aime le côté militant de ce nom, *flambeau*. Elle a lu la définition dans le dictionnaire : « Ce qui éclaire moralement et intellectuellement, chose ou personne constituant ou incarnant un idéal. »

Voilà, tout est dit : elle va éclairer moralement et intellectuellement la résidence. Elle signera la plupart des articles et l'éditorial. Elle a déjà écrit le premier, un texte coup-de-poing où elle dénonce la hausse des loyers décrétée par Lucie Robitaille et l'idée d'exclure les atteints. Elle veut démolir ce projet aberrant poussé par le juge et sa clique. Maxime lui a dit que Lucie Robitaille était en train de mettre son plan en marche. Dorénavant, les atteints auront leur salle à manger au deuxième et leurs propres activités, chorale, bingo, atelier d'aphorismes, exercices, crème glacée. Tout sera séparé, les atteints d'un bord, les bien-portants de l'autre. Seule la messe va encore les réunir.

Guidée par Charlotte, Jacqueline a arpenté les couloirs du deuxième. Elle avait l'impression de traverser un mouroir : des marchettes, des fauteuils roulants, des hommes et des femmes décharnés, un soluté planté dans le bras. Un étage peuplé de fantômes qui attendent la mort. « On ne peut pas les condamner à vivre en vase clos », s'est dit Jacqueline.

Elle regarde de nouveau l'assistance. Elle a squatté la bibliothèque. Aidée de Maxime et de Charlotte, elle a disposé les chaises en rangs d'oignons. M. Moisan arrive avec sa femme. Ils s'installent au premier rang. Deux de plus : trente-cinq ! Jacqueline exulte, la réunion peut commencer.

— Bonjour, tout le monde, merci d'être venus aussi nombreux.

— Il y a pas de café ? demande le juge.

138

« Imbécile! » se dit Jacqueline en l'ignorant.

— Je vous ai réunis pour créer un comité de locataires et un journal.

— Est-ce que Mme Robitaille est au courant? demande Suzanne.

— J'y reviendrai. Parlons d'abord du comité. J'aurais besoin de volontaires.

— Mon bain est bouché. Le comité va-tu pouvoir faire quelque chose pour ça? demande Mme Patenaude.

— Ça sent l'ail chez nous, se plaint M. Moisan.

— Il y en a qui fument devant la résidence, c'est dégoûtant, renchérit M. Rossignol. Dans mon temps, les jeunes avaient pas le droit de fumer. Non mais, où allons-nous?

— Nulle part, répond Mme Moisan.

Jacqueline est découragée. Dans le fond de la salle, elle voit le sourire narquois du juge.

*   *   *

Lucie Robitaille ne veut pas de comité de locataires, encore moins de journal. La semaine dernière, elle s'est engueulée avec Jacqueline Laflamme.

— Il n'en est pas question! a-t-elle tranché.

— Pourquoi?

— Parce que c'est pas nécessaire.

— C'est pas une raison.

— Ça risque de perturber les résidents.

— Depuis quand informer perturbe?

139

— C'est quoi, votre but? Faire du trouble?

— Je vous l'ai dit, je veux informer. Vous avez décidé d'augmenter les loyers sans nous consulter. Si on avait eu un journal et un comité, vous auriez pu vous expliquer, et nous, protester.

— J'ai rien à expliquer!

— Votre hausse a pas d'allure. Et vous voulez séparer les atteints des bien-portants.

— Ça, ça vous regarde pas!

— J'ai des petites nouvelles pour vous.

Jacqueline était partie en claquant la porte. Elle avait fait à sa tête. Elle avait sillonné les étages avec une joie féroce, renouant avec son ancienne combativité. Lucie Robitaille avait toléré son porte-à-porte en espérant que cette lubie finisse en eau de boudin. C'était mal connaître Jacqueline Laflamme.

Cette histoire d'activités séparées met Lucie Robitaille mal à l'aise, elle n'aime pas le côté odieux de cette mesure. Elle se débat avec sa conscience. Ce n'est pas de sa faute si les vieux sont de plus en plus vieux et mal en point.

L'augmentation de loyer a mis le feu aux poudres. Une hausse de dix pour cent. Bon, elle y est peut-être allée un peu fort, mais elle a dû installer d'autres gicleurs et elle devra embaucher un nouvel employé. Les préposés au deuxième ne suffisent plus, les cas sont trop lourds.

Jacqueline a réquisitionné la bibliothèque pour organiser sa réunion sans lui demander la permission. Quel toupet! Elle aurait dû s'y opposer, mais elle a misé sur l'individualisme des résidents. Elle a eu tort. Charlotte lui a dit qu'ils étaient une bonne trentaine. Trente sur cent, le tiers, c'est énorme. Elle aurait dû interdire la tenue de cette réunion. Lucie se prend la tête entre les mains et pousse un long soupir qui ressemble à un gémissement. Elle regarde la pile de messages sur son bureau. La banque l'a appelée quatre fois cette semaine. Elle ne rappelle pas, elle fait la morte. Elle attend Charlotte, qui doit lui faire un compte-rendu de la réunion. C'est son espionne, elle l'a enrôlée en la flattant. Pauvre Charlotte, si facile à manipuler. Elle se balance dans son fauteuil de luxe à 899 dollars en jouant avec son stylo. Elle a songé à se présenter à la réunion, mine de rien, mais elle a préféré s'abstenir, de peur que Jacqueline Laflamme l'apostrophe. Elle a l'impression de piloter un gros paquebot sur une mer houleuse prête à l'engloutir. Elle se console en se disant que les résidents vont vite se lasser. De toute façon, personne n'aime Jacqueline Laflamme.

17

Jacqueline

Téhéran, 1994

L'avion d'Air France fend l'air pendant que Jacqueline somnole, assommée par les trois verres de vin qu'elle a vidés en mangeant des pâtes caoutchouteuses. La voix nasillarde du pilote la réveille. Il est une heure du matin. « Nous atterrissons dans trente minutes. Toutes les femmes, même les Occidentales, doivent porter la tenue islamique et l'alcool doit être mis sous scellé. »

Les femmes se lèvent, ouvrent leur valise et mettent leur hijab. Jacqueline les imite. Elle extirpe un long voile qu'elle a acheté dans le quartier chiite de Beyrouth et sort un manteau qui lui arrive aux chevilles. Ses cheveux blonds et sa silhouette disparaissent sous le lourd tissu. Elle a l'impression de s'effacer, de perdre son identité, sentiment troublant mais réconfortant, car elle ne désire qu'une chose, se fondre dans la foule.

Elle n'a pas demandé un visa de journaliste. L'Iran, en ces temps de paranoïa aiguë, aurait probablement refusé. Les régimes autoritaires détestent les journalistes, les dictatures religieuses encore plus. Dans sa demande de visa, elle n'a rien écrit à la ligne « profession », un mensonge par omission. L'agence de voyages iranienne à Montréal n'a soulevé aucune objection quand elle a expliqué qu'elle était passionnée par l'histoire de l'Empire perse et qu'elle voulait visiter Téhéran et Qom, la ville sainte.

Au milieu de la nuit, son scénario de touriste férue d'histoire lui semble cousu de fil blanc. Elle a peur d'être arrêtée et jetée dans la sinistre prison d'Evin. Le gouvernement iranien n'a pas la réputation de faire dans la dentelle. Et s'ils la torturaient ? Elle avouerait tout sans hésiter. Elle ne peut pas supporter l'idée de se faire arracher les ongles, encore moins de se faire fouetter ou suspendre au plafond par les pieds. Mais avouer quoi ? Qu'elle est une journaliste qui veut raconter l'Iran quinze ans après la prise d'otages à l'ambassade américaine de Téhéran ? Qu'elle veut parler de cette dictature religieuse obsédée par la séparation des sexes ? Des Gardiens de la révolution qui pourchassent les couettes rebelles qui dépassent du voile des femmes ? Des dérives autoritaires d'un régime qui interdit tout, le jazz, l'alcool, la danse ? Elle a peur de se faire accuser d'être une espionne, un classique dans les dictatures. Elle baisse son voile sur son front et s'assure qu'aucune mèche de cheveux ne la trahit.

L'avion atterrit brutalement et roule sur la piste pendant une éternité. Jacqueline est nerveuse. Pourtant, ce n'est pas son premier reportage à l'autre bout du monde. Elle déteste arriver la nuit dans un pays qu'elle ne connaît pas. Est-ce que Farid, son interprète, sera au rendez-vous ? S'il n'est pas là, que fera-t-elle ? Une femme n'a pas le droit de se promener seule la nuit. Elle n'a pas encore mis le pied en Iran qu'elle se sent déjà épuisée. « Calme-toi, Jacqueline, calme-toi, maudite marde ! »

À l'aéroport, deux longues files de passagers se forment devant une poignée de douaniers revêches, les hommes d'un bord, les femmes de l'autre. Sur un mur, une immense photo de l'ayatollah Khomeini qui regarde la foule avec des yeux inquisiteurs sous des sourcils broussailleux. Sur le mur opposé, une affiche tout aussi grande de Coca-Cola, symbole de la puissance commerciale américaine. Jacqueline sourit devant cette incohérence. Les États-Unis, peuple honni et diabolisé, face à un ayatollah qui incarne l'intégrisme religieux. L'Iran n'est pas à une contradiction près.

L'image de son père surgit dans son cerveau agité. Il ressemble à Khomeini, maigre avec des yeux qui fouillent les entrailles. Maigre et méchant. Jacqueline frissonne. Elle remonte ses lunettes d'un geste nerveux.

Jacqueline tend son passeport à un douanier soupçonneux. Il l'examine longuement, tourne les pages, lève la tête, la dévisage, revient au passeport. Il a le même regard sombre que Khomeini, les mêmes sourcils exubérants. Elle retient son souffle.

— *Tourist?*

— *Yes.*

— *How long?*

— *Three weeks.*

Le douanier appose un tampon d'un geste vigoureux, puis lui tend son passeport. Elle le prend d'une main tremblante, le jette dans son sac à main, ajuste son foulard et marche d'un pas rapide vers le carrousel qui crache les bagages sans ménagement. Elle attrape sa valise et se dirige vers la sortie. Dehors, la foule est dense, les chauffeurs de taxi la harcèlent. Farid n'est pas là. Elle attend, le flot des voyageurs s'écoule lentement, puis l'aéroport retrouve son calme. Toujours pas de Farid. Jacqueline reste plantée près des portes, indécise. Il est deux heures et demie, une pluie fine tombe sur la ville, l'atmosphère est lugubre. Un Iranien s'approche d'elle.

— *Do you have a problem, miss?*

— *Yes, I have a problem.*

Elle lui explique sa situation. Elle nomme le nom de son hôtel. L'inconnu négocie le prix d'un taxi et donne des instructions au chauffeur. Elle lui fait confiance, elle n'a pas le choix. Elle remercie son bon samaritain, puis elle s'écrase sur la banquette arrière du taxi, qui file dans les rues sombres de Téhéran. À travers les vitres brouillées par la pluie, elle aperçoit les premiers immeubles du centre-ville et les montagnes aux cols enneigés.

Le taxi s'arrête devant un immeuble miteux. Jacqueline prend sa valise, remercie le chauffeur et pousse les portes de l'hôtel. Un employé épuisé examine son passeport, puis il lui tend une clé énorme. L'ascenseur monte dans un bruit de ferraille en toussotant à chaque étage. La chambre est déprimante, les murs beige sale, la moquette poussiéreuse, les rideaux défraîchis. Elle s'écroule sur le lit. Demain, elle appellera Farid. Tout va s'arranger, elle ne sera pas accusée d'espionnage, elle ne pourrira pas dans la prison d'Evin, elle ne sera pas arrêtée ni torturée, elle va écrire un reportage saisissant, elle gagnera des prix… « Demain, demain. »

* * *

Jacqueline sort de la douche quand elle entend frapper à la porte. Elle court dans la chambre en criant « *Just a moment, please!* », elle enfile son manteau sur son corps nu et met son foulard sur ses cheveux mouillés. Elle ouvre la porte. Devant elle, un homme avec un large plateau.

— *Your breakfast, miss.*

Il ne la regarde pas. Il entre dans sa chambre comme s'il marchait dans un champ de mines. Il dépose le plateau sur une table basse. Elle signe la facture et laisse un généreux pourboire. La situation l'amuse. Elle voit l'homme lancer un regard embarrassé sur ses pieds mouillés et nus. Il referme la porte sans un mot.

Elle a une faim de loup. Elle raffole des petits déjeuners iraniens, thé, pain, confiture de pétales de rose, fromage, yogourt. Elle est à Téhéran depuis une semaine. Elle a retrouvé Farid, qui avait mal compris l'heure de son arrivée, et elle a changé d'hôtel. Elle a quitté sans regret sa chambre sinistre.

Elle adore l'Iran malgré le délire religieux des mollahs et la folie des Gardiens de la révolution, qui ont de moins en moins de pouvoir sur les femmes qui osent repousser leur foulard sur leur tête, dévoilant quelques mèches de cheveux.

Elle aime les montagnes, les pics enneigés, la circulation hystérique, le bazar grouillant de vie et la lucidité douloureuse des Iraniens qui mènent des vies parallèles, une publique où ils observent les préceptes religieux à la lettre, l'autre privée où ils bravent les interdits. Ils organisent des partys, les hommes portent la cravate, symbole occidental proscrit en Iran, tandis que les femmes se promènent tête nue, le visage lourdement maquillé. Ils écoutent de la musique occidentale, boivent de l'alcool et se moquent des mollahs. Les enfants regardent la dernière vidéo de Michael Jackson qui circule sous le manteau et passent des heures devant la télévision étrangère grâce aux antennes paraboliques illégales installées sur les toits.

Officiellement, les Iraniens n'ont accès qu'à trois chaînes de télévision qui transmettent les discours soporifiques des mollahs et des téléromans larmoyants où les femmes sont voilées ; en réalité, ils se gavent de *soaps* américains tout aussi larmoyants avec des femmes au décolleté plongeant. Fascinée, Jacqueline découvre un pays schizophrène où les parents doivent demander à leurs enfants de ne pas les dénoncer à l'école en révélant que papa et maman écoutent du jazz et boivent du whisky.

Demain, elle part à Qom, la ville sainte, située à 150 kilomètres au sud de Téhéran. Là-bas, les femmes doivent porter le tchador, elles ne peuvent pas se contenter d'un voile sur la tête. Jacqueline s'est rendue chez un marchand de tissus avec Farid, car les magasins ne vendent pas de tchador. Le tailleur a pris ses mesures. Le lendemain, il était prêt. Jacqueline croyait que le tchador était un manteau doublé d'un voile. Le tailleur lui a plutôt remis un long carré de tissu noir. Elle l'a regardé, perplexe. La femme de Farid lui a montré comment le mettre sur sa tête et tenir les pans du tissu avec sa bouche pour avoir les mains libres. Jacqueline, maladroite, a ri.

Le voyage à Qom a été compliqué à organiser. Elle ne peut pas voyager seule avec un homme qui n'est ni son frère ni son père ou son mari. Même si elle est une Occidentale, elle doit se conformer à la loi islamique. Farid a décidé d'emmener sa famille à Qom pour éviter d'être seul avec elle. Demain, ils s'entasseront dans la petite voiture, Farid et son fils en avant, les femmes en arrière.

Jacqueline doit boucler ses valises et écrire son article. Elle sort son ordinateur et s'installe au bureau face à la fenêtre. Elle pense à Marc avec un soupir amoureux, mais elle le chasse de son esprit. D'abord son article, après la rêverie. Hier, elle a interviewé un intellectuel iranien qui a osé critiquer les mollahs et le machisme de la société. « Si un Iranien vous dit que la femme est l'égale de l'homme, ne le croyez pas, a-t-il dit. Dans le fond de leur cœur, les hommes croient que les femmes sont inférieures parce que c'est comme ça qu'ils ont été élevés. »

Jacqueline est sidérée de voir à quel point la séparation des sexes tourne à l'obsession. À l'université, les cours ne sont pas mixtes ; à la bibliothèque, un rideau opaque sépare les hommes des femmes ; dans les autobus, l'arrière est réservé aux femmes, l'avant aux hommes. Même les pentes de ski sont séparées. Les Iraniens évoluent dans cet apartheid sexuel sans se révolter.

Les doigts de Jacqueline courent sur le clavier. Elle se sent au sommet de sa forme. Elle adore travailler à l'étranger. Elle se sent libre, vivante. Elle se souvient de ses rêves lorsqu'elle était une journaliste sans expérience confinée aux faits divers. Elle est fière du chemin parcouru, elle s'est battue contre les préjugés de ses patrons convaincus que les femmes devaient couvrir les défilés de mode et les questions féminines. L'international ? La politique ? Des domaines réservés aux hommes.

Elle éteint son ordinateur et le range dans son sac à dos, puis elle boucle tranquillement sa valise. Elle appelle la réception et commande un *chelow kabab*, du riz avec des brochettes. Elle n'a pas le courage de manger encore une fois avec son voile et son manteau dans une salle hostile remplie d'hommes qui la dévisagent avec une curiosité malsaine.

Elle s'étend sur le lit et se permet enfin de penser à Marc. Elle est éperdument amoureuse. Ils vivent ensemble depuis six mois.

Marc travaille dans la salle de rédaction. Elle avait trente-sept ans quand il a été embauché. Il avait le même âge qu'elle, un sourire désarmant et un charme fou. Comme elle, il était dévoré d'ambition. Ils ont eu le coup de foudre. Jacqueline s'est vite retrouvée dans son lit, mais Marc était marié et il venait d'avoir un enfant, un gros garçon joufflu qu'il vénérait. Ils se sont aimés à la folie pendant quatre mois, puis il l'a quittée. Elle a cru mourir de chagrin. Ils étaient assis côte à côte au travail. Après leur rupture, elle a demandé à changer de place. Elle s'est installée à l'autre bout de la salle. Elle n'en pouvait plus d'entendre ses conversations au téléphone, ses « Oui, ma chérie, je vais aller chercher Hugo à la garderie », « Oui, mon cœur, j'achète du lait avant de rentrer ».

Marc est parti en poste à Washington. Il est revenu l'an dernier. Sa femme l'a quitté et son fils Hugo est devenu un adolescent boutonneux de quatorze ans, le portrait de sa mère. Marc est monté en grade, il est devenu patron. Il dirige la principale section du journal, celle où Jacqueline travaille. Elle s'est juré de ne pas retomber amoureuse.

À son retour, ils sont allés prendre un café pour briser la glace. Ils ne s'étaient pas revus depuis son départ pour Washington, treize ans plus tôt. Ce jour-là, Jacqueline a vidé la moitié de son placard, elle a essayé toutes ses robes. Elle a finalement opté pour un jean et un chandail bleu ciel, la couleur préférée de Marc. Elle s'est légèrement maquillée et elle a ramassé ses cheveux dans une queue de cheval faussement négligée. Ils se sont retrouvés, émus, troublés, dans un café situé à un kilomètre du journal. La flamme s'est instantanément rallumée, comme si les années avaient été abolies. Le sourire dévastateur de Marc a effacé sa trahison.

Trois mois plus tard, Jacqueline débarquait chez lui avec ses meubles, ses valises et son chien, un chihuahua névrosé. Au début, elle flottait sur un nuage, mais la présence d'Hugo a tout compliqué. Il vit avec eux une semaine sur deux. Il trimballe sa carcasse d'adolescent complexé dans la maison. Il s'écrase pendant des heures devant la télévision ou s'enferme dans sa chambre et met du Nirvana à plein volume. La fin de semaine, il se lève à cinq heures de l'après-midi et traîne ses savates jusqu'au garde-manger, qu'il dévalise en laissant tout en désordre derrière lui. Sa chambre est une soue à cochons et de la vaisselle sale disparaît sous des piles de vêtements. Jacqueline est prête à supporter la tête d'enterrement d'Hugo, ses yeux voilés par le *pot*, ses notes en chute libre à l'école, mais elle est incapable d'accepter la complaisance de Marc, toujours prêt à excuser son fils.

Pour les cinquante et un ans de Jacqueline, Marc a organisé un souper en tête-à-tête. Il a acheté tout ce qu'elle aime, des fruits de mer, du vin blanc et un fondant au chocolat pour dessert. Il n'a pas eu peur des clichés. Il a mis une nappe blanche et il a acheté un immense bouquet de roses rouges. Ils ont trinqué à leur amour retrouvé. À dix-neuf heures, Hugo est arrivé à la maison. Sa mère avait décidé à la dernière minute de partir à la campagne avec son nouvel amoureux, larguant fiston chez son père. Hugo ne devait arriver que le lendemain.

Jacqueline n'a rien dit, mais elle a été subtilement odieuse, affichant une tête de martyre. Après avoir avalé des fruits de mer et un verre de vin, Hugo s'est retiré dans sa chambre. À l'instant précis où les premiers accords de Nirvana envahissaient le salon, Jacqueline a pété les plombs.

— Marc, fais quelque chose!

Il a soupiré. Affichant à son tour une tête de martyr, il s'est levé et a ouvert la porte de la chambre de son fils.

— Hugo, mets tes écouteurs.

— …

— Hugo! Tes écouteurs!

— Mmouin…

Les hurlements de Kurt Cobain se sont tus. Jacqueline s'est retenue pour ne pas exploser.

— Marc, je suis plus capable.

— Je le sais, mais qu'est-ce que tu veux que je fasse?

— Arrête d'être complaisant avec ton fils.

Elle a mesquinement appuyé sur les deux derniers mots.

— Je suis pas complaisant.

— Toi? Pas complaisant? Laisse-moi rire.

— Tu peux pas comprendre, t'as jamais eu d'enfant.

— Ben voyons, c'est n'importe quoi! On peut pas comprendre l'apartheid parce qu'on est blanc? On peut pas comprendre la guerre parce qu'on l'a jamais vécue?

— Tu dérapes.

— Pis toi!

— Quoi, moi?

— Ben, toutte!

— Toutte quoi?

— Toutte, ostie! Ton fils, ton ex, Nirvana, la vaisselle sale dans la chambre d'Hugo. Fais pas semblant de pas comprendre.

— Je peux pas comprendre parce qu'y a rien à comprendre. Pis arrête de crier, Hugo va nous entendre.

— JE M'EN FOUS!

La force de sa rage l'a effrayée. Comme son père? Elle est incapable de se chicaner normalement, il faut toujours qu'elle s'énerve et fasse un drame. Elle n'avait qu'une envie, que cette conversation cesse et que Marc la prenne dans ses bras.

Ils ont expédié la vaisselle dans un silence boudeur. La nuit, ils ont fait l'amour. Le matin, il lui a promis qu'elle irait en Iran, même si le journal sabre ses dépenses et accorde les voyages au compte-gouttes. Jacqueline lui a sauté au cou. Elle sait que ses collègues vont rouspéter. Elle hérite des meilleures affectations parce qu'elle couche avec le patron. Elle s'en fout, elle est la meilleure, elle gagne des prix, elle mérite de partir. Elle a même souri à Hugo qui mangeait tristement ses céréales en caressant le chihuahua.

Étendue sur son lit à Téhéran, elle se sent coupable en pensant à Hugo. Pauvre lui. Jacqueline se promet de faire attention, de réfréner son sens aigu du territoire. Elle est opiniâtre, elle ne veut pas lui céder un pouce de terrain. Elle repense à la bataille qui les oppose dans l'auto, quand Marc conduit. La plupart du temps, Hugo arrive le premier pour occuper le siège avant du passager, lui qui, pourtant, est toujours en retard. Jacqueline boude en arrière en maudissant Hugo, qui tripote les boutons de la radio sans que Marc dise rien. Elle a vite compris son manège. Parfois, elle le devance. «Chacun à sa place, se dit-elle méchamment. Le fils en arrière, la blonde en avant.»

18

Françoise

Montréal, 1968

Françoise dépose son livre et caresse son ventre rond. Elle sent les vigoureux coups de pied du bébé. Elle se lève, les nerfs à fleur de peau. Elle a mal au dos, ses seins sont lourds, ses jambes, enflées, elle ne dort plus. Elle n'a qu'une envie, accoucher au plus vite. La chambre du poupon est prête depuis longtemps. Elle l'a peinte en rose.

Elle est rapidement tombée enceinte de Simon, puis plus rien. Son ventre résistait et restait stérile. Elle voulait une grosse famille, Raymond aussi. Ils ont consulté des spécialistes. Tout va bien, la mécanique est bonne. « Soyez patients », leur répétaient-ils.

Le miracle est arrivé au mauvais moment. Raymond était au milieu d'un procès fortement médiatisé. Il avait peur de perdre et de ruiner du même coup ses chances d'avancement dans la firme qui l'a embauché dès sa sortie de la faculté. Elle ne l'avait jamais vu aussi stressé. Il rentrait tard du bureau, une pile de dossiers sous le bras, une ride barrant son front inquiet. Françoise mangeait souvent seule avec Simon. Après le souper, ils s'installaient à la table de la cuisine et attaquaient les devoirs. Françoise est fière de son fils. Vif, intelligent, il apprend vite. Il n'a que huit ans et il est bon en tout, mathématiques, français, religion, et il excelle dans les sports. Comme son père. Elle avait désiré une fille pour l'appeler Simone. Elle a eu un garçon, elle l'a prénommé Simon.

Elle se rassoit lourdement et reprend son livre, le dernier roman de Simone de Beauvoir, *La Femme rompue*. Elle est déçue. De Beauvoir parle de l'échec de la vie conjugale. Son personnage principal, Monique, une femme qui a tout misé sur son couple, assiste, impuissante, à la trahison de son mari, qui la quitte pour une plus jeune. Sa vie s'écroule dans un bruit de fin du monde. Monique, qui a la « vocation du foyer », se lamente sur l'absence de son mari infidèle. « J'avais toujours des choses à faire. Maintenant, tricoter, cuisiner, lire, écouter un disque, tout me semble vain. L'amour de Maurice donnait une importance à chaque moment de ma vie. Elle est creuse. Tout est creux : les objets, les instants. Et moi. »

Françoise referme le livre d'un geste brusque. Monique et elle ont fait les mêmes choix. *La Femme rompue* l'angoisse et la dérange. Elle ne veut pas voir les doutes de Monique, l'effondrement de son monde et les balbutiements de la vieillesse. Elle déteste la lucidité douloureuse de Simone de Beauvoir, qui vient d'avoir soixante ans. Françoise n'en a que trente, elle est jeune, elle a la vie devant elle, elle ne veut pas entendre parler de vieillesse, d'échec et de mari infidèle. Jamais elle ne connaîtra l'échec, jamais. Raymond l'aime trop, leur amour est un roc solide. Elle n'a que du mépris pour cette Monique qui a laissé son mariage s'écraser et elle est fâchée contre Simone de Beauvoir, qui étale sans pudeur sa vision sombre du couple. Elle a réussi, elle, Françoise Lorange, mère de famille, épouse d'un brillant avocat qui possède la maison la mieux décorée d'Outremont.

Pendant les sept ans où elle a attendu la naissance d'un deuxième enfant, elle a écumé les antiquaires. Elle a un goût sûr, hérité de sa mère, qui l'a souvent accompagnée dans ses virées. Son cottage est à la fois simple et chic. Pendant que Raymond gravit les échelons de la firme, Françoise reçoit. Sa table est réputée, ses martinis aussi. Elle invite des avocats et des juges, confrères de son père. Elle est prête à tout pour encourager la carrière de son mari.

Elle n'a pas terminé ses études de droit. Lorsque Simon est né, elle a abandonné non seulement l'université, mais aussi sa passion pour l'histoire et les cours de Maurice Séguin. Elle n'est restée fidèle qu'à Simone de Beauvoir.

Sa chatte, Simone II, grimpe sur ses genoux et se couche sur son ventre chaud en ronronnant. Françoise la caresse d'une main distraite. Sa Simone I est morte de vieillesse. Elle a pleuré quand elle l'a fait euthanasier. Elle avait dix-huit ans, un âge vénérable pour un chat. Elle ne chassait plus les oiseaux, elle était à moitié aveugle et passait ses journées à dormir, roulée en boule près du foyer. Elle est morte d'épuisement, au bout de sa vie.

Françoise avait décidé de se marier pour amadouer son père, qui a piqué une colère noire en apprenant qu'elle était enceinte. Il a fermé les yeux sur sa grossesse scandaleuse et Raymond a eu le droit d'assister aux soupers dominicaux, une réhabilitation acceptée du bout des lèvres. Le mariage a été bouclé en vitesse. Son père ne voulait pas que sa fille se présente devant le prêtre enceinte jusqu'aux yeux. Les noces ont eu lieu deux mois plus tard, en février, en pleine tempête de neige. Il n'y avait qu'une cinquantaine d'invités, les deux familles plus quelques amis.

Le père de Françoise a changé. En vieillissant, il est devenu moins rigide. La naissance de son petit-fils l'a plongé dans une joie profonde. Jamais il n'aurait cru s'attacher autant à un enfant. Ils étaient inséparables. L'été, quand son grand-père s'installait devant le barbecue, Simon, du haut de ses quatre ans, se plantait à côté de lui, fidèle comme une ombre. Il le suivait partout. Ils jouaient ensemble, faisaient des casse-tête, allaient à la piscine et patinaient sur le lac gelé en face de la maison de campagne.

Il a emmené Simon à Expo 67 et il lui a fait

faire sa première balade dans le métro. Tous les dimanches, ils allaient à la messe main dans la main. Ils s'assoyaient au premier rang, en face de l'autel. Le grand-père initiait son petit-fils aux mystères de la religion catholique. Simon ne comprenait rien à ce pain bénit et à ce vin qui devenaient le corps et le sang du Christ. Il n'osait pas regarder Jésus sur sa croix, sa plaie ouverte sur son flanc droit, ses pieds et ses mains cloués sur des planches, sa couronne d'épines et son visage émacié.

Françoise a cessé d'affronter son père. Il a finalement lu le livre de Pierre Elliott Trudeau, *La Grève de l'amiante*. Ce jeune arrogant, comme il le qualifiait à l'époque, était devenu premier ministre.

Un dimanche soir, après le sacro-saint souper en famille, Françoise s'est retrouvée seule avec son père dans le salon. En homme moderne, Raymond faisait la vaisselle avec les sœurs de Françoise. Elle les entendait rire à travers le cliquetis des assiettes. Simon les aidait en poussant des cris de mouette.

— Raymond est un bon mari, lui a dit son père.

Françoise a retenu son souffle.

— Tu sais, un homme peut parfois se tromper, a-t-il poursuivi.

— Je comprends, papa.

Il a regardé sa fille avec tendresse, son aînée, le portrait vivant de sa mère.

Simon a déboulé dans le salon. La conversation s'est achevée sur ces quelques mots prononcés avec la parcimonie d'un homme peu rompu aux excuses.

Françoise s'est sentie immensément heureuse. Émue et heureuse.

Un nouveau coup de pied déforme le ventre de Françoise. « C'est un garçon », se dit-elle. Elle reconnaît la vigueur du coup, le même que Simon lui donnait dans le dernier mois de sa grossesse. Elle attend sa mère, qui vient prendre le thé, elle attend Raymond, qui rentrera tard encore une fois, et elle attend son deuxième enfant. Sa vie n'est qu'attente, une vie suspendue à son ventre énorme. Elle pense à son père avec une infinie tristesse. À sa mort. Il lui manque tellement. C'est au chevet de son père mourant qu'elle a senti pour la première fois son bébé bouger dans son ventre. La vie et la mort s'agitaient en même temps. Son père voulait vivre jusqu'à la naissance de son deuxième petit-fils. Pour lui, cela ne faisait aucun doute, ce serait un garçon. Il s'est battu contre la maladie, mais les cellules cancéreuses se sont multipliées à une vitesse folle. Elle était seule avec lui quand il est mort. Sa mère et ses sœurs venaient de quitter l'hôpital pour se reposer. Le destin l'a choisie, elle, la fille rebelle qui s'était assagie, pour assister à la mort de ce père autoritaire qui s'était adouci.

Il a regardé sa fille, il lui a souri, puis il a fermé les yeux, son visage s'est creusé, il a respiré par à-coups, la bouche tordue dans un dernier spasme de souffrance. Ses sœurs ont retrouvé Françoise en pleurs, sa main serrant celle de son père dans un ultime adieu.

Françoise met la bouilloire sur le feu, prépare la

théière. Elle reste debout près du poêle. Elle regarde la neige qui tombe, lourde et molle. Elle aura un bébé d'hiver. Même si c'est son deuxième, elle a peur. Peur de l'accouchement, des nuits blanches à venir, de l'immense fatigue qui va s'abattre sur elle, peur de cette noirceur qui va embrouiller son esprit et emprisonner son âme, peur des journées sans fin entre les couches, les repas, les boires et les exigences de Simon, qui n'a que huit ans. Et Raymond qui sera absent la plupart du temps. Trouvera-t-elle l'énergie?

— Je suis là, ma chérie, je vais t'aider, lui a dit sa mère.

— Maman, qu'est-ce que je ferais sans toi?

— Mais tout, ma chérie, tout. Tu es plus forte que tu le penses.

— Comment t'as fait avec cinq enfants? Papa était souvent absent... comme Raymond.

Sa mère a décelé une pointe d'amertume dans la voix de sa fille. Elle lui a pris la main. Elle aurait voulu la consoler, lui dire que ce n'était pas grave, que tout s'arrangerait, qu'elle pourrait embaucher une nounou, mais elle savait que Françoise vivrait beaucoup de solitude. Comme elle.

— Tout va bien se passer, ma chouette.

— Je m'ennuie de papa.

— Moi aussi, ma chérie. Moi aussi.

19

Les complices

Jacqueline ajoute un peu de rouge sur ses lèvres, refait sa couette, change d'idée et relâche ses cheveux. Elle se regarde dans le miroir sans complaisance : ses cheveux ternes qui pendent sur ses épaules, les rides qui marquent les commissures de ses lèvres, les pattes d'oie qui lui font des yeux tristes. Elle secoue la tête, découragée. Elle était si belle. Elle remue ses cheveux en les tapotant pour leur redonner du corps. Ils restent plats et sans vie. Elle soupire, prodigieusement agacée. « Ah, pis de la marde, ostie ! » Elle refait sa couette d'un geste brusque.

Un coup discret à la porte. Jacqueline se regarde une dernière fois dans le miroir, se pince les joues pour leur donner un peu de couleur, rentre son t-shirt dans son jogging et jette un œil sur le salon où traîne une première version du *Flambeau*. Elle se sent rajeunie, presque belle.

Elle ouvre la porte.

— Entre, dit-elle en riant, reste pas planté là. Veux-tu un café ?

— À huit heures le matin? répond Maxime. Mais oui, deux, même!

— Attends de le goûter avant de dire ça.

Jacqueline a toujours été une cuisinière exécrable. Cuisiner pour qui? Elle a vécu seule toute sa vie, à part l'épisode avec Marc. Elle rate même son café. Maxime ne peut retenir une grimace en buvant la mixture explosive.

— Veux-tu plus de lait?

— Oui, s'il vous plaît.

— Tiens, lis ça.

Maxime prend la feuille qu'elle lui tend et lit en plissant le front pendant qu'elle met du lait dans son café, qui vire au gris.

C'est bien écrit, les mots *apartheid* et *atteints* reviennent souvent. C'est fort, explosif, comme le café de Jacqueline. Maxime jubile, il n'en espérait pas tant.

— Robitaille sera pas contente.

— T'aimes ça?

— Mets-en!

— Tu pourrais peut-être écrire quelque chose, je sais pas, moi, trois cents mots pour parler de ton travail?

— J'aime mieux pas. Mme Robitaille pourrait me congédier. Déjà qu'elle m'aime pas beaucoup. Mais je veux vous aider.

— On se dit «tu», OK?

Ils parlent du comité de locataires, du premier numéro du *Flambeau,* de sa distribution, puis

Maxime raconte son enfance, la fermeture du magasin général, l'humiliation de sa mère, obligée de faire des ménages à soixante ans pour des gens incapables de lui dire merci. Jacqueline l'écoute sans l'interrompre.

— Il faut que j'y aille, dit Maxime en regardant son iPhone, les résidents m'attendent.

— Tu veux pas un autre café avant de partir?

— Non!

Son empressement fait rire Jacqueline.

— Yé-tu si mauvais que ça?

— Je dormirai pas de la semaine.

Ils rient, complices.

20

Georges

Tombouctou, 1976

Georges sort doucement du lit, il ne veut pas réveiller Kella. Il marche pieds nus sur le sol dallé. Dès qu'il le peut, il se débarrasse de ses chaussures. Il allume la cuisinière et prépare le café. La flamme du gaz jaillit, il dépose la cafetière sur le feu, attrape un bout de pain et regarde par la fenêtre.

Devant lui, la grande mosquée de Djingareyber. Elle est sobre, élégante avec son minaret qui pointe vers le ciel éternellement bleu. Georges est amoureux de Tombouctou, de ses rues sablonneuses, de ses maisons aux portes en bois sculpté, de ses mosquées. Il aime le désert, sa chaleur sèche, ses paysages à l'horizon infini, cet univers monochrome tissé de beige et de sable.

Kella gémit dans son sommeil. Elle repousse le drap et découvre son corps nu. Georges n'a qu'une envie, retourner dans le lit et lui faire l'amour, mais il n'a pas le temps. Il n'est pas amoureux de Kella. Il la trouve splendide avec sa peau pâle, ses cheveux crépus, son nez fin et ses jambes bien galbées. Elle a vingt-trois ans, lui, quarante-six. Le double de son âge, ces chiffres lui donnent le vertige. Bientôt, il couchera avec des femmes qui auront l'âge de sa fille. Il chasse cette pensée. Kella porte le nom de la fille d'une reine touarègue réputée pour sa grande beauté. Il l'a rencontrée dans une réception chez le maire de Tombouctou. Elle lui a tout de suite plu. Le soir même, elle se retrouvait dans son lit. Chaque fois qu'il vient à Tombouctou, ils couchent ensemble.

Il regarde sa montre, huit heures. Mohammed vient le chercher dans une heure. Mohammed, son chauffeur et interprète. Ils travaillent ensemble depuis des années. Mohammed est touareg, il est né et a grandi à Tombouctou. Fasciné par l'Occident, il demande souvent à Georges de lui parler du Canada et de la télévision, cette boîte magique qu'il ne peut pas imaginer, car il n'en a jamais vu. Georges a emprunté un film sur le Québec et un projecteur à l'ambassade du Canada à Bamako. Il a organisé une soirée cinéma avec du pop-corn et du coca. Mohammed a regardé les images dans un silence stupéfait : les grands espaces, la neige, le fleuve immense, Montréal avec ses rues animées et ses gratte-ciel vertigineux. Après la projection, Georges lui a dit :

— C'est beau, hein?

— Il est grand, ton village, a répondu Mohammed.

Ton village. Tout est là, dans ce mot, *village*.

Mohammed est incapable d'imaginer ce qu'est une ville. Il ne connaît que des rues étroites, des maisons basses, le désert à perte de vue et le ciel criblé d'étoiles.

À dix heures, Georges rencontre un chef de tribu touareg pour son livre. Il est au sommet de sa carrière, il court les congrès en Europe, en Afrique et aux États-Unis. Il est un des plus grands spécialistes de la question touarègue au monde. Ces nomades arabo-berbères sont éparpillés dans cinq pays traversés par le désert. Georges s'est concentré sur Tombouctou, au Mali. Il a étudié les Touaregs à travers l'histoire de cette ville qui a connu son apogée au XVIe siècle grâce au commerce transsaharien. Tombouctou a ensuite vécu un lent déclin qui a mené à la marginalisation politique et économique des Touaregs, les hommes bleus du désert, comme on les appelle. Ils portent un chèche, un long foulard bleu qu'ils enroulent sur leur tête et leur visage pour se protéger du soleil, du vent et du sable.

Demain, Georges retourne à Bamako, la capitale du Mali. L'avion sera en retard, comme d'habitude. Mille kilomètres séparent Tombouctou de Bamako. Georges aime voyager dans les vieux coucous d'Air Mali que tous appellent Air Maybe. À bord, des hommes, mais aussi des chèvres qui bêlent en se promenant librement dans l'allée.

Le surlendemain, Georges rencontre le président du Mali, Moussa Traoré, rare privilège. Il veut lui parler des effets de la grande sécheresse qui a affaibli les Touaregs et tué la moitié de leur cheptel pendant quatre ans. Même s'il pleut depuis deux ans, la région n'arrive pas à surmonter le traumatisme. Tombouctou a besoin du gouvernement pour se remettre à flot, mais le général Moussa Traoré a peu de compassion pour les Touaregs… et pour son peuple. Il s'est hissé au pouvoir à la faveur d'un coup d'État huit ans plus tôt. Il vit dans l'immense palais présidentiel, qui domine la ville du haut d'une colline, avec sa femme, Mariam, que les Maliens surnomment « l'impératrice ».

Georges possède une villa à Bamako, près de l'ancienne résidence de ses parents, dans le quartier Niaréla, à un jet de pierre de l'austère ambassade soviétique. Le mois dernier, il a croisé Fanta au marché. Il a eu un choc. Son corps magnifique s'est affaissé, ses seins superbes se sont effondrés. Il négociait le prix des tomates quand Fanta est arrivée près de lui. Elle a reconnu sa longue silhouette qui émergeait de la foule, un Blanc parmi les Noirs. Elle a touché son bras.

— *Georges, aw ni sogoma.*
— *I ka kènèwa.*
— *Tooro si té, i ni tié.*

Les salutations en bambara. Georges ne les a pas oubliées.

Ils ont résumé leurs vies entre deux étalages de légumes, à travers les cris des vendeuses. Elle, huit enfants, dont six encore vivants, deux mariages ; lui, une femme, deux enfants.

— Et des maîtresses? l'a taquiné Fanta.

Il a retrouvé son sourire enjôleur, son rire qui le chavirait. Il avait envie de pleurer, là, au milieu du marché. Il s'est senti bête. Fanta a deviné son émoi. Elle a de nouveau touché son bras, puis elle a disparu. Il aurait voulu lui demander pourquoi elle était partie comme une voleuse, pourquoi elle l'avait abandonné aussi brutalement, mais aujourd'hui, il comprend. La survie. Une femme africaine ne vit pas seule, elle doit se trouver un mari, avoir des enfants, elle ne peut pas compter sur l'amour éphémère d'un adolescent transi. Il a regardé sa silhouette disparaître dans la foule, la silhouette d'une vieille femme à la démarche chaloupée, même si elle n'a que cinquante-sept ans. Il s'est senti jeune. Il peut bien se prétendre africain, il a la santé insolente d'un Nord-Américain.

*   *   *

Georges biffe le premier paragraphe et relit le début de sa lettre : « Chère Élyse, j'ai rencontré le président Moussa Traoré hier. Il m'a accueilli dans son palais. Il portait un boubou bleu, la tunique traditionnelle, et un chapeau rouge. Grand, imposant... »

Élyse accepte tout : ses voyages, ses interminables heures au bureau et le sous-sol où il s'enferme pour écrire pendant qu'elle s'occupe des enfants. Elle n'exige qu'une chose, qu'il lui écrive de longues lettres où il lui raconte ses aventures africaines dans le moindre détail. Elle aime voyager par procuration. Elle refuse de fouler le continent africain, car elle a peur de tout, des serpents, de la poussière, de la saleté, de la malaria et de la bilharziose, cette saloperie où de longs vers pondent des œufs dans le corps humain. Il lui a proposé de venir avec lui une fois, une seule. Elle a refusé, ses peurs étaient plus fortes que son goût presque inexistant de l'aventure. L'Europe, oui, mais l'Afrique noire ? Non.

Deux fois par semaine, Georges s'attelle à la tâche. Il lui décrit le Mali, il veut qu'elle en sente l'odeur, qu'elle comprenne son émoi quand il foule le sol africain, qu'elle voie les couleurs du marché, les boubous et les pagnes que portent les hommes et les femmes, les villages du Sahel avec les huttes en terre battue et les toits en paille, sans oublier Tombouctou et le désert. Il s'applique, cherche les effets, multiplie les figures de style. Il en garde toujours un double ; ces lettres lui serviront à écrire ses mémoires quand il sera vieux, très vieux.

Élyse lui répond. Elle lui envoie des lettres-fleuves qu'il récupère à l'ambassade du Canada à Bamako. Elle lui raconte l'adolescence difficile de leur fille, ses révoltes, la vie de la maison, mais aussi celle du Québec. Le Parti québécois de René Lévesque vient d'être élu, créant une onde de choc dans tout le Canada. Élyse est souverainiste, Georges, lui, ne sait pas. Il ne s'est jamais senti fier d'être québécois, il n'a pas participé à la fièvre indépendantiste et il s'est toujours méfié de René Lévesque, cet homme petit et charismatique qui veut faire du Québec un pays. Il lit Élyse religieusement, il aime son style vif, direct, son humour intelligent, sa lucidité, son sens de l'histoire.

Quand il revient à la maison après avoir passé un mois au Mali, il se sent déconnecté de sa femme et de ses enfants. Il s'enferme au sous-sol et écrit ses livres sans se demander comment le lait se retrouve dans le frigo, comment son linge réapparaît soigneusement plié dans la commode, comment ses enfants apprennent à lire, à écrire et à dire « s'il vous plaît » et « merci ». Élyse s'occupe de la maison, lui, de la Science avec un grand S.

Il termine sa lettre par son traditionnel : « Je t'aime, ma chérie, tu me manques. » Il la dépose à côté de lui. Plus tard, il la mettra dans une enveloppe qu'il apportera au bureau de poste. Il se lève, s'étire, essuie son front et ses mains avec une serviette. Il transpire, même si le ventilateur tourne à plein régime. Il s'assoit de nouveau à la grande table de la salle à manger, prend une feuille blanche, attrape son stylo et, de son écriture penchée, il écrit : « Chère Louise, j'ai rencontré le président Moussa Traoré hier. Il m'a accueilli dans son palais. Il portait un boubou bleu, la tunique traditionnelle, et un chapeau rouge. Grand, imposant... »

Louise, sa maîtresse à Montréal, une étudiante délurée qui termine son doctorat sous sa supervision. À elle aussi, il a promis d'envoyer deux lettres par semaine.

21

La sortie

— Tout le monde est prêt ? demande Maxime. Attachez vos tuques, on décolle !

— Il est tellement drôle, se pâme Mme Patenaude.

Charlotte sourit. Elle se promène dans l'allée du minibus que Mme Robitaille loue pour les activités à l'extérieur de la résidence. Mme Patenaude est assise à côté de M. Rossignol, qui en profite pour lui parler de l'occupation allemande, M. et Mme Moisan se tiennent par la main, M. Gordon ajuste son chapeau, ses lunettes et sa cravate, M. Blanchette a laissé le banc vide à côté de lui pour son ami imaginaire, Mme Mackenzie s'évente avec son chapeau... Ils sont quinze au total, entassés dans le minibus, heureux d'échapper à leur routine.

Jacqueline Laflamme les accompagne. C'est Maxime qui le lui a demandé. « J'ai besoin de toi », lui a-t-il dit. Charlotte et lui ne peuvent pas s'occuper seuls des quinze résidents qui se sont inscrits à l'activité Croisière, une promenade de deux heures sur le fleuve Saint-Laurent. Maxime en a parlé à Mme Robitaille, qui a balayé ses objections du revers de la main.

— Je conduis, je peux pas m'occuper des résidents, pis Charlotte peut pas tout faire, ça prend de l'aide.

— Mon pauvre Maxime, j'ai personne, arrange-toi.

Même si l'été agonise en cette fin d'août, une nouvelle canicule s'est abattue sur la ville. Le thermomètre frôle les quarante degrés. Ce n'est peut-être pas le temps de se balader sur le fleuve avec des vieux, s'est inquiété Maxime. Charlotte l'a rassuré. C'est là qu'il a pensé à Jacqueline Laflamme, qui a accepté avec enthousiasme de l'épauler. Ils auront peut-être le temps de discuter du *Flambeau*. Le premier numéro sort bientôt.

Charlotte distribue les bouteilles d'eau et vérifie si tous les résidents ont apporté un chapeau. L'humidité fait friser ses cheveux. Son mal de cœur ne la lâche pas.

Avant de se précipiter à l'hôpital pour passer une série d'examens, elle a décidé d'acheter un test de grossesse à 14,95 dollars à la pharmacie du coin. Hier, elle est restée assise sur le siège de la toilette en culotte et soutien-gorge, l'œil rivé sur la tige sur laquelle elle venait d'uriner : deux lignes roses, elle est enceinte, une seule... le cancer ? Les ovaires ? Les seins ? Le cerveau ? Une chose est certaine, quelque chose ne tourne pas rond dans son corps, ce mal de cœur qui la tourmente, ses seins qui enflent, la fatigue qui lui tombe dessus, son cycle menstruel chamboulé.

Elle a attendu une minute, enfermée dans la salle de bain, coupée du monde, son sort suspendu à d'interminables secondes. Elle en a profité pour redessiner sa vie en rose. Si elle est enceinte, elle pourrait garder le bébé et se marier avec Maxime, ils loueraient un appartement avec un grand jardin. Garçon ou fille ? Un garçon avec des boucles rousses, comme Maxime, a-t-elle décidé. Pas une fille, elle risquerait de lui ressembler. Charlotte s'est répété qu'elle ne peut pas être enceinte, la pilule n'est-elle pas infaillible ? Elle l'a oubliée une fois ou deux, trois peut-être, pas plus. Elle a vingt-cinq ans, Maxime, vingt-huit, ils se connaissent depuis un an, mais ils couchent ensemble depuis à peine deux mois.

Si elle est enceinte, elle ne se fera pas avorter. Elle aura enfin réussi quelque chose dans sa vie, hors de question de tout bousiller. Elle s'arrangera, ses parents l'aideront. Pendant qu'elle rêvait à un avenir radieux, elle ne lâchait pas la tige des yeux. Deux lignes roses sont apparues. Elle s'est rhabillée avec des gestes d'automate, la tête vide, incapable de comprendre à quel point sa vie venait de basculer. Elle n'a pas fermé l'œil de la nuit.

« Je suis enceinte, mon Dieu ! Enceinte ! J'ai pas le cancer. » Elle est heureuse et inquiète. Elle observe Maxime, il regarde droit devant lui, attentif à la circulation. Elle est convaincue qu'il fera un bon père.

Leur enfant sera intelligent, comme lui. Il est tellement beau. Elle n'ose pas lui dire qu'elle est enceinte, elle a peur de sa réaction.

Elle sent que Maxime s'éloigne d'elle. Il ne l'invite plus au restaurant et ne lui parle plus de la Pologne avec sa fougue habituelle. Il lui a prêté *Ébènes*, le livre de Kapuściński. Elle a essayé de le lire, mais elle était incapable de se concentrer, les caractères se brouillaient devant ses yeux. Après deux ou trois pages, le livre lui tombait des mains. Le lendemain, elle a essayé de nouveau, en vain. Tous les jours, Maxime lui demandait ce qu'elle en pensait, il avait hâte d'en discuter, mais elle n'arrivait pas à dépasser les premières pages.

Elle sent qu'elle l'a déçu. Quand ils font l'amour, il s'endort presque aussitôt. Elle lui envoie de longs textos langoureux, mais ses réponses sont laconiques. Elle a l'impression qu'il la fuit. Il proteste, non, non, non, il est seulement fatigué, débordé. Il passe beaucoup de temps avec Jacqueline Laflamme. Ils ont l'air de comploter, se dit Charlotte. Cette histoire d'atteints et de bien-portants l'énerve. Elle ne veut pas être coincée au milieu d'une guerre entre Lucie Robitaille, Maxime et Jacqueline Laflamme, elle souhaite juste faire son travail, s'occuper de ses vieux et être aimée.

— Attachez vos tuques, on atterrit ! crie Maxime.

— Il est fou, roucoule Mme Patenaude.

Le Vieux-Montréal déborde de touristes. Il fait tellement chaud que Charlotte a l'impression

175

que l'asphalte gondole. Le quai pour le bateau est situé 500 mètres plus loin. Maxime demande à un employé s'il peut approcher le minibus. Celui-ci refuse.

— C'est pour les piétons, aboie l'employé d'un ton qui sent le *burnout* à plein nez.

— Je suis avec des personnes âgées, elles pourront jamais marcher jusqu'au quai, c'est trop loin.

— C'est pas mon problème, répond l'employé.

Maxime insiste, l'employé s'obstine.

— Peux pas, le règlement.

Les résidents sortent du minibus, ils descendent les marches précautionneusement. Le contraste entre l'air froid soufflé par le système de climatisation et la chaleur humide les fait vaciller, comme s'ils entraient dans un four. Charlotte rassemble tout son monde.

— On va marcher tranquillement jusqu'au quai, explique-t-elle. On reste ensemble.

Maxime part garer le minibus. Pendant ce temps, la petite troupe attaque les cinq cents mètres. Certains s'appuient sur une canne ou sur une marchette, les plus vaillants prennent de l'avance. Ils trottinent sur l'asphalte brûlant en riant. Charlotte veille sur eux. Jacqueline est ralentie par Mme Patenaude. Elle lui tient la main. Elle a de la difficulté à respirer, elle transpire et son visage est rouge et enflé. Elle a oublié son chapeau dans l'autobus, Jacqueline lui prête le sien.

— Buvez de l'eau, madame Patenaude.

— C'est trop loin.

— On va marcher lentement, on va y arriver.

Jacqueline se demande ce qu'elle fout là. Elle a soixante-treize ans, elle vit dans une résidence de luxe et elle aide une vieille qui est incapable de franchir cinq cents misérables mètres sans défaillir. Elle sourit, elle aime ces situations absurdes. Au moins, ce n'est pas elle, la petite vieille haletante. Au contraire, elle se sent formidablement en forme. Elle l'aime bien, Mme Patenaude. Elle a le cerveau détraqué, mais elle ne manque pas d'humour. Elle a enseigné la philosophie, elle a vécu la Révolution tranquille et la création des cégeps. Insensible aux soubresauts de l'histoire, elle a continué à enseigner Socrate et Platon à des adolescents tourmentés. À la résidence, elle se promène avec *Le Banquet* de Platon. Elle lit toujours la même page. Les grands philosophes, Kant, Descartes, Platon, Socrate, Aristote, survivent emmêlés dans son esprit embrouillé.

Mme Patenaude s'immobilise.

— Je suis plus capable.

Le soleil tape fort. Jacqueline la conduit vers un banc.

— Je vais vomir.

— Non, non, vomissez pas! l'exhorte Jacqueline.

Elle regarde le quai, qui lui semble loin. Elles ont franchi la moitié du chemin. Mme Patenaude inspire profondément, elle essaie de reprendre son souffle. Elle boit un peu d'eau, son mal de cœur s'estompe.

— J'ai beaucoup aimé ma vie, dit-elle.

— Elle est pas finie.

— Vous dites ça parce que vous êtes jeune.

Jacqueline rit. Ça fait une éternité qu'on ne l'a pas traitée de jeune.

— J'ai jamais pensé que je finirais par mourir.

— Ben voyons donc.

— Je vais mourir un jour, vous aussi. C'est comme ça, on vit, on meurt, pis c'est fini, toutte fini, il y a plus rien.

— Vous croyez pas en Dieu?

— Dieu me fatigue, toujours à exiger : la foi, la vertu, l'obéissance. Il m'énerve.

Jacqueline la serre dans ses bras.

— Allez, hop! On se rend au prochain banc, vous êtes capable.

Elles se lèvent et marchent à petits pas jusqu'au banc suivant. Jacqueline voit le reste de la troupe, ils font la file devant le bateau de croisière, puis elle aperçoit Maxime, qui arrive en courant, affolé.

— As-tu vu M. Moisan? lui demande-t-il, paniqué.

— Non, pourquoi? répond Jacqueline.

Maxime repart au pas de course sans dire un mot.

— Pourquoi? crie Jacqueline.

Elles reprennent leur marche. Elles arrivent au quai, Mme Patenaude s'écrase sur un banc, elle n'en peut plus. Charlotte est pâle, Mme Moisan est agitée, M. Gordon répète la même phrase en ajustant son chapeau, ses lunettes et sa cravate :

— Est-ce qu'on monte dans le bateau? Est-ce qu'on monte dans le bateau?

— Qu'est-ce qui se passe ? demande Jacqueline.

— On a perdu M. Moisan, répond Charlotte.

— Comment ça, perdu ? Perdu, perdu ?

— Il voulait aller aux toilettes, il a disparu. C'est une catastrophe, Mme Robitaille va me tuer.

— Il est où, mon mari ? Il est où ? insiste Mme Moisan avec une pointe d'hystérie dans la voix.

— Est-ce qu'on monte dans le bateau ? Est-ce qu'on monte dans le bateau ?

— Mon mari peut pas rester seul, il va se perdre. Oh ! Mon Dieu !

— Je vais vomir, dit Mme Patenaude.

Maxime revient, il est en sueur. Son grand corps maigre se balance d'un pied sur l'autre. Il secoue la tête et ouvre les bras en signe de défaite.

— Rien. J'ai appelé la police.

— Je vais vomir, répète Mme Patenaude.

Elle se penche et vomit. Charlotte accourt et vomit à son tour.

Maxime sort son cellulaire et compose le 9-1-1.

— Le bateau va partir ! Le bateau va partir !

La voix de M. Gordon monte dans les aigus.

Jacqueline est prise d'un fou rire incontrôlable. Maxime la regarde, décontenancé.

— Excuse-moi, dit-elle en hoquetant, c'est nerveux.

Les touristes, éberlués, regardent les vieux, les flaques de vomi, Mme Patenaude affaissée sur son banc, Charlotte pâle comme la mort. Cette agitation sénile les effraie.

— *Bloody hell!* s'exclame un touriste.

Le commandant du bateau est prêt à accueillir les vieux et à retarder son départ pour attendre l'arrivée de l'ambulance. La troupe décimée emprunte la rampe d'accès et s'assoit sur les bancs. Mme Patenaude est étendue sur l'asphalte, le visage exsangue. Jacqueline lui tient la main, elle n'a plus envie de rire. L'équipage est aux petits soins. M. Gordon se calme, Mme Moisan pleure, Maxime parle à la police. L'ambulance arrive, elle s'est frayé un chemin à travers la foule, sirène hurlante. Les ambulanciers examinent Mme Patenaude. Elle délire. Ils la déposent sur une civière et partent rapidement. Maxime va chercher le minibus et le stationne devant le bateau. M. Gordon proteste :

— Le bateau va partir ! Le bateau va partir !

— On ira sur le fleuve une autre fois, lui dit Maxime pour le calmer.

Tout le monde monte dans l'autobus, Charlotte la dernière. Elle a repris des couleurs. Maxime ferme les portes et met la climatisation à fond.

— On décolle !

Personne ne rit. Maxime appuie doucement sur l'accélérateur. L'air frais envahit le minibus et chasse la chaleur torride. Les vieux regardent le bateau qui se remplit de touristes et qui partira sans eux.

22

L'amour au temps des vieux

Georges jette un œil sur sa montre : six heures. Il attend Françoise dans le hall de la résidence. Quand il s'est réveillé, à l'aube, il se sentait bien, ses idées étaient claires, son cerveau, allumé. Il se rappelait qu'Élyse était morte et que Françoise et lui étaient amoureux. Une bonne journée.

Le soleil se lève. Le ciel se teinte de rose et de bleu, c'est beau, poignant. Georges chérit ces matins silencieux où il se balade dans les rues de la ville avec Françoise.

C'est la fin de l'été, la canicule est terminée. Une brise légère berce les grands arbres d'Outremont. Georges sent une formidable envie de vivre.

Il aperçoit Françoise. Elle marche de son pas aérien, la tête et le dos droits comme si l'âge l'avait oubliée. Dieu qu'elle est belle. Grande et mince, ses cheveux gris tombent sagement sur ses épaules. Elle n'a presque pas de seins, mais bon, on ne peut pas tout avoir. Elle porte un pantalon kaki et un chandail chaud, même si le temps est doux. Elle a souvent froid. Ils se sourient.

— Prête?

— Toujours, répond-elle en souriant.

Ils partent comme deux collégiens à l'assaut du quartier qui s'éveille. Ils empruntent le même chemin, ils traversent les parcs Joyce et Saint-Viateur, ils poussent jusqu'au parc Outremont, contournent le petit étang où trône une jolie fontaine, puis ils reviennent sur leurs pas et parcourent de nouveau les parcs, d'abord Saint-Viateur avec ses terrains de tennis, puis Joyce, qui monte doucement jusqu'à la résidence. Une marche de deux kilomètres, la même tous les matins, cinq jours par semaine.

Ils ont fait l'amour pour la première fois la semaine dernière. Ils ont uni leurs corps dans une étreinte remplie de tendresse. Tout était plus long et plus lent, mais la mécanique fonctionnait. Ils étaient chez Françoise. Sa chatte, Simone III, boudait, fâchée d'être chassée du lit de sa maîtresse par cet inconnu. Georges ne voulait pas être dans son appartement, il fuyait le lit conjugal où le fantôme d'Élyse risquait de tout gâcher.

Georges était heureux, Françoise riait. Ils se sentaient légers, fous, comme s'ils transgressaient un tabou. Ils caressaient leurs corps vieillis sans voir les rides. Le temps était suspendu, seul existait leur amour naissant. Ils riaient, protégés par une bulle de bonheur, à l'abri des peurs et des affres de la vieillesse. Ils sont restés couchés une bonne partie de la journée, serrés l'un contre l'autre.

A-t-on le droit de tomber amoureux à quatre-vingt-cinq ans et de tout recommencer? Georges ne supporte pas le désert affectif, l'absence de l'autre, le lit vide et froid comme la mort. Une nouvelle vie commence : il mange au restaurant avec Françoise, il lui téléphone pour lui raconter sa journée et il se blottit contre elle quand ils regardent la télévision. Si seulement son esprit pouvait cesser d'errer! Comment conserver sa lucidité et chasser le spectre d'Élyse qui le tourmente?

Hier, il a eu une discussion pénible avec ses enfants. Ils n'aiment pas Françoise. Pourquoi? Ils ne souhaitent pas son bonheur? Il ne s'est jamais attaché à eux. Chantal, boudeuse, vindicative, toujours en train de lui faire des reproches; Jean, un gamin pleurnichard trop couvé par sa mère, transformé en adulte insipide qui vit en banlieue avec une femme sans grâce.

Georges est devenu grand-père puis arrière-grand-père avec agacement. Il ne veut pas avoir d'arrière-petits-enfants, c'est bon pour les vieillards. Chantal et Jean s'accrochent au souvenir de leur mère, ils la glorifient comme si elle était une sainte ou, pire, une martyre. Ils ne pardonnent pas à leur père sa vie volage et ses absences répétées.

— J'ai une blonde, leur a-t-il dit. J'aimerais ça vous la présenter.

— Pourquoi? a demandé Chantal.

— Pourquoi quoi?

— Pourquoi tu t'es fait une blonde? Voyons, papa, t'as quatre-vingt-cinq ans!

— Pis, qu'est-ce que ça change?

— T'as passé ta vie à tromper maman. Ça fait même pas un an qu'elle est morte. Tu pourrais te calmer et respecter sa mémoire.

— Parle-moi pas sur ce ton-là.

— Je vais te parler comme je veux, t'es pire qu'un enfant. C'est qui?

— Qui quoi?

— Ben, ta blonde. C'est qui?

— Elle s'appelle Françoise Lorange.

— La snob?

— Elle est pas snob, elle a de la classe, c'est pas pareil.

Ses enfants le jugent. S'ils savaient à quel point il a aimé leur mère. Ils n'ont rien compris à sa carrière, à ses ambitions, à son attachement viscéral à Élyse.

Au retour de leur promenade, Françoise et Georges croisent Jacqueline Laflamme, mal fagotée dans son éternel jogging. Jacqueline s'avance vers eux d'un pas décidé. Elle va encore leur parler des atteints. Il ne veut rien savoir du deuxième étage. Avec la maladie d'Élyse, il a épuisé ses réserves de compassion.

Dans ses moments de lucidité, il se voit glisser dans la démence, comme si une moitié de son cerveau observait l'autre qui sombre dans la folie et cherche Élyse partout en niant sa mort. Il est terrorisé à l'idée de finir au deuxième. Il aimerait mieux se tuer, mais il en serait incapable, il aime trop la vie – et il s'aime trop – pour se suicider.

Il salue Jacqueline d'un bref hochement de tête et poursuit son chemin.

— Georges, attends !

— J'ai pas le temps.

— Mais attends, voyons !

Il s'arrête à contrecœur.

— Qu'est-ce que tu veux ?

— T'as pas signé ma pétition.

— Quelle pétition ?

— Contre les activités séparées pour les atteints.

Georges la regarde. Dire qu'il lui a fait l'amour comme un fou quand il enseignait à l'université. Aujourd'hui, il ne pourrait pas, elle est grosse et moche, et ses seins pendent de façon grotesque. Il serait incapable de faire l'amour à une femme laide.

— Tu pourrais parler au juge et lui demander de signer, poursuit Jacqueline.

— Demande-lui, toi.

— Il m'aime pas.

Georges sourit.

— Ça m'intéresse pas, désolé.

Il tourne les talons et se dirige vers l'ascenseur. Françoise le suit, docile. « Qu'ils aillent au diable ! » se dit Jacqueline.

23

La sortie, suite

Lucie Robitaille fait les cent pas dans son bureau. Elle est agitée, en colère. Ils ont perdu M. Moisan, et Mme Patenaude s'est retrouvée à l'hôpital! On ne parle que de ça à la résidence. La révolte gronde. Maxime l'avait avertie, il avait besoin de renfort. Quand elle pense que Jacqueline Laflamme était présente… Elle passe pour une incompétente et une pingre.

Elle se rappelle le jour où la Chambre de commerce l'a invitée à prononcer un discours à l'occasion du 8 mars pour parler des «femmes qui ont marqué leur secteur d'activité». C'était un honneur, un grand honneur.

Un discours. Cette perspective l'effrayait et l'enchantait. Elle a passé des heures à l'écrire, elle a écumé Internet pour trouver des chiffres qui appuyaient chacune de ses phrases. Elle voulait leur en mettre plein la vue. Elle s'est acheté un tailleur brun taupe à La Baie pour l'occasion et des talons hauts en velours. Elle avait toujours rêvé de posséder des chaussures en velours, le *nec plus ultra* du chic.

Elle était morte de peur quand elle s'est présentée dans la grande salle d'un hôtel du centre-ville où la Chambre de commerce organise ses causeries. Elle s'est installée à la table d'honneur. Nerveuse, elle n'a pratiquement pas touché à son potage aux carottes, à son poulet chasseur et à sa tarte aux pommes.

Le président de la Chambre l'a présentée en vantant ses qualités d'administratrice. Elle est montée sur la scène au milieu des applaudissements. Ses mains tremblaient lorsqu'elle a déposé ses feuilles sur le lutrin. Elle a commencé à parler le nez collé sur ses notes. Après le premier paragraphe, récité d'une voix chevrotante, elle a levé la tête et regardé l'auditoire qui l'écoutait poliment au milieu d'un silence qui exsudait l'ennui.

Sur un coup de tête, elle a mis son discours de côté et s'est lancée dans le vide. Elle a improvisé en écoutant son cœur et en regardant les gens droit dans les yeux. Elle a senti la foule vibrer. Elle a raconté son parcours de fille de Verdun qui a grandi à l'ombre des autoroutes, ses années où elle a travaillé comme préposée dans un centre d'accueil, son amour pour les vieux, sa volonté de posséder sa propre résidence, son audace lorsqu'elle a acheté le Bel Âge avec ses économies et celles de ses parents.

L'auditoire, conquis, s'est levé pour l'applaudir. Un triomphe. Elle a même eu droit à un entrefilet dans les journaux : « Lucie Robitaille, une femme d'affaires et de cœur ». Elle l'a fait encadrer et mis évidence dans l'entrée de la résidence. La Chambre de commerce a jonglé avec l'idée de la nommer Femme de l'année, mais Lucie s'est fait doubler par une jeune de trente ans qui a créé une entreprise de design. Une jeune, évidemment, pas une vieille comme elle. Les quinquagénaires n'ont plus la cote. Après un bref engouement pour les têtes grises, les trentenaires ont repris le devant de la scène.

Lucie se lève, elle arpente de nouveau son bureau de la porte à la fenêtre, dix pas bien comptés. Un grand bureau avec une peinture au mur qu'elle a achetée chez un antiquaire pour une bouchée de pain, une forêt d'arbres qui ploient sous la neige, une maison au bord de l'eau et un coucher de soleil. Cette peinture la repose, elle aime la contempler, assise dans son fauteuil de présidente-directrice générale du Bel Âge, applaudie par le gratin de la Chambre de commerce, presque couronnée Femme de l'année.

Elle a une réputation à préserver, elle ne peut pas couler corps et biens, encore moins faire faillite. Les méchantes langues lui rappelleraient ses origines modestes, son absence de diplômes, son incompétence, elle ne serait qu'une usurpatrice qui a visé trop haut. Plutôt mourir que d'avouer son échec. Elle veut briller et remonter sur la scène de la Chambre de commerce.

M. Moisan, Mme Patenaude. Elle a frôlé la catastrophe. Elle aurait dû réagir quand Maxime est venu la voir, mais elle était trop prise par ses problèmes, les factures qui s'empilent, la fournaise qui vient de rendre l'âme et qu'elle devra remplacer. Heureusement, la police a vite retrouvé M. Moisan, qui se promenait comme une âme en peine dans le Vieux-Port. Il avait tout oublié, la croisière, la résidence et sa femme. S'il avait fallu qu'il se jette dans le fleuve ou qu'il se fasse écraser par une voiture, elle aurait pu être accusée de négligence criminelle. Elle aurait été en prison. Mon Dieu! L'espace d'un instant, elle s'imagine dans un épisode d'*Unité 9*, les lourdes portes qui claquent, le directeur froid et inflexible qui lui en ferait baver, des codétenues qui l'accueilleraient avec hostilité, la fouille à nu.

Elle frissonne. Envoyer quinze vieux dans la pire canicule de l'été avec seulement deux employés pour les encadrer, c'était de la folie! Maxime aurait dû insister. Elle lui en veut. Et Mme Patenaude. Là aussi, la catastrophe a été évitée de justesse. Elle n'a eu qu'un coup de chaleur, elle en a été quitte pour une nuit à l'hôpital et une bonne frousse. Ses enfants l'ont appelée, ils étaient furieux. Lucie a patiné et noyé le poisson dans des explications nébuleuses.

Ce matin, en se levant, elle a décidé de prendre les choses en main. Elle s'est enfermée dans son bureau en disant à sa secrétaire qu'elle ne voulait pas être dérangée. Elle veut faire le point sur sa situation financière. Après, elle va appeler la banque et demander un sursis, un autre, mais avant de faire cet appel humiliant, elle doit comprendre l'étendue de ses dettes, l'ampleur des dégâts.

Lucie Robitaille fait le bilan : M. Moisan est retourné au deuxième, il a déjà tout oublié,

Mme Patenaude raconte sa mésaventure en s'emmêlant dans ses souvenirs, Jacqueline Laflamme brode méchamment autour de la sortie ratée dans le Vieux-Port, et le juge boude parce qu'elle ne se décide pas à passer à l'action et à organiser des activités séparées pour les atteints. Elle a la désagréable impression d'être assise sur un volcan.

24

Jacqueline

Peshawar, 2001

Jacqueline entend l'appel du muezzin : «*Allahou akbar...*» Le bazar frémit. Les hommes déroulent leur tapis devant leur échoppe et prient. Son interprète, Amir, presse le pas, Jacqueline le suit en galopant derrière lui. Elle tient nerveusement les pans de son voile, qui glisse sur sa tête. Elle porte un pantalon large et une tunique qui dissimule ses formes. Après la prière, elle doit interviewer le mollah Youssef Qureshi, un des hommes les plus puissants de Peshawar. Il dirige la vieille mosquée de Mohabbat Khan, située au cœur du bazar. Construite en 1630, elle possède une grande cour intérieure et deux minarets blancs finement ouvragés qui s'élèvent dans le ciel tourmenté de Peshawar.

La mosquée est pleine à craquer. Jacqueline grimpe sur le toit avec Amir. Elle a une vue imprenable sur la cour bondée de fidèles. Elle est fascinée par ces dos voûtés par la prière, cette soumission aveugle à Allah. Des hommes, que des hommes, partout, sur les toits, dans la cour, aux fenêtres. Ils écoutent la voix du mollah, amplifiée par les haut-parleurs accrochés aux minarets. Tous portent le *salwar kameez,* le costume traditionnel, pantalon et tunique qui descend jusqu'aux genoux.

Le ciel est gris, l'orage couve, un ciel à l'image du Pakistan, sombre et menaçant. Le pays de 140 millions de musulmans est au bord de la bascule : doté de l'arme nucléaire, corrompu jusqu'à la moelle et partageant 2 500 kilomètres de frontière avec l'Afghanistan, que les Américains bombardent depuis une semaine. Ils veulent chasser les talibans et capturer Ben Laden. Jacqueline a l'impression de vivre dans un pays toxique au sol mouvant, prêt à culbuter à tout moment dans le chaos.

Le mollah Qureshi conclut son prêche. Du toit, elle ne voit qu'un petit homme à la barbe blanche au milieu de la cour. La foule se disperse pendant que la pluie se met à tomber, froide et drue, comme si le ciel vomissait sa colère.

Amir fait signe à Jacqueline. Ils courent, le toit est glissant, Jacqueline a le vertige. Elle n'arrive pas à le suivre, elle ralentit le pas et le perd de vue dans la cohue. Les hommes la dévisagent, elle perçoit leur colère. Qu'est-ce qu'une femme fait ici ? Jacqueline descend son voile sur son front et serre son calepin de notes contre sa poitrine. Elle se sent au bout du monde dans ce pays hostile. Elle aperçoit Amir qui fend la foule pour venir la chercher. Il est contrarié.

— Qu'est-ce que tu fais ? demande-t-il rudement.

— J'ai le vertige, se défend Jacqueline.

Il la regarde d'un air légèrement méprisant. C'est la première fois que Jacqueline travaille avec lui. Elle n'est jamais venue au Pakistan. Elle découvre Peshawar, une ville survoltée collée sur la frontière afghane et la zone tribale, repaire des islamistes et des terroristes.

Amir l'entraîne dans un dédale de couloirs qui aboutit dans une pièce parcourue de courants d'air. Au mur, des livres saints, par terre, des tapis, au fond, assis sur un coussin, le mollah Qureshi entouré de ses fils.

Jacqueline s'assoit par terre, en face du mollah. Ses genoux protestent, sa hanche droite l'élance. Elle a mal partout depuis quelques semaines, séquelle de séances de jogging trop intensives.

Quand Marc l'a quittée, elle s'est jetée dans la course à pied. Elle a exorcisé sa peine en avalant les kilomètres. Ses genoux ont flanché, des élancements l'ont tenue éveillée la nuit. Elle a consulté un médecin, qui a lancé son verdict comme une bombe : arthrose. Il n'y a rien à faire, l'âge, l'usure. À cinquante-huit ans, Jacqueline a des genoux de vieille. Aux genoux s'est ajoutée la hanche droite, une douleur nouvelle qui a commencé dans l'avion. Elle n'a jamais eu mal aux hanches de sa vie. Les hanches ! Une autre affaire de vieille.

Depuis son arrivée au Pakistan, son corps la trahit, ses nuits sont agitées. Même les somnifères n'arrivent pas à calmer son anxiété. Tout l'énerve, Amir, les demandes irréalistes de Marc, la chaleur, la saleté. Si les talibans tombent, elle doit se précipiter en Afghanistan. Elle est épuisée juste à y penser. La logistique s'annonce monstrueuse : trouver des journalistes prêts à voyager avec elle, traverser la frontière dans des conditions périlleuses, prévoir de l'eau et de la nourriture, trouver une façon de transmettre ses textes.

Elle a croisé une journaliste française à son hôtel, Fabienne. Elle aussi voyage seule. Elle est jeune et prête à tout. Elles ont vite sympathisé. Le soir, elles échafaudent des plans pour entrer en Afghanistan. Jacqueline sait que le périple sera hasardeux. Elle a peur de passer des heures dans un tape-cul sur des routes défoncées avec ses genoux et sa hanche de vieille. Sans oublier les risques. Il n'y a rien de plus dangereux que ce néant politique, cet instant d'anarchie où un gouvernement s'écroule sans qu'aucun autre l'ait remplacé. Elle n'a pas envie d'être kidnappée et de passer des mois dans une cave humide avec un bandeau sur les yeux, encore moins d'avoir la gorge tranchée par des bandits ou des terroristes.

Marc pense-t-il à tout cela quand il la pousse à franchir la frontière afghane ? Elle sent une bouffée de colère contre lui. Il l'oblige à coucher dans une chambre miteuse pour réaliser des économies de bouts de chandelle.

Le mollah Qureshi parle sans regarder Jacqueline. Il n'a même pas levé les yeux sur elle quand elle est entrée dans la pièce et qu'elle l'a salué en disant : « *As-salam aleikoum.* »

— Le Pakistan, dit-il, devrait être gouverné par les mollahs qui conseilleraient les élus.

— Les femmes auront-elles le droit de travailler dans votre califat ? demande Jacqueline.

— Tu ne peux pas lui demander ça, dit Amir.

— Pourquoi ?

— C'est une question indécente.

— Pose-la.

Amir est contrarié. Jacqueline le voit à son dos raidi. Il parle en ourdou. Elle n'a pas confiance en lui.

— Les femmes sont un don de Dieu, traduit Amir.

— Pourront-elles travailler ? insiste Jacqueline.

Le mollah ne répond pas. Amir lui a-t-il posé la question ? Jacqueline est frustrée, elle déteste travailler avec un interprète. Elle a chaud, elle étouffe sous son voile.

— Les Américains sont des chiens enragés, poursuit le mollah. Le Pakistan devrait se comporter comme l'Amérique. Il devrait prendre un hélicoptère, descendre sur le toit de l'ambassade des États-Unis à Islamabad et abattre l'ambassadeur.

Jacqueline note tout avec fébrilité. Elle regarde Amir, elle est satisfaite, même si le mollah ne veut pas parler des femmes. Sa déclaration est explosive. Le thé arrive, chaud et sucré. Jacqueline tient la tasse dans ses mains glacées. Elle n'a qu'une envie, déplier son corps endolori, sortir de cette mosquée et écrire son article.

Hier, elle a couvert une manifestation. Des milliers d'hommes arpentaient les rues sales de Peshawar en hurlant des slogans antiaméricains. Jacqueline observait cette foule agitée et demandait à Amir de lui traduire ce qu'ils disaient. Il lui répondait du bout des lèvres. Des hommes l'ont dévisagée. Amir voulait partir, Jacqueline a refusé, la manifestation venait tout juste de commencer. Elle n'avait pas traversé la moitié du globe pour se planquer dans sa chambre d'hôtel et écouter CNN. Ils se sont engueulés.

— J'ai besoin d'être sur place pour comprendre.

— C'est dangereux.

— Je reste, pas question de bouger.

Amir est jeune, à peine trente ans. Il est hautain, impatient et il a un terrible accent en anglais. Quand elle lui demande de répéter, il lui fait la gueule. Jacqueline sait qu'il a le gros bout du bâton. Tous les interprètes sont pris. C'est la grosse histoire de l'heure, celle qui fait vibrer les salles de rédaction de la planète. Les Américains versent une fortune à leurs interprètes. *Time* et *Newsweek* les paient de trois à quatre cents dollars par jour, alors que Jacqueline ne donne que soixante-quinze dollars à Amir, une misère. Marc l'a avertie avant son départ :

— Tu vas encore nous coûter cher.

— Désolée, mais j'ai besoin d'un interprète, mon ourdou n'est pas au point.

— Toujours aussi ironique.

— Tu veux-tu que j'y aille, au Pakistan, oui ou non ?

— Ben oui.

— Alors, paie. Pis laisse-moi te dire qu'on fait pitié avec nos minables soixante-quinze dollars !

— On n'est pas le *New York Times*.

— Ça, je le sais !

Jacqueline s'est retenue pour ne pas le gifler. Elle ne vit plus avec lui depuis un an. Leur relation n'a pas survécu au quotidien, surtout depuis que Marc a été promu directeur de l'information : la pression du travail, la relation patron-employée qui pourrissait tout, les journalistes de la salle qui protestaient contre ses privilèges.

Quand Marc a-t-il cessé de l'aimer ? Elle a d'abord senti son éloignement, puis sa lassitude et ses impatiences. Jacqueline, elle, l'aime toujours, mais elle est incapable de tendresse. Pourquoi ne lui a-t-elle pas tendu la main, pourquoi ces colères qu'elle n'arrive pas à maîtriser ?

Après les attentats du 11 Septembre, le journal a été pris de frénésie. Marc a envoyé des journalistes couvrir les points chauds de la planète : Syrie, Liban, Égypte, États-Unis, Pakistan. Jacqueline est partie à la dernière minute, elle a bouclé ses valises sans avoir le temps de réfléchir.

Dieu merci, elle n'a plus son chihuahua ; il s'est

fait écraser en traversant la rue. Ce chien a toujours été idiot, mais Hugo l'aimait et il a pleuré quand Marc a ramassé son corps sans vie au milieu de la chaussée.

Jacqueline a survolé l'Atlantique et l'Afrique dans un état de fébrilité qui la tenait éveillée. Même le vin n'arrivait pas à l'assommer. Elle a débarqué à Islamabad à six heures du matin, vannée, les traits tirés par deux nuits sans sommeil à lire sur le Pakistan et l'Afghanistan. Elle a raté sa correspondance pour Peshawar. Elle a attendu sa valise debout devant le carrousel, le cœur au bord des lèvres. Elle aurait tué pour une cigarette. Elle ne fume plus depuis deux mois. Sa peur du cancer a été plus forte que les affres du sevrage.

Le soleil s'est levé sur Islamabad, la sage capitale du Pakistan, avec son quartier des ambassades et ses allées larges et ombragées. Elle a vite découvert qu'Islamabad est l'exception et que les villes pakistanaises sont surpeuplées, sales et chaotiques, comme le reste du pays.

Jacqueline a négocié avec un chauffeur de taxi. Il a accepté de franchir les 200 kilomètres qui la séparaient de Peshawar pour cinquante dollars. Ils sont partis à huit heures, en pleine heure de pointe. Il faisait chaud, le thermomètre dépassait déjà les trente degrés. Son chauffeur, qui baragouinait l'anglais, conduisait la main sur le klaxon, comme si les chèvres, les poules et les camions qui encombraient la route allaient lui céder le passage. Jacqueline, énervée, a passé trois heures agrippée à la portière, priant le ciel pour ne pas finir écrabouillée dans un amas de tôle. Le chauffeur l'a laissée devant un hôtel miteux.

Elle a présenté son passeport à la réception, grimpé trois étages en tirant sa valise alourdie par son gilet pare-balles et arpenté un couloir poussiéreux et sombre jusqu'à la porte 328. La chambre était étriquée, le tapis taché, la salle de bain minimaliste. La fenêtre donnait sur une rue bruyante. Jacqueline s'est écroulée sur le lit en se demandant par quel bout commencer. Il était midi, elle avait chaud, son chandail était trempé de sueur. Elle se frottait les tempes pour chasser un début de migraine. Une angoisse sourde ne la lâchait pas. « Calme-toi, Jacqueline, calme-toi, câlisse ! »

Elle a avalé deux cachets, pris une douche, enfilé des vêtements propres, rangé son calepin de notes dans son sac, mis un voile sur sa tête, puis elle a pris une grande respiration. Elle était prête à affronter Peshawar, mais elle devait d'abord se trouver un interprète. C'est l'hôtel qui lui a recommandé Amir.

*　　*　　*

Elle est à Peshawar depuis une semaine. Elle n'aime pas cette ville qui transpire l'agressivité. Elle déteste sa circulation hystérique, ses façades usées, ses arbres couverts de poussière et ses ruelles sombres et étroites. Quand il pleut, les rues sont vite inondées. Les hommes passent le balai, mais ils ne font que déplacer la poussière qui s'incruste partout. Les restaurants chics possèdent des détecteurs de métal. Jacqueline a l'impression d'être au Far West. Elle a fait une entrevue avec le chef de police, un homme d'une cinquantaine d'années au ventre rebondi. Dans son anglais hésitant, il lui a juré que tout allait bien et que la ville était calme.

— Le Far West? Quelle idée! a-t-il protesté.

Son téléphone a sonné au milieu de ses dénégations.

— Veuillez m'excuser, a-t-il dit d'une voix onctueuse.

Il a parlé en ourdou d'un ton sec. Jacqueline ne comprenait rien, mais Amir a souri.

— Désolé, je dois partir, une bombe vient d'exploser à trente kilomètres d'ici.

— Je pars avec vous!

— Impossible, c'est trop dangereux et le secteur est déjà bouclé. Il n'y a rien à voir.

Il est parti en catastrophe sur les lieux de la déflagration. Jacqueline a remballé son calepin de notes.

Amir l'a déposée à son hôtel. Elle a dormi un peu, épuisée. Elle s'est réveillée tout aussi fatiguée. Elle a regardé par la fenêtre. La lumière déclinait, passant du rouge au pourpre, l'heure magique où le jour cède la place à la nuit. Elle s'est sentie étrangement émue. Pour la première fois depuis son arrivée au Pakistan, elle a senti un élan de compassion pour ce peuple plongé malgré lui dans un bras de fer entre les Américains et les islamistes.

*   *   *

Ce soir, elle ira au chic hôtel Pearl-Continental. Ils ont une connexion Internet potable, elle pourra envoyer son article à Montréal. Elle en profitera pour fouiner dans la salle à manger à la recherche de journalistes étrangers. Les grands reporters du *New York Times*, du *Guardian*, de la BBC et de CNN logent au Pearl-Continental. Ils ont les moyens de se payer des chambres à 250 dollars la nuit et des traducteurs à 300 dollars par jour.

Jacqueline se couche après avoir mangé des crevettes en compagnie de journalistes américains. Aucun n'avait plus de quarante ans. Elle se réveille au milieu de la nuit, le corps en sueur, le cœur au bord des lèvres. Elle se précipite aux toilettes et vomit son souper en se maudissant d'avoir choisi les crevettes. Des crevettes à Peshawar! Quelle idiote.

Le lendemain, Amir est en retard. Encore. Jacqueline se contente d'un thé noir pour déjeuner. Son estomac est fragile, elle se sent faible et étourdie. Comment va-t-elle réussir à tenir toute la journée? Elle doit visiter le camp de réfugiés de Kacha Gari, où s'entassent des dizaines de milliers d'Afghans.

— Tu as l'air épuisée, ma pauvre, dit Fabienne.

— J'ai vomi cette nuit. Maudites crevettes à marde.

— Qu'est-ce que tu fais aujourd'hui?

— Je vais à Kacha Gari. Je sais pas comment je vais faire, j'ai pas d'énergie.

Fabienne lui sourit gentiment. Jacqueline décèle une lueur de pitié dans ses yeux.

Amir arrive. Il traverse la salle à manger de son pas lent comme s'il n'était pas en retard d'une heure. Jacqueline le fusille du regard.

— Tu as l'air fatiguée, dit-il.

— J'ai été malade.

Il se sert une énorme assiette remplie d'œufs et de pain. Il va refiler l'addition à Jacqueline sans lui demander son avis. Il s'assoit à leur table. Amir et Fabienne discutent en riant comme deux jeunes de trente ans.

— Je monte chercher mes affaires, dit Jacqueline.

Amir hoche la tête distraitement. Elle se lève péniblement, grimpe les marches, entre dans sa chambre, attrape son calepin et son voile. Elle voit son reflet dans le miroir. Elle a une tête de fin du monde. Elle découvre une nouvelle ride à la commissure de ses lèvres. Elle soupire en refermant la porte sur sa chambre en désordre. Dans le lobby, elle aperçoit Amir et Fabienne. Elle les entend parler :

— Pauvre Jacqueline, elle n'est pas en forme, dit Fabienne.

— Elle est vieille, répond Amir en plissant la bouche avec dégoût.

Jacqueline se fige. Elle se voit à travers les yeux d'Amir, une femme à l'aube de la soixantaine qui s'obstine à parcourir la planète avec son corps usé et ses cheveux gris. Et si Amir avait raison ?

25

Françoise

Montréal, 1987

Elle ne se doutait de rien. La nouvelle est arrivée comme une bombe qui a balayé sa vie et arraché ses certitudes, ne laissant qu'un trou béant. Raymond la quitte. Il vient de refermer la porte, emportant deux valises avec lui.

Les garçons. Comment va-t-elle leur apprendre la nouvelle? Raymond ne leur a rien dit, il est parti comme un lâche et un voleur. Une colère immense s'empare d'elle. Elle attrape un vase que Raymond lui a offert pour leurs vingt-cinq ans de mariage et le lance à travers la pièce. Il se fracasse contre le mur dans un bruit assourdissant.

Françoise pleure à en perdre le souffle. Elle a eu cinquante ans hier. Raymond lui a offert des roses. Pourquoi lui a-t-il donné des fleurs s'il s'apprêtait à la quitter? Que fait-on à cinquante ans quand on n'a embrassé qu'un homme dans sa vie?

Elle se souvient de la peur qu'elle avait éprouvée

en regardant *Scènes de la vie conjugale,* de Bergman. Elle avait trente-huit ans, elle était enceinte des jumeaux. Il neigeait et un feu crépitait dans l'âtre. Blottie contre Raymond dans le grand fauteuil rose saumon qui trônait au milieu du salon, Françoise fixait le visage de Liv Ullmann, qui jouait le rôle d'une femme trompée après des années de mariage. Elle pleurait, éperdue, larguée par son mari qui l'avait quittée pour aller vivre avec sa maîtresse. Françoise ne voyait que la détresse et les yeux hallucinés de Liv Ullmann, elle était horrifiée par l'ampleur de sa panique. Une peur souterraine, inavouable avait fait surface. Et si Raymond la quittait?

— C'est affreux, ça nous arrivera jamais, hein?

— Non, jamais.

— Tu me le promets?

— Oui, promis.

Il avait ri en posant sa main sur son ventre énorme. Ce soir-là, elle s'était endormie avec la certitude que son bonheur était éternel.

Raymond est parti en coup de vent. Elle n'a même pas eu droit à un préavis. Tout s'est passé tellement vite.

Cet après-midi, Raymond est revenu plus tôt du travail.

— C'est moi! a-t-il crié.

— Déjà?

Il s'est enfermé dans son bureau sans l'embrasser, il a entassé des livres et des dossiers dans une valise, des vêtements dans l'autre, et il est ressorti quinze minutes plus tard, son manteau sur le dos. Françoise était dans la cuisine, la chatte Simone II dormait, affalée au milieu du plancher. Françoise était en train de confectionner un saint-honoré, sa spécialité. Elle brassait délicatement les jaunes d'œufs, le sucre et la farine. Elle s'apprêtait à verser le lait chaud parfumé de vanille sur le mélange d'œufs lorsque Raymond, avec sa tête d'enterrement, lui a annoncé qu'il partait.

— Tu retournes au bureau? lui a-t-elle demandé sans le regarder, trop absorbée par son gâteau.

— Je te quitte.

Françoise l'a dévisagé, la casserole de lait chaud dans une main, une cuiller de bois dans l'autre.

— Quoi?

— Je te quitte, c'est fini, j'ai rencontré quelqu'un.

— Mais tu peux pas me quitter, les Jolicoeur viennent souper!

— Je t'aime plus, c'est fini.

— Tu peux pas me faire ça!

— C'est pas de ma faute, je t'aime plus.

— Mais je t'aime, moi.

— Arrête, Françoise.

— Arrêter quoi? Qu'est-ce que je vais devenir? Et les garçons? Tu as pensé aux garçons? Je te rappelle que tu as cinq fils.

— Arrête, Françoise.

— ARRÊTE DE ME DIRE ARRÊTE!

Elle avait hurlé en laissant tomber la casserole par terre. Simone II avait détalé en miaulant. Raymond voulait disparaître, quitter cette maison, courir vers sa maîtresse, ne plus sentir le poids de sa culpabilité décuplée par les cris de Françoise. Marie-Ève lui avait lancé un ultimatum : « C'est ta femme ou moi. Choisis. »

— Parle aux gars, tu as toujours eu le tour avec eux.

— Tu peux pas m'abandonner, qu'est-ce que je vais dire aux Jolicoeur ?

Raymond a pris ses valises et s'est dirigé vers la porte.

Il est parti sans se retourner, sans l'embrasser, sans même lui dire au revoir. Quand la porte s'est refermée, elle a pensé : « C'est ça, la fin du monde ? » Elle est restée dans l'entrée, les bras ballants, puis la panique s'est jetée sur elle. Elle s'est mise à trembler de la tête aux pieds. C'est là qu'elle a pris le vase et qu'elle l'a lancé de toutes ses forces contre le mur.

Elle regarde les débris du vase éparpillés sur le plancher de chêne. Sa fureur n'est pas apaisée. Elle marche d'un pas décidé vers la salle à manger, ouvre les portes du vaisselier et prend les assiettes en porcelaine qu'ils ont achetées à Londres, du Wedgwood délicatement ouvragé. Ils avaient fêté leur dixième anniversaire de mariage en Angleterre, un voyage d'amoureux, une semaine volée au temps, sans travail ni enfants. Ils avaient fait l'amour tous les jours. Ils s'aimaient, un bonheur simple, enveloppé de certitudes. Elle prend les assiettes ourlées d'un motif fleuri vert tendre et les lance contre le mur en hurlant.

— Maman, qu'est-ce que tu fais?

Françoise suspend son geste, elle se retourne et voit son fils, son grand Simon. Il a vingt-huit ans. C'est un bel homme, épaules carrées, mâchoire volontaire, le portrait de son père. Elle le regarde, une assiette à la main.

— Ton père m'a quittée.

Elle laisse tomber l'assiette, dernière survivante du carnage. Simon la prend dans ses bras.

— Pleure pas, maman, pleure pas.

Il la berce comme elle l'a fait pour lui quand sa première blonde l'a quitté. Il a eu tellement mal. Il n'ose pas imaginer la peine de sa mère.

*   *   *

— Les gars! Le souper est prêt!

Françoise dépose le plat sur la table, du macaroni au fromage. Elle ne cuisine plus. Cuisiner pour qui? Pour les garçons, qui se jettent sur la nourriture et dévorent tout sans dire merci? Raymond n'est plus là pour la complimenter. Raymond. Il est parti depuis deux mois. Françoise a survécu, elle est la première étonnée.

Quand les garçons partent à l'école, Françoise pleure, assise dans son fauteuil rose saumon. L'âtre est vide, la maison est froide. Simone II grimpe sur ses genoux, met ses pattes sur sa poitrine et, les yeux mi-clos, regarde sa maîtresse en ronronnant, comme si elle devinait sa peine et son désarroi.

Sa mère vient tous les jours. Qu'est-ce qu'elle ferait sans elle? Elle l'aide avec le lavage, le ménage, les courses. Elle ne force pas ses confidences, mais elle est inquiète, Françoise le voit dans son regard attendri et son front soucieux.

Elle se lève le matin, même si elle n'a pas fermé l'œil de la nuit, elle s'habille, prépare le déjeuner, fait l'épicerie, nourrit Simone II. C'est la routine qui la sauve de la folie. Elle doit tout apprendre, dormir seule, manger seule, vivre seule. Elle a les garçons, mais ils s'enferment dans leur chambre au retour de l'école. Ils ont leurs amis, leur vie continue malgré la désertion de leur père.

Au début, Françoise ne se lavait pas. Elle enfilait son jogging le matin, ses cheveux étaient gras et grisonnants, son teint, souffreteux. Se teindre les cheveux pour qui? Se faire belle pour quoi?

Elle voit Raymond une fois toutes les deux semaines, le samedi, quand il vient chercher les garçons. Les jumeaux lui sautent au cou. Ils n'ont que douze ans et leur père leur manque, il est encore un héros à leurs yeux. Jérôme a quinze ans, il est en pleine révolte. Il boude son père et envoie promener sa mère. Quand il revient de l'école, il se réfugie dans sa chambre et met sa musique à fond. Martin a dix-neuf ans, il passe tout son temps au cégep. Françoise le voit peu. Simon, son beau Simon, l'appelle tous les jours.

Quand Raymond sonne à la porte, les jumeaux se précipitent pour l'accueillir. Il les prend dans ses bras. Françoise se jure qu'elle ne pleurera pas, qu'elle restera digne. Elle ne veut pas s'effondrer devant lui. Ils ont toujours la même conversation, prudente, minée par les non-dits.

— Ça va ? demande Raymond.

— Oui, toi ?

— Oui, ça va. Les gars sont prêts ?

Les jumeaux déboulent avec leur sac, Jérôme se traîne en affichant son air d'adolescent rebelle, ses écouteurs vissés sur la tête. Martin suit. Il est plus grand que Raymond.

— Je te les ramène demain avant souper.

La petite troupe part. Françoise referme la porte sur le vide et le silence. Elle se dirige vers sa chambre et s'écroule sur le lit, où elle passe des heures à reconstruire l'histoire de la nouvelle passion de Raymond. Tout le monde était au courant, sauf elle, une humiliation qu'elle n'a pas digérée. Elle a croisé les Jolicoeur au supermarché. Elle a été incapable de supporter leurs regards apitoyés.

Elle a mis son orgueil de côté et appelé ses amies pour en apprendre davantage sur cette Marie-Ève. Elle ressasse la moindre parcelle d'information avec un entêtement malsain. Elle s'enfonce dans son malheur et berce ses plaies avec une douloureuse obstination. Comment Raymond a-t-il pu tomber dans un piège aussi grossier ? Comment son couple a-t-il pu s'échouer sur une histoire aussi triviale ? Son couple parfait sacrifié sur l'autel de la banalité. Raymond, cinquante ans, Marie-Ève, trente, vingt ans de différence. Lui, tourmenté par le démon du midi, elle, à la recherche d'un homme riche capable de la faire vivre.

Françoise se croyait à l'abri, elle avait tort. Elle n'est pas mieux que les autres, pas mieux que Lucie, l'épouse de Jean-Paul Belleau, un infidèle chronique qui trompe sa femme à tour de bras dans *Les Dames de cœur*, un téléroman immensément populaire. Françoise ne manque jamais un épisode. Le lundi soir, elle est rivée devant le petit écran. Raymond se moquait gentiment d'elle. « Un téléroman de bonnes femmes », disait-il. Françoise était agacée par la naïveté de Lucie, que son beau Jean-Paul trompait sans remords. Elle ne pouvait s'empêcher de la mépriser et de la trouver pitoyable dans son aveuglement. Aujourd'hui, elle n'est pas mieux qu'elle. Elle est devenue, bien malgré elle, une femme trompée, naïve et pitoyable.

Six semaines après la séparation, elle a appris où vivait Marie-Ève. Elle s'est postée devant son appartement, un condo du centre-ville. Elle a surveillé l'entrée. Elle devait voir sa rivale pour mettre un visage sur son malheur. Après deux heures à attendre dans le froid et l'obscurité, elle les a vus. Marie-Ève était pendue au bras de Raymond. Ils riaient en marchant d'un pas vif. Comment pouvait-il être aussi heureux et elle aussi malheureuse ? Elle n'a pas eu le cœur de les suivre.

Ce jour-là, elle a compris que Raymond ne reviendrait jamais. Elle n'avait qu'à regarder son corps penché amoureusement sur celui de Marie-

Ève, son sourire extatique, qu'elle a reçu comme un coup de couteau au cœur. Elle est revenue à la maison vers vingt heures. Les enfants, inquiets, avaient préparé le souper. Ils n'ont rien dit quand ils ont vu sa mine de naufragée. Elle a marmonné « Bonsoir, les garçons », puis elle s'est couchée tout habillée. Elle a fixé le plafond toute la nuit, obsédée par le couple que Raymond formait avec Marie-Ève.

Le lendemain, Françoise s'est rendue au bureau de Raymond. La secrétaire a figé en la voyant débouler avec ses yeux hagards, ses cheveux défaits et son pantalon fripé, elle qui avait toujours été impeccable, la belle, la distinguée Françoise Lorange. Elle est entrée dans le bureau de Raymond comme une furie, malgré l'affolement de la secrétaire, qui répétait d'une voix suraiguë : « Il est avec un client ! Il est avec un client ! »

Tétanisée, Françoise a embrassé la scène d'un regard stupéfait : Raymond et Marie-Ève enlacés au milieu des livres de droit et des dossiers empilés sur la grande table en acajou.

Françoise n'a rien dit. Elle les a regardés, sa bouche ouverte formait un O incrédule. Elle a tourné les talons et s'est enfuie. Raymond a couru derrière elle.

— Françoise ! Attends !

Elle a pleuré près des ascenseurs. Raymond a essayé de la prendre dans ses bras.

— Lâche-moi !

— Françoise, calme-toi, calme-toi.

— Lâche-moi.

Elle a fini par céder. Elle s'est laissée tomber dans ses bras. Il l'a bercée doucement. L'ascenseur est arrivé, elle s'y est engouffrée. Quand les portes se sont refermées, elle a lu de la pitié dans les yeux de Raymond. Elle n'avait qu'une envie : le tuer.

* * *

Après six mois d'errance, Françoise a fini par écouter les conseils de sa mère. Elle a vu un médecin qui lui a prescrit des somnifères et un antidépresseur puissant, du Paxil. Elle avale les comprimés tous les soirs avant de se coucher et elle sombre dans un sommeil abrutissant.

Le train-train continue comme si sa vie ne s'était pas écroulée : l'épicerie, les repas, le lavage, les garçons, l'école, sa mère qui veille sur elle, Raymond qui se pointe un samedi sur deux, la joie des jumeaux, les airs de martyr de Jérôme, le Paxil et les somnifères. Martin ne va plus chez son père. Il a une blonde et passe la moitié de sa vie enfermé avec elle dans sa chambre au sous-sol.

Quand Simone II est morte, Françoise n'a pas pleuré parce qu'elle n'avait plus de larmes. Le mois dernier, sa mère est arrivée avec un adorable chaton roux. Françoise l'a nommé Paxil.

Un jour, Marie-Ève l'a appelée. Françoise est restée sans voix, plantée au milieu du vestibule, le téléphone dans la main.

Marie-Ève s'occupait des garçons, Raymond était à un congrès. Les jumeaux avaient besoin de leurs patins, pouvait-elle passer? Françoise a accepté. Avait-elle le choix? Marie-Ève est restée dans l'auto, les jumeaux ont ramassé leurs patins. Ils étaient heureux, Marie-Ève les emmenait patiner sur le canal Rideau, à Ottawa. Quand ils sont partis en lui lâchant « Bye, maman! », elle a discrètement écarté les rideaux. Elle l'a vue derrière le volant de son auto sport. Elles se sont regardées pendant une interminable seconde.

26

Georges

Montréal, 2001

Georges fixe l'écran de la télévision, incrédule. Un avion vient de percuter la deuxième tour du World Trade Center. Il regarde les images hallucinantes sans y croire : la boule de feu, les gens qui se jettent dans le vide, l'immense colonne de fumée qui tache le ciel bleu de New York.

Il était en train de s'essuyer avec une serviette quand il a allumé la télévision. Il venait de courir dix kilomètres en quarante-neuf minutes. Il jubilait. Il avait enfin réussi à franchir la barre des cinquante minutes. À soixante et onze ans.

C'est la dernière journée de Georges à l'université. Cet après-midi, il prend sa retraite. Il y aura un party avec une soixantaine d'invités, des collègues, des étudiants, des amis, Élyse, ses enfants et ses petits-enfants. Même le recteur sera là. Georges ne voulait pas de vulgaires sandwichs pas de croûte. Il a insisté auprès du directeur du département, qui a débloqué un budget spécial pour acheter des brochettes, des salades, du vin et des fromages.

Georges travaille à son discours depuis des semaines. Il polit son style, ajoute une anecdote, une pointe d'humour, retranche un mot, change une virgule. Il a écrit dix pages finement tournées où il souligne les moments forts de sa carrière, ses six livres, ses voyages à travers le monde, sa renommée grandissante. Comment le département fera-t-il sans lui ?

Il a paniqué quand il a eu soixante-dix ans. Chaque décennie l'a effrayé : quarante ans, l'âge où le corps s'épaissit ; cinquante ans, le demi-siècle ; soixante ans, l'aube de la vieillesse ; soixante-dix ans, la vieillesse qui s'installe. Il a eu soixante-dix ans au tournant du millénaire. Peu d'hommes ont la chance d'assister à ce passage mythique. En l'an mille, les chrétiens croyaient que Satan déclencherait la fin du monde. En l'an 2000, les hommes pensaient que les ordinateurs cesseraient de fonctionner. Les gouvernements ont investi des fortunes pour se prémunir contre cette apocalypse informatique qui n'a jamais eu lieu. Quelle sottise ! À chaque millénaire sa fin du monde.

Il aurait tellement aimé franchir le millénaire à trente ans. Il se console en se disant qu'il n'a jamais été aussi en forme. Il repense aux dix kilomètres qu'il vient de parcourir en quarante-neuf minutes. Il a l'impression de déjouer les lois de la physique.

Il emprunte toujours le même chemin. Il commence par les rues d'Outremont, belles, bordées d'arbres, silencieuses, puis il se dirige vers la montagne. Il attaque tranquillement le sentier qui monte en boucle, une pente douce mais exigeante. Il croise d'autres coureurs, ils se sourient, complices, comme s'ils faisaient partie de la même secte. Au sommet de la montagne, il est en nage, son cœur pompe, ses mollets frémissent. Quand le sentier redescend, il se sent puissant, heureux. En revenant à la maison, il pique à travers le cimetière. Il allonge le pas. Il ne voit pas les tombes ni les allées ombragées, il se concentre sur ses muscles bien huilés, sa foulée rapide, son souffle régulier. La descente est longue, délicieuse, enivrante.

Il arrive chez lui en sueur, euphorique. Le poids des années s'envole. Il n'a plus soixante et onze ans, mais quarante. Il court quatre fois par semaine et il nage deux fois, le lundi et le mercredi. Il ne déroge jamais à sa routine, il est réglé comme une horloge. Il élabore des programmes difficiles avec un soin maniaque en multipliant les longueurs de papillon et les sprints. Il s'inflige des séances de jogging et de natation plus intenses les unes que les autres. Il a toujours été dur avec son corps. Jeune, il parcourait des kilomètres dans la piscine familiale à Bamako.

Le sport est devenu une obsession qui agit comme une fontaine de Jouvence. Georges est en guerre contre la vieillesse et il n'a pas l'intention de perdre. Il mange des graines de lin, des sardines, du hareng et il ne boit qu'un verre de vin par jour. Avec l'âge, il est devenu hypocondriaque. Si son cœur bat un peu vite, il a peur de faire une crise cardiaque, s'il a mal à la tête, il soupçonne un cancer du cerveau, s'il a des brûlures d'estomac, il se voit agonisant dans un lit d'hôpital, affligé d'une saloperie au nom compliqué. Internet lui offre une variété infinie de maladies, de quoi nourrir son hypocondrie jusqu'à la fin de ses jours.

Il est resté beau malgré ses soixante et onze ans. Il a encore tous ses cheveux, gris, épais, vigoureux. Il est fier de sa tignasse qu'il entretient religieusement. Il est toujours aussi grand. Qui a dit qu'on rapetissait en vieillissant? Il n'a pas une once de gras.

Georges fixe de nouveau l'écran de la télévision. Tous ces morts, toute cette destruction. Il a peur de cette planète qui s'autodétruit, peur de la folie meurtrière des hommes, de leur stupidité, de leur incapacité à apprendre de leurs erreurs, sourds aux leçons de l'histoire. Il est non seulement en colère contre l'humanité, mais aussi contre les terroristes, qui risquent de gâcher son party de retraite.

*   *   *

Les gens l'écoutent et rient poliment, mais l'atmosphère reste froide, compassée. Pourtant, Georges y met tout son cœur. Il est en train de raconter comment une expédition dans le désert a failli tourner à la catastrophe quand il voit le directeur du département étouffer un bâillement. Il sent que l'assistance lui échappe. Ses yeux font le tour de la salle. Il laisse planer un court silence pour reconquérir son public, comme il le fait avec sa classe, mais ses mots d'esprit tombent à plat. Il n'a pas devant lui des étudiants obnubilés par son charisme et sa notoriété, mais des collègues aguerris qui le côtoient depuis des années. Il s'obstine à lire son discours jusqu'au bout. Il conclut sur son projet d'écrire ses mémoires. Des applaudissements discrets se font entendre dans la salle à moitié vide. Il est loin du triomphe qu'il avait imaginé. Plusieurs invités se sont désistés à la dernière minute, dont le recteur. Georges est mortifié. Il n'est question que de New York. Qui est Al-Qaïda? Qui est ce Ben Laden qui ose attaquer la première puissance mondiale?

Georges circule entre les groupes, un verre de vin à la main. Personne ne parle de lui. Ce Ben Laden et ces tours qui flambent arrivent à un bien mauvais moment. Plus personne ne s'intéressera à ses recherches. Qui aura envie de lire sur des tribus lointaines vivant au milieu du désert alors que la planète ne parle que de l'Afghanistan et du Pakistan?

Même Louise l'ignore. Elle est absorbée dans une discussion avec un collègue, René Vautrin, un spécialiste de l'histoire médiévale qui lui fait les yeux doux depuis plusieurs mois. Il a cinquante et un ans, exactement vingt de moins que lui. Vingt ans de moins peut-être, mais plus un seul cheveu sur la tête. René Vautrin est aussi chauve que la cantatrice d'Eugène Ionesco, une douce revanche pour Georges, qui aime rejeter la tête en arrière dans un mouvement souple pour chasser une mèche qui lui barre le front, un geste coquet qu'il peaufine depuis des décennies.

Georges est jaloux. Il tourne autour de Louise et Vautrin, il essaie, en vain, de s'immiscer dans leur conversation. Louise est encore belle, elle ne fait pas ses cinquante ans. Ses cheveux courts lui donnent une allure juvénile. Elle a rencontré Georges quand elle avait vingt-cinq ans. Elle était son étudiante au doctorat, ils ont couché ensemble pendant deux ans. Leur relation a pris fin lorsque Louise a bouclé ses valises et traversé l'Atlantique pour se lancer dans de complexes études postdoctorales à Paris. Ils se sont perdus de vue. À son retour au Québec, le département l'a embauchée. Elle est devenue la nouvelle coqueluche. Georges lui en a voulu, elle lui faisait de l'ombre.

L'année dernière, ils ont recommencé à coucher ensemble. Elle sortait d'un divorce acrimonieux et se retrouvait seule, sans mari et sans enfant. Leur nouvelle idylle a commencé à Paris. Ils assistaient à un congrès. Ils se sont enfuis comme des gamins au milieu d'un discours pompeux. Ils ont marché dans Saint-Germain-des-Prés et se sont arrêtés au mythique café Les Deux Magots.

Georges n'avait plus de maîtresse depuis deux ans et il ne faisait plus l'amour avec Élyse. Il avait peur d'être incapable de bander. La dernière fois qu'ils avaient couché ensemble, Georges avait quarante-sept ans, et Louise, vingt-six. Il aurait bientôt soixante-dix ans.

Il vieillissait, il s'en rendait compte. Il avait soixante ans la dernière fois qu'il avait foulé le sol africain. Dix ans déjà. Le terrain lui manquait. Il n'obtenait plus de subventions, ses recherches piétinaient. Sans maîtresse, sans ce délicieux mélange d'interdit et de sexe clandestin, il s'étiolait.

« Tu n'as pas fait l'amour depuis deux ans », se répétait-il en commandant un autre verre de vin au milieu du décor magique des Deux Magots. Éméchée, Louise s'est laissé entraîner dans son lit. Ils ont fait l'amour avec la fougue des années perdues. Georges était heureux et soulagé, le spectre des érections molles s'était évanoui.

Il souhaite rester longtemps avec Louise. La chasse aux maîtresses ne l'amuse plus. Trop d'efforts. Il est bien entre Louise et Élyse, il n'en demande pas plus, mais son collègue Vautrin, ce chauve impudent, ne la lâche pas. Louise rit en inclinant la tête et en bombant la poitrine. Il reconnaît ces tics, elle est en plein jeu de séduction.

Georges vide son verre de vin, il s'en sert un autre, le troisième ou le quatrième, il a perdu le compte. Le vin est de mauvaise qualité, et les brochettes, d'une élasticité douteuse. Le directeur du département a rogné sur la qualité. Georges est d'une humeur massacrante, son heure de gloire se termine en queue de poisson. On devait faire son éloge et non parler de New York et de ses tours effondrées.

Il se promène d'un groupe à l'autre, la salle s'est rapidement vidée. Il ne reste que quelques collègues,

Élyse, ses enfants et ses petits-enfants. Louise a disparu, Vautrin aussi, ils ont filé en douce. Ses enfants s'apprêtent à partir. Ils l'embrassent. Quel âge ont-ils? Quarante et quelques. Ils sont devenus des adultes sans qu'il s'en rende compte. Il se sent loin de ses petits-enfants, qui le regardent comme un étranger.

* * *

Il fixe l'écran de son ordinateur, le curseur clignote dans le vide sidéral de la page vierge. Il vient de relire les six pages qu'il a pondues dans la douleur. Six pages en six mois. Éparpillées sur son bureau, les lettres qu'il a écrites sur une période de quarante ans. Il n'arrive pas à ramasser ses idées en un récit cohérent.

Les images de son party raté tournent dans sa tête. Les derniers invités sont partis en lui souhaitant bonne chance, sans chaleur ni conviction. Élyse voulait rester, mais il lui a dit de partir. Il avait besoin de se retrouver seul dans son bureau, au milieu de son univers. Il observe le curseur comme un somnambule. Est-ce que ses mémoires intéressent qui que ce soit? Et s'il n'avait plus rien à dire? Sa dernière conversation avec son éditeur lui revient. « Ton dernier livre ne s'est pas vendu », lui a-t-il reproché.

Georges s'est défendu, il a parlé de ses mémoires avec fougue. Son éditeur s'est laissé convaincre, mais cette conversation a fait des dégâts, Georges s'est mis à douter.

Il ferme son ordinateur, s'extirpe péniblement de sa chaise, éteint la lumière. Il jette un dernier regard sur ce bureau qui a abrité ses espoirs, son génie créateur et ses ébats amoureux. Dans l'obscurité baignée par la pleine lune, il ne voit qu'un espace étriqué, des murs à la peinture pelée, une vieille table en bois et des étagères usées qui ploient sous le poids des livres, un décor banal qui lui chavire le cœur.

27

L'apartheid au temps des vieux

Lucie Robitaille lit l'éditorial de Jacqueline Laflamme dans *Le Flambeau*. Elle tient le premier numéro, sorti ce matin, dix pages avec des articles, un éditorial et des mots croisés.

Le titre en caractères gras occupe la moitié de la une : « L'apartheid au temps des vieux ». Jacqueline Laflamme ne l'a pas écrit avec un clavier, mais avec un bazooka.

« Apartheid. Le mot est lourd, chargé d'histoire, écrit-elle. On pense à l'Afrique du Sud, bien sûr. *Apartheid* signifie "discrimination", "ségrégation". C'est ce qui se passe à la résidence pour personnes âgées le Bel Âge, située à Outremont. »

« Elle est folle », se dit Lucie.

« Évidemment, Outremont n'est pas l'Afrique du Sud, poursuit Jacqueline Laflamme, mais les méthodes se ressemblent. Les vieux qui souffrent d'alzhcimer ou qui nécessitent des soins trop lourds sont parqués au deuxième étage. Je pèse mes mots en écrivant "parqués". Ils ne prennent pas leurs repas dans la grande salle à manger, mais sur leur étage, et ils ont leurs propres activités séparées des autres. Disons les choses crûment, la directrice, Lucie Robitaille, les a exclus de la vie de la résidence. On les appelle les atteints. Quel mépris!»

Lucie Robitaille retient son souffle. Chaque ligne lui arrache une grimace. « Si Lucie Robitaille ne veut pas de vieux ni de cheveux blancs dans sa résidence, qu'elle le dise!» conclut l'éditorial.

« Ce n'est pas un journal, c'est un torchon», fulmine Lucie, qui tremble en tenant les feuilles brochées. Elle n'ose pas sortir de son bureau, de peur que la fin du monde lui saute dessus.

« Il ne faut pas que ce journal franchisse les portes de la résidence», se dit Lucie, paniquée. Elle doit rencontrer les résidents, les rassurer, contre-attaquer, mais elle se sent paralysée, les pieds et le cerveau coulés dans le ciment.

Elle a l'impression que tout s'écroule autour d'elle. La banque lui a imposé des conditions humiliantes pour allonger son prêt, et la sortie dans le Vieux-Port est revenue la hanter. Les enfants de M. Moisan ont fait un esclandre. Son fils avocat a menacé de la poursuivre.

— Mon père aurait pu mourir! a-t-il crié.

— Vous exagérez, a répondu Lucie.

— J'exagère? Vous en avez de bonnes! Il aurait pu tomber dans le fleuve ou se faire écraser par une auto. Vous êtes une incompétente!

— Calmez-vous.

— Non, je me calmerai pas!

Il est parti en brandissant sa menace de poursuite. Une poursuite! Jamais elle n'aurait les moyens d'embaucher un avocat.

Cette histoire de sortie ratée a monopolisé son attention. Elle n'a pas eu le temps de surveiller Jacqueline Laflamme, qui a imprimé sa feuille de chou. Combien d'exemplaires circulent? Et Charlotte qui ne lui a rien dit. Elle a une drôle de mine, Charlotte. Elle ne vient plus la voir, elle est triste, renfermée. « Elle va pas me faire une dépression, j'ai trop besoin d'elle! » Et Maxime qui lui fait la gueule. Il s'est rangé du côté de l'hystérique.

*　　*　　*

C'est la panne d'ascenseur qui a tout déclenché. Elle a débuté le vendredi soir. La compagnie lui demandait un prix extravagant pour venir le week-end, Lucie a décidé de reporter la réparation au lundi matin. La résidence a passé la fin de semaine sans ascenseur. Les atteints ont pris leurs repas au deuxième. L'opération a été plus facile qu'elle ne l'aurait cru.

Les vieux ont mangé dans la salle qui jouxte les chambres. La cuisine a transporté les plats dans le monte-charge. La grande salle à manger ressemblait enfin à une vraie salle à manger, sans marchettes, fauteuils roulants, bavettes, plats renversés, nappes tachées, résidents fâchés. Le juge rayonnait. Que du beau monde bien habillé. Lucie s'est dit qu'elle devait battre le fer pendant qu'il était chaud.

Même si l'ascenseur a été réparé, le deuxième a continué à prendre ses repas à l'étage. Cette semaine-là, deux activités crème glacée ont été organisées, le mardi pour les atteints, le mercredi pour les bien-portants. Maxime a rouspété, mais Lucie Robitaille l'a remis à sa place. Le reste a rapidement suivi, l'atelier d'aphorismes, la chorale, le bingo… Tout s'est déroulé en douceur, personne ou presque n'a protesté et Jacqueline Laflamme n'a pas déboulé dans son bureau comme une furie.

La panne d'ascenseur a été déterminante, sa discussion avec le juge aussi. C'était avant la panne. Elle l'a croisé au Starbucks du coin, où elle achète un latte à la cannelle dolce tous les matins avant d'aller travailler. Elle adore dire « latte dolce », elle a l'impression de vivre en Italie, même si elle n'a jamais mis les pieds en Europe de sa vie. Elle commande son café en appuyant sur le *a* de *latte* et le *o* de *dolce,* et en prenant soin de mettre un *é* aux deux mots, ce qui donne « laaaté dooolcé ».

Le juge était assis dans un fauteuil près de la fenêtre. Il lisait le journal en buvant un cappuccino. Lucie était particulièrement de bonne humeur, ce qui ne lui était pas arrivé depuis une éternité. Le président de la Chambre de commerce l'avait appelée la veille pour lui demander si elle accepterait de donner de nouveau sa conférence. Elle avait répondu oui avec enthousiasme.

Elle s'est arrêtée devant le juge. Au cours du week-end, elle avait lu un livre sur le service à la clientèle : *Dix trucs pour conserver ses clients*. Elle avait décidé de mettre en pratique le conseil numéro six : choyer le client en lui donnant l'impression qu'il est unique.

C'était la première fois qu'elle voyait le juge en dehors de la résidence. Ils ont parlé du temps qu'il faisait, de la fin de la canicule, de l'air doux qui, enfin, permettait aux Montréalais de souffler. C'est elle qui a abordé le sujet du deuxième étage. Pourquoi tenait-il tant à exclure les atteints de la salle à manger ? Il a ôté ses lunettes et l'a regardée avec ses yeux de myope.

— Parce que c'est dur, vieillir. Le corps vieillit, mais pas le cœur. Dans ma tête, j'ai toujours quarante ans.

— …

— Je vois mes collègues de temps en temps, ils sont vieux, comme moi, vieux et ennuyants. Vous ne pouvez pas comprendre, vous êtes jeune.

— Pourquoi ces confidences ? a demandé Lucie.

Elle ne comprenait pas où le juge voulait en venir. Il a soupiré.

—Je ne veux pas côtoyer des gens malades ou déments matin, midi et soir, ça me fait peur. Je veux vivre ma vieillesse en paix. Vous comprenez ?

Le juge a repris son journal en l'ignorant.

Lucie l'a salué et elle est repartie avec son latte à la cannelle dolce. En sortant du café, elle l'a regardé.

C'est vrai qu'il faisait vieux avec ses épaules voûtées et ses petites lunettes perchées sur le bout de son nez. Puis il y a eu la panne d'ascenseur. Suivie du *Flambeau*.

*   *   *

Lucie boit une dernière gorgée de son café. Il est froid. Elle le met de côté et passe une main nerveuse sur son front. « Qu'est-ce que je fais ? Qu'est-ce que je fais ? »

Elle n'arrive pas à prendre de décision, encore moins à sortir de son bureau. Pourtant, il le faut, elle ne doit pas laisser Jacqueline Laflamme contrôler la résidence. Elle se regarde dans le miroir qu'elle a fixé derrière la porte. Elle est pâle et son chemisier est fripé. « Allez, Lucie, t'es capable ! » Elle replace une mèche dans son chignon, tire sur sa jupe et respire à fond.

La résidence est tranquille. La fin du monde n'est peut-être que dans sa tête ? Elle arpente les couloirs qui bruissent des mille et un gestes quotidiens. La force de la routine. Qui lit *Le Flambeau* ? Qui s'émeut des états d'âme de Jacqueline Laflamme ? Qui se préoccupe des coups de gueule de cette emmerdeuse que personne n'aime sauf Maxime ?

Elle croise le juge, qui la salue avec froideur. Elle aurait cru qu'il serait reconnaissant ; après tout, elle a fait ce qu'il voulait. D'un seul regard, il la remet à sa place.

Elle se laisse peut-être intimider par le juge, mais pas par Jacqueline Laflamme. Elle va confisquer tous les numéros du *Flambeau,* elle va étouffer dans l'œuf cette rébellion qui sape son autorité. Elle est même prête à consentir une baisse de loyer, trois pour cent, non, deux pour cent devrait faire l'affaire, pour s'attacher la fidélité des résidents. Elle va se battre, comme elle le fait depuis qu'elle a acheté le Bel Âge. Et ce n'est pas une vieille frustrée en mal d'émotions fortes qui va saboter l'œuvre de sa vie avec son immonde torchon.

28

Visite chez la psy

Installée dans la minuscule salle d'attente de la psychologue, Jacqueline lance un regard maussade sur les chaises droites, le beige terne des murs et la table basse où agonisent des revues écornées. Elle n'a qu'un désir, prendre ses jambes à son cou. Elle se jure qu'elle ne parlera pas de son père, pas cette fois-ci.

Elle prend une revue à potins qu'elle feuillette sans la lire. Encore un article sur les malheurs de Nathalie Simard et les trucs beauté d'une artiste aux lèvres surdimensionnées. La porte s'ouvre, un patient sort sans regarder Jacqueline. La psychologue lui demande d'attendre deux minutes. L'idée de fuir traverse de nouveau son esprit, mais fuir pour aller où? Dans un café? À la résidence où elle n'a rien à faire?

— Comment ça va? lui demande la psychologue.

Jacqueline déteste cette question. « Mal! Ça va mal! Pourquoi tu penses que je suis ici, ostie de câlisse! » a-t-elle le goût de répondre.

— Bien.

— Comment s'est passée votre semaine?

Une autre question qu'elle exècre. Elle a envie de ne rien dire, de se taire, mais elle refuse de jeter quatre-vingt-dix dollars par les fenêtres. Elle répond, puis tout s'enchaîne.

Jacqueline prend un kleenex et s'essuie les yeux. Elle n'arrête pas de pleurer, elle qui pourtant n'a pratiquement jamais pleuré de sa vie, même quand son père la giflait.

Au début, elle a résisté. Les thérapies, c'était bon pour les autres, les faibles incapables de résoudre leurs problèmes. Elle refusait de déshabiller son âme devant une inconnue, de laver son linge sale caché dans sa mémoire depuis des décennies. Elle n'avait jamais parlé de la violence de son père à quiconque, sauf à Marc, l'amour de sa vie.

Elle a finalement plongé. Elle a commencé à consulter début septembre. C'est sa quatrième séance. Elle voit la psychologue une heure par semaine, le jeudi après-midi, une heure douloureuse, longue comme l'enfer, où elle vomit ses peurs et sa rage.

Elle croyait qu'elle pourrait raconter sa vie en une heure, peut-être deux, qu'elle avait peu de choses à dire, son congédiement, son cancer, Marc, son père, mais elle s'est rendu compte avec effarement qu'elle parlait sans arrêt entre deux sanglots. Les mots et les souvenirs se bousculaient. Elle sort de ces séances épuisée, au bout d'elle-même. Elle n'éprouve aucun apaisement, qu'une immense colère mêlée d'une culpabilité sournoise qui contamine son âme. Elle se sent coupable de parler contre son père ; pourtant, il ne se gênait pas pour la gifler avec une violence inouïe jusqu'à ce qu'elle craque et fasse pipi dans sa culotte.

Son père est mort deux mois plus tôt. C'est peut-être ce qui l'a décidée à consulter. Sa mort ne l'a pas attristée. Elle s'est dit : « Bon débarras ! J'espère qu'il a eu peur, le vieux crisse. » Il est mort à l'hôpital. Personne ne lui a tenu la main, seule la morphine l'a soutenu. Son cancer du rein était revenu le hanter. Tout est allé très vite, le rein, les poumons, les os.

Il était aux soins palliatifs depuis une semaine quand Jacqueline est passée en coup de vent. Elle a traversé le couloir d'un pas nerveux en s'accrochant à son sac à main comme à une bouée de sauvetage. Elle a poussé la porte et elle l'a vu, pâle, les yeux fiévreux, d'une maigreur effrayante. Il l'a dévisagée sans rien dire, il avait le regard voilé par la souffrance et la colère. Elle s'est assise sur une chaise près de son lit.

— Ça va ? Tu souffres pas trop ?

— Ben oui, je souffre, qu'est-ce que tu penses.

— Octave.

— Pourquoi tu m'as jamais appelé papa ?

— …

— Pourquoi ?

— Arrête de parler, tu te fatigues pour rien.

— Dis-moi pas quoi faire.

— Pourquoi tu m'as fait ça… papa ?

— Fait quoi ?

— Tu le sais.

— Non, je le sais pas.

— Oui, Octave, tu le sais, les gifles pis toutte.

— Qu'est-ce que tu veux que je te dise?

Ils se sont tus. Le silence a envahi la chambre. Jacqueline a examiné le lit aux draps blancs, la silhouette émaciée de son père, les murs nus, la fenêtre qui donnait sur le stationnement, le ciel gris, la pluie fine qui brouillait les carreaux de la fenêtre. Elle s'est levée d'un coup sec. Elle l'a quitté, fâchée, bouleversée, sans lui dire au revoir. Elle n'a pas remis les pieds à l'hôpital. Une semaine plus tard, le médecin l'a appelée pour lui dire que son père n'en avait plus pour longtemps. Au lieu de se précipiter à son chevet, elle est restée chez elle, assise dans son La-Z-Boy à fixer le mur, le cœur en bouillie et les yeux secs, en marmonnant dans le silence de son appartement : « Crève, Octave, crève ! »

Au salon funéraire, elle a revu sa sœur, un fantôme au visage ravagé par la drogue et l'alcool. Elle ne l'avait pas vue depuis une trentaine d'années. Elles ne se sont pas embrassées. Son frère aussi était là.

Ils formaient un petit groupe pitoyable. Ils ont regardé le cercueil, le visage cireux du mort, son crâne dégarni, ses lèvres minces crispées par l'amertume. Jacqueline a senti une formidable vague de haine contre son père. Elle aurait voulu le frapper, le secouer. Il n'avait pas le droit de mourir sans s'expliquer et sans demander pardon pour tout le tort qu'il avait fait à ses enfants. Elle connaissait un peu son histoire, qui avait filtré lors des rares réunions de famille. Fils unique, il avait subi les assauts sexuels de son grand-père. Il s'est vengé en frappant ses enfants et en détestant la vie avec rage.

Il s'était occupé de ses préarrangements funéraires. Il savait que ses enfants ne lèveraient pas le petit doigt. Il avait peur de finir dans une fosse commune. Il voulait être enterré près de sa femme, qui l'avait enduré pendant quarante-cinq ans.

Personne n'a pleuré aux funérailles. L'église était pratiquement vide. À peine une dizaine de personnes s'étaient déplacées, des gens que Jacqueline ne connaissait pas, des voisins et une poignée d'amis. Après la messe, elle a refusé d'aller au cimetière. Elle a fui son frère, sa sœur, son père, son passé, incapable de comprendre ce qui la tourmentait. Elle aurait dû être soulagée, son père avait enfin disparu. Pourtant.

Cette mort a atterri dans sa vie comme une bombe. Au début, elle était fière de dire qu'elle avait pleuré quand son chihuahua était mort, mais qu'elle n'avait pas versé une larme sur le cadavre encore chaud de son père.

Jacqueline regarde la psychologue : mi-quarantaine, visage austère, grand nez, cheveux courts, poitrine plate. Son bureau est quelconque, des murs d'un rose délavé, un canapé, une chaise et une table basse où trône une boîte de kleenex.

Elle parle, attrape un kleenex et sèche ses larmes entre deux confidences. Son père. Encore. Combien de séances va-t-elle lui consacrer ?

Jacqueline décide de parler de la résidence et de

sa bataille contre la directrice, une femme autoritaire et en colère qui lui rappelle Octave. Elle est la première surprise par ce rapprochement. Lucie Robitaille et son père? Unis dans leurs frustrations et leur colère?

— Et vous?

— Quoi, moi?

— Vos frustrations, votre colère?

Jacqueline est sans voix. Son père, Lucie Robitaille et elle? Frustrés et en colère? Elle refuse de s'aventurer dans cette zone piégée. Elle mène une bataille importante, point, et Lucie Robitaille est une incompétente, point. Qu'est-ce que son père vient faire là-dedans? Elle déballe tout à la psychologue, qui l'écoute en prenant quelques notes : la cohabitation entre les bien-portants et les atteints, sa visite du deuxième, son indignation, la décision de Lucie Robitaille d'exclure les atteints, le premier numéro du *Flambeau,* son éditorial assassin, sa prose efficace, ses jolies tournures de phrases, elle n'a pas perdu la main.

Pourtant, son éditorial n'a pas eu l'impact souhaité. Les résidents en ont parlé pendant une journée, certains l'ont félicitée, d'autres l'ont boudée, c'est tout. Pas de révolution ni de montée aux barricades.

Elle s'est engueulée avec Lucie Robitaille, qui l'avait convoquée dans son bureau. Elle était blême de colère. Jacqueline est entrée d'un pas décidé, la tête haute, en jetant un œil condescendant sur le tableau kitsch qui orne le mur bourgogne. Elle est restée debout, prête à se défendre.

— J'ai confisqué tous les exemplaires, a dit Lucie Robitaille en notant le regard méprisant de Jacqueline sur son tableau.

— Je vais en imprimer d'autres.

— Vous avez pas le droit.

— Au nom de quoi?

— Au nom du règlement 4B.

Elle a brandi une feuille sous son nez. «Il est interdit de nuire à la tranquillité de la résidence», a-t-elle lu.

— Vous êtes dans une résidence privée. Si vous recommencez, je vous expulse.

Jacqueline a argumenté, elle l'a traitée d'Hitler des vieux tout en sachant qu'elle dérapait, mais elle était trop en colère. Elle savait que Lucie Robitaille avait raison, elle était chez elle et Jacqueline n'était qu'une locataire qui devait respecter les règlements. Elle est sortie du bureau ulcérée.

— Vos frustrations, votre colère? répète la psychologue.

— Je sais pas, je remplis le vide.

— Quel vide?

Jacqueline ne répond pas. Elle est incapable de qualifier ce vide. Le vide de quoi? De sa vie? Pourquoi vit-elle? À quoi sert-elle? Pourquoi se lève-t-elle le matin? Avant cette histoire d'atteints, elle se réveillait au milieu de la nuit, le cœur battant, l'âme à l'envers, la peur au ventre. Et si son cancer revenait?

Elle n'aurait pas la force de revivre le cauchemar de sa maladie : les premiers symptômes, les visites chez le médecin, l'attente insupportable, le verdict qui tombe comme une condamnation à mort, la chimiothérapie, non, jamais elle ne pourrait passer de nouveau à travers ce calvaire. Elle restait clouée dans son lit, les yeux rivés au plafond, la respiration hachurée. Elle essayait en vain de calmer les battements de son cœur. Elle se retenait pour ne pas se jeter sur le téléphone et appeler le 9-1-1 en criant : « Venez vite, je vais mourir, j'ai peur ! » Elle se levait, marchait de long en large, buvait un verre d'eau, prenait de grandes respirations. Elle finissait par se calmer. Elle se remettait au lit, comptait les moutons et sombrait enfin dans le sommeil en tenant son oreiller dans ses bras.

— Je me sens mieux.

— Depuis quand ?

— Depuis que je me bats contre Lucie Robitaille.

C'est la première fois que Jacqueline fait le lien. Elle n'a pas eu de crise d'angoisse depuis le milieu de l'été. Elle songe même à quitter la résidence, à s'acheter un condo au centre-ville et à retourner dans la vraie vie, celle qui lui faisait si peur quand le cancer l'a frappée.

— C'est cette bataille qui vous rend heureuse ?

— Peut-être. Ça me donne une raison de me lever le matin.

La psychologue ne dit rien. Jacqueline aussi se tait.

— C'est terminé. On se revoit la semaine prochaine. Jeudi, seize heures?

Jacqueline sort son portefeuille de son sac et dépose quatre-vingt-dix dollars sur la table. Elle met son chandail, car les journées sont fraîches, elle remercie la psychologue, ouvre la porte et sort sans regarder le patient suivant. Elle se sent soulagée, car elle ne remettra pas les pieds dans ce bureau déprimant avant une semaine.

29

L'apartheid au temps des vieux, suite

Lucie Robitaille salue sa secrétaire d'un mouvement sec de la tête, son café dans une main, son sac dans l'autre. Elle pense au discours qu'elle va prononcer la semaine prochaine devant la Chambre de commerce.

Elle a décidé de l'étoffer. Elle parlera du gouvernement qui étouffe les résidences avec des exigences irréalistes. Cette fois-ci, se promet-elle, elle aura droit à bien plus qu'un simple entrefilet, elle fera la une des journaux. Elle imagine déjà le titre : « Dénonciation courageuse de Lucie Robitaille ».

— Tout va bien ? demande Lucie à sa secrétaire.

— Un journaliste a appelé deux fois.

— Un journaliste ? Qui ?

Sa secrétaire lui tend un papier sur lequel elle a inscrit un nom et un numéro de téléphone. Samuel Fortin, du *Quotidien*, le journal où travaillait Jacqueline Laflamme. Lucie s'enferme dans son bureau et fixe le bout de papier avec un mélange de crainte et d'excitation. Peut-être veut-il lui parler de son discours à la Chambre de commerce ?

Elle compose le numéro, les mains moites.

— Samuel Fortin, jappe une voix au bout du fil.

— Bonjour, je suis Lucie Robitaille, la présidente du Bel Âge, vous m'avez appelée, roucoule-t-elle.

— Je peux vous rencontrer?

— Mais oui, avec plaisir. De quoi voulez-vous parler?

— Je vous expliquerai.

— Quand?

— Maintenant?

— Je suis très occupée, laissez-moi regarder mon agenda… Dans une heure à mon bureau.

Lucie raccroche, inquiète. Le ton du journaliste, son empressement, tout cela n'augure rien de bon. Elle essaie de se changer les idées en consultant ses factures. Fébrile, elle se lève, se rassoit, allume son ordinateur, relit son discours pour la Chambre de commerce, corrige une phrase, ajoute un adjectif.

La porte de son bureau s'ouvre.

— M. Fortin vient d'arriver.

Lucie hésite. Doit-elle aller à sa rencontre ou l'attendre assise à son bureau? Lui offrir un café? Un verre d'eau? Lui proposer de faire le tour de la résidence en lui montrant la salle à manger, la bibliothèque, la cour?

— Fais-le entrer.

Lucie se lève. Elle essuie ses mains moites sur sa robe jaune citron, celle qui lui fait un gros cul. Pourquoi a-t-elle mis cette robe? Un mauvais présage?

Samuel Fortin entre. Il est jeune, tellement jeune.

Visage glabre, cheveux en bataille, il porte un sac en bandoulière, un jean et une chemise fripée. Lucie se détend.

— Voulez-vous un café?

— Non merci, répond-il en s'assoyant.

— Un verre d'eau?

— Non merci.

Il ouvre son sac, en sort un calepin et une enregistreuse qu'il dépose sur le bureau.

— Vous voulez me parler de mon discours à la Chambre de commerce?

— Vous donnez un discours?

— Vous le saviez pas?

— C'est pas le genre de trucs que je couvre.

— Et vous couvrez quoi?

— Je fais des enquêtes.

— Des enquêtes? Pourquoi voulez-vous me parler?

— Une source m'a dit que vous aviez recours à des pratiques discriminatoires.

*   *   *

Le juge est furieux. Il fait les cent pas, de son salon à sa cuisine, un aller-retour étourdissant qu'il franchit à grandes enjambées. Sa femme le regarde sans dire un mot. Elle le connaît, son homme, inutile de tenter de le calmer quand il se met dans cet état.

Il brandit le *Quotidien*. Il n'en revient pas. Qu'est-ce que son nom vient faire dans cette histoire? Pourquoi se retrouve-t-il dans le journal? Que vont dire ses amis? Ses anciens collègues? Il a l'air d'un sans-cœur qui a manigancé pour que des vieux vulnérables et malades soient exclus de la vie de la résidence.

Il s'étouffe d'indignation. Le journaliste a tout compris de travers, pire, il ne l'a même pas appelé pour vérifier les faits. Qui est ce Samuel Fortin? Un blanc-bec qui a encore la couche aux fesses? Un freluquet qui pisse de la copie en écrivant comme un pied? Lucie Robitaille a jeté son nom en pâture pour se justifier. Il relit le passage qui soulève sa fureur :

« Le juge Pierre Laberge a exercé des pressions parce qu'il voulait que les vieux qui sont malades ou qui sont atteints d'alzheimer restent sur leur étage, explique la présidente du Bel Âge. »

Jacqueline Laflamme est citée. Elle passe pour une sainte qui vole au secours des vieux.

— Je vais les poursuivre, fulmine le juge. Lucie Robitaille, Jacqueline Laflamme, Samuel Fortin, le *Quotidien*. Ils s'en sortiront pas comme ça! Je vais leur coller au cul le procès du siècle!

Le juge s'arrête au milieu du salon. Il regarde les fauteuils en cuir, la table en marbre, le tapis qu'ils ont acheté en Turquie, les fils beiges et rouges qui s'entremêlement pour former de jolies arabesques, les masques africains, les tableaux de peintres québécois, tous ces objets qu'ils ont achetés au fil de leur vie, symboles de sa réussite.

Quand ils ont emménagé dans la résidence, il a

insisté pour s'installer au dernier étage. Il contemple la pluie qui tombe depuis deux jours, les branches des arbres fouettées par le vent, la montagne qui touche les nuages. Il prend la bouteille de gin et se verse un verre à ras bord, même s'il n'est que neuf heures du matin.

— Tu me connais, tu le sais que c'est pas moi, ça.

— Je le sais, Pierre, je le sais.

— J'ai l'air de quoi? D'un snob, d'un écœurant!

— Mais non, voyons.

Il s'écrase dans le fauteuil et éclate en sanglots. Suzanne l'enveloppe tendrement dans ses bras en murmurant : « Chut, chut, chut. » Elle connaît sa vulnérabilité. Ce n'est plus le même homme depuis qu'il a pris sa retraite. Il a toujours été fragile.

L'année prochaine, ils fêteront leur cinquantième anniversaire de mariage. Ils ont vécu une belle vie. Pourquoi parler au passé? se demande Suzanne pendant qu'elle berce son mari. Elle connaît la réponse, elle a toujours été lucide.

— Chut, chut, chut, répète Suzanne.

Le juge se calme, il se laisse bercer dans les bras de sa femme en répétant qu'il va leur coller au cul le procès du siècle.

*   *   *

Jacqueline Laflamme relit l'article pour la quatrième fois. Elle ne se lasse pas, même si la syntaxe est déficiente, et le vocabulaire, pauvre. « Coudonc, câlisse, ils leur montrent-tu à écrire, dans les écoles de journalisme ? »

Quand elle a appelé la salle de rédaction pour leur parler de son histoire d'apartheid, on lui a refilé le nom de Samuel Fortin. « Il écrit mal, le jeune, mais il comprend vite », se dit Jacqueline. Elle aurait donné une petite fortune pour voir la tête de Lucie Robitaille quand Fortin a débarqué dans son bureau.

L'article est publié à la page douze, il est court, mais le titre frappe : « Discrimination à la résidence du Bel Âge ». Jacqueline jubile. Elle se verse une deuxième tasse de café en relisant l'article une cinquième fois, surtout le passage où elle est citée. « C'est une honte, raconte une résidente, Jacqueline Laflamme, qui lutte contre la discrimination et qui a fondé son propre journal, qui s'appelle *Le Flambeau,* où elle a pondu un éditorial coup-de-poing qui porte le titre percutant de "L'apartheid au temps des vieux". »

Jacqueline se lève, se dirige vers l'évier, lave sa tasse avec des gestes vifs et s'étire le dos en soupirant d'aise. Elle a hâte de se promener dans la résidence pour voir les réactions. Lucie Robitaille ne pourra pas confisquer les exemplaires du *Quotidien* comme elle l'a fait pour *Le Flambeau.* Jacqueline sent l'adrénaline courir dans ses veines. Si elle s'écoutait, elle relirait l'article une sixième fois.

Elle s'apprête à sortir quand son téléphone sonne. Qui peut bien l'appeler à huit heures du matin ? Elle répond. C'est la recherchiste de l'émission de radio de CKRF animée par le redoutable Denis Pouliot. Veut-elle donner une entrevue? Une entrevue? Mais oui, avec plaisir.

Elle se verse une troisième tasse de café en attendant que l'animateur l'appelle. Elle est prête. Ça fait longtemps qu'elle ne s'est pas autant amusée.

30

Jacqueline

Montréal, 2006

Ils regardent la télévision, fascinés par les bombes qui pleuvent sur Beyrouth.

— Il faut envoyer quelqu'un! dit Jacqueline.

Marc hésite. C'est gros, énorme, mais il a des contraintes budgétaires. Et c'est dangereux. C'est la guerre, la vraie. Une partie du quartier chiite de Beyrouth a été détruite. Marc est paralysé, il n'arrive pas à prendre de décision. Il hésite de plus en plus. L'âge? Il vient de fêter ses soixante-trois ans et il dirige la salle de rédaction depuis six ans.

L'insistance de Jacqueline le hérisse. Il réagit en bloquant les décisions. Elle dégaine trop vite, elle ne prend pas le temps de réfléchir. Elle n'a jamais eu peur de rien, elle a toujours été la première à se jeter tête baissée dans une guerre ou une révolution, c'est une excellente journaliste prête à tout pour débusquer une nouvelle, même vendre sa mère, mais comme patronne, elle est plutôt médiocre. Trop dure, trop chiante, trop chialeuse, une vraie mégère. Elle veut tout contrôler, tout gérer, aucun esprit d'équipe. Elle le bouscule, il résiste, et plus il résiste, plus elle le pousse. Une lutte sourde les oppose depuis qu'elle est son adjointe. Il n'aurait jamais dû la nommer, mais avait-il le choix?

Elle n'est plus la même depuis son retour du Pakistan, comme si un ressort intérieur s'était cassé. Pourtant, elle en a vu de toutes les couleurs dans sa carrière : elle a couvert le génocide au Rwanda, l'Iran des ayatollahs, des catastrophes naturelles, des camps de réfugiés, elle a côtoyé la mort et la misère. Un mois après son retour du Pakistan, elle est entrée dans son bureau.

— Je peux te parler?

Elle s'est affalée dans le fauteuil, les cheveux en bataille, ses lunettes à fine monture retenues par un cordon autour de son cou.

— Je veux être boss.

— Ça marche pas comme ça.

— Ben voyons donc, c'est toi qui décides, je le sais. Je veux être ton adjointe, c'est moi la plus qualifiée de la gang.

— Pourquoi?

— Parce que j'en ai assez du terrain. J'ai envie de voir comment ça se passe de l'autre côté du miroir.

— Tu vas voir que les Jacqueline Laflamme sont pas faciles à gérer.

— Il n'y a qu'une Jacqueline Laflamme dans la salle. Inquiète-toi pas, je vais être bonne.

— Laisse-moi y penser.

— T'as pas une seule femme dans ton équipe. On est en 2001, Marc, le nouveau millénaire. *Wake up,* ostie !

— C'est vrai, on pourrait devenir un *boys' club.*

— Mais *c'est* un *boys' club* !

— T'exagères.

— Pantoute, ouvre-toi les yeux, ciboire !

Marc a soupiré et renvoyé Jacqueline dans la salle en lui promettant de réfléchir. Son instinct lui disait qu'il ferait une erreur en la nommant. Avait-il envie de la côtoyer tous les jours, de discuter avec elle de la une, des enquêtes explosives, des contorsions éthiques avec la publicité, des négociations délicates avec le propriétaire ? Jacqueline avait beaucoup de qualités, mais elle n'était pas diplomate. Sa stratégie était élémentaire : défoncer des portes et mettre son poing sur la table en ouvrant sa grande gueule.

Il avait vécu une histoire d'amour avec elle, mais la rupture avait été douloureuse. Elle s'était montrée odieuse avec son fils. Pauvre Hugo, bardassé par Jacqueline qui faisait son chemin dans son cœur en privilégiant la tactique de la terre brûlée. Elle épuisait Marc avec ses démons intérieurs. Elle était toujours anxieuse, incapable d'assumer ses angoisses. Il devait la tenir à bout de bras quand elle doutait. Et elle doutait souvent.

Jacqueline est devenue son adjointe en 2002, un an après son retour du Pakistan. Elle s'est jetée dans ce nouveau défi avec sa fougue habituelle, mais elle a vite déchanté. Les autres adjoints se sont ligués contre elle. Ils ne pouvaient pas supporter ses airs de grande reporter. La plupart ne possédaient pas d'expérience de terrain, ils étaient davantage des gestionnaires que des journalistes. Jacqueline ne se gênait pas pour leur faire la leçon. Ils se vengeaient en lui compliquant la tâche. Les réunions tournaient souvent au pugilat.

Jacqueline n'avait jamais dirigé d'équipe, elle ne connaissait rien au subtil jeu de coulisses ni aux exigences de la production.

Elle fonçait dans le tas en réclamant la part du lion dans les budgets. Les autres sections protestaient, les sports, les arts, l'économie. Jacqueline s'en foutait. Elle écrasait des orteils et collectionnait les ennemis. Elle ne réussissait guère mieux avec les journalistes. Elle avait des chouchous. La salle était divisée en deux, une moitié la détestait, l'autre la vénérait.

— Marc, il faut envoyer un journaliste au Liban. C'est gros.

Les autres adjoints chipotent pendant que des images apocalyptiques défilent à la télévision, des immeubles éventrés, des autoroutes pulvérisées, des camps de réfugiés improvisés en plein cœur de Beyrouth.

— Nos sondages montrent que les gens lisent peu ce genre d'articles, affirme le responsable de l'économie, un homme sentencieux qui adore s'écouter parler. Israël va se calmer, la guerre durera pas.

— Lâche-moi avec tes sondages! tempête Jacqueline. Israël se calmera pas avant d'avoir écrasé le Liban. Beaucoup de Libanais vivent à Montréal. Marc, envoie un journaliste! Me semble que c'est évident.

Marc tergiverse. Il sait qu'elle a raison mais, encore une fois, elle a réagi avant lui. Il ne veut pas être à sa remorque, et pas question de perdre la face devant ses adjoints.

— On attend, tranche Marc.

— Es-tu fou? lance Jacqueline.

— J'ai dit : on attend!

— Tu te trompes, pis tu le sais!

Elle sort en claquant la porte.

*   *   *

Jacqueline s'est enfermée dans son bureau. Elle fume, même si elle n'a pas le droit. Une loi antitabac vient d'interdire la cigarette partout, dans les bars, les restaurants, les taxis, une loi hystérique qui transforme les fumeurs en criminels. Jacqueline réagit en fumant dans son bureau. Personne n'ose la remettre à sa place. Dire qu'elle avait arrêté de fumer, mais le retour du Pakistan a été trop difficile.

Elle n'en peut plus de travailler avec des hommes qui dirigent le journal comme si c'était le conseil d'administration d'une usine à saucisses. Elle est fatiguée de se battre, de ramer à contre-courant, d'être la chialeuse de service. Marc ne l'écoute plus.

Au début, ils dirigeaient le journal ensemble.

Marc la consultait sur tout et sur rien. Elle aimait diriger, prendre des décisions et envoyer des journalistes aux quatre coins du monde.

À l'époque, le journal nageait dans l'argent, Marc voyait grand, mais depuis un an les choses ont changé. Marc a nommé de nouveaux adjoints, des jeunes loups qui pensent business, chiffres et sondages. Ils ne dirigent pas avec leur cœur, mais avec leur tête. Fanatiques de l'exercice, ils font des marathons et des Ironman. Ils préfèrent comparer leurs statistiques sportives plutôt que de discuter du prochain remaniement ministériel.

Le plus vieux a quarante-trois ans, le plus jeune, vingt-six. Vingt-six! Jacqueline est scandalisée. Que sait-on de la vie à vingt-six ans? Rien, trois fois rien. Des bureaucrates de l'information. Ils ont tous un BlackBerry, une bébelle à la mode. Jacqueline, elle, garde son vieux téléphone pas intelligent. Pendant les réunions, les hommes ont le nez collé sur leur BlackBerry.

Marc aussi a un BlackBerry. Son fils lui a appris à s'en servir. Hugo, le grand Hugo. Il vient parfois dans la salle de rédaction. Il mesure six pieds. L'adolescent boudeur est devenu un homme avec des épaules larges comme un nageur olympique. Il est gentil, il vient toujours saluer Jacqueline. Ils discutent de politique. Hugo a fait son doctorat sur la couverture de guerre des médias québécois, une thèse brillante que Jacqueline a lue dans un silence respectueux. Il l'avait d'ailleurs interviewée.

Ils avaient passé plusieurs heures dans un café à parler de tout : la guerre, les risques, l'écriture, le métier de journaliste, mais pas de Marc ni du passé, leur passé, lui, l'adolescent tourmenté, elle, la belle-mère acariâtre. Le sujet était tabou. Jacqueline regrette ses mesquineries et ses luttes de pouvoir infantiles. Elle aurait aimé s'excuser, mais elle est trop orgueilleuse. De toute façon, elle aurait été incapable de trouver les mots.

Marc a une maîtresse, une journaliste, Emmanuelle, trente-cinq ans, bourrée de talent. Jacqueline est ulcérée. Il a soixante-trois ans, presque trente ans de plus qu'Emmanuelle. Comment ose-t-il ? Les hommes la dégoûtent, des imbéciles qui se laissent mener par leur queue.

Son bureau se remplit de fumée. Elle tousse. Elle tousse de plus en plus. Maudite cigarette. Depuis Marc, elle n'a pas eu d'autre homme dans sa vie. Rien, le désert. Qui voudrait d'une maîtresse de soixante-trois ans ?

Elle ne fait plus de sport, elle a pris du poids et se teint les cheveux de moins en moins souvent. Sa dernière teinture a été une catastrophe. Ses cheveux ont tourné au jaune citron. Elle ressemblait à une pute sur le retour d'âge. Elle a traité le coiffeur d'incompétent et de triple imbécile, puis elle a quitté le salon de coiffure au bord des larmes.

Elle se néglige, elle le sait. Elle écrase sa cigarette et regarde sa boîte de courriels : quarante-cinq nouveaux messages. Elle passe la moitié de son temps à gérer cette invention diabolique. Elle décide d'envoyer un courriel à Marc pour essayer de le convaincre de dépêcher quelqu'un à Beyrouth. Elle se met au clavier. « Marc ». Non, trop sec. « Bonjour Marc ». Hum, trop banal. « Cher Marc ». Trop intime. Elle efface et reprend : « Marc ».

Un coup discret à sa porte. Jacqueline crie :

— Entrez !

Emmanuelle.

— Je te dérange ?

« Oui, pense Jacqueline, tu me déranges, dans tous les sens du terme. »

— Non, non, rentre.

— Je pars à Beyrouth, Marc m'a demandé de venir te voir.

Jacqueline est sans voix. L'écœurant, il envoie sa maîtresse. Mais elle ne peut pas protester, il l'écoute, enfin. Elle se sent manipulée. C'est elle qui devrait aller au Liban, elle qui devrait affronter les bombes, elle qui devrait coucher avec Marc.

31

Françoise

Françoise contemple les arbres nus par la fenêtre. Il est treize heures. La boutique a ouvert ses portes à onze heures, il n'y a eu que deux clientes, des femmes à la recherche d'antiquités pour meubler leur belle maison, comme elle dans son ancienne vie.

Françoise a découpé sa vie en deux, avant et après la séparation, c'est-à-dire avant et après le séisme qui a tout bousillé et qui lui a laissé un goût de cendre dans la bouche. Deux ans déjà que Raymond est parti avec « elle ». Françoise ne prononce jamais son nom. Elle dit « elle » ou « sa maîtresse », jamais « Marie-Ève ». Elle a embauché le meilleur avocat en ville et elle a arraché à Raymond la moitié de son salaire, en plus d'hériter de la maison. Après tout, c'est elle qui s'occupe des garçons. Et c'est lui qui est parti.

Raymond est fiable. Toutes les deux semaines, il vient chercher les garçons le samedi à midi et les ramène le dimanche pour souper. Elle ignore ce qu'ils font, elle ne veut pas le savoir. Pendant leur absence, elle fait le tour de la maison, ramasse le linge sale, lave la vaisselle qui traîne dans l'évier, fait l'épicerie et remplit le frigo, que les garçons vident dès leur retour. Le soir, elle lit, son chat Paxil sur les genoux, et elle boit des martinis en grillant des cigarettes.

Elle sort peu. La plupart de ses amis l'ont fuie, car ils ne voulaient pas côtoyer le malheur. Les snobs n'aiment pas les perdants, ils ont préféré se ranger du côté de Raymond. Françoise n'est plus fréquentable. Quand elle s'endort dans le fauteuil, elle se réveille en sursaut au milieu de la nuit. Elle se traîne alors jusque dans son lit, étourdie par l'alcool. Paxil la suit comme son ombre.

La cloche tinte, une cliente, tête haute, buste droit, habillée comme une carte de mode. Françoise travaille depuis six mois à la boutique d'antiquités. Le propriétaire, Éric, est un ami. Il l'a embauchée par pitié, il n'avait pas besoin d'une vendeuse. Elle devait sortir de la maison avant de se transformer en épave imbibée de martinis.

Quand elle rentre du travail, elle prépare le repas pour les garçons. Pendant qu'ils mangent, elle boit un double martini. Les garçons se chamaillent souvent. Les jumeaux font bloc contre Jérôme, qui se complaît dans sa crise d'adolescence. Martin, lui, vit dans le sous-sol. Il a abandonné le cégep. Il joue à des jeux vidéo, il reçoit ses copains, ils boivent de la bière et fument du *pot*. À vingt et un ans, il ne travaille pas, même pas un petit boulot.

Françoise n'a aucune autorité sur eux. Quand elle en parle à Raymond, il hausse les épaules. « T'es pas assez sévère. » Pas assez sévère ? Il en a de bonnes ! C'est lui qui s'occupait de la discipline et, du jour au lendemain, elle devrait tout reprendre en main ?

La maison est à la dérive. Françoise s'en fout, elle qui a pourtant choisi avec amour chaque bibelot, chaque meuble, chaque tapis. Les jumeaux jettent leur énorme sac de hockey dans le vestibule et laissent traîner leurs bottes et leur manteau. Les garçons ne l'aident pas, ils ne font pas leur lit et ne lavent jamais la vaisselle, ils se contentent de l'empiler sur le comptoir de la cuisine. Elle aurait dû se montrer plus ferme quand Raymond est parti, mais elle avait besoin de chaque parcelle de son énergie pour survivre.

*   *   *

Françoise s'assoit dans son fauteuil préféré, prend la télécommande et allume la télévision. Elle voit des Allemands debout sur le mur de Berlin avec une pioche, des jeunes qui franchissent la frontière sans que les soldats réagissent, l'effondrement du mur vingt-huit ans après sa construction. L'euphorie, la fin de la guerre froide.

Elle regarde ce monde nouveau qui se dessine sous ses yeux. Elle aussi, son mur s'est effondré après vingt-huit ans de mariage. Raymond est passé à l'ouest. Est-ce qu'elle le gardait prisonnier? Est-ce qu'elle l'étouffait? Elle éteint la télévision.

Le mois dernier, Éric, l'antiquaire, l'a invitée à souper. Elle a hésité. Elle ne se sentait pas prête à flirter avec un autre homme, encore moins à faire l'amour. Elle n'avait connu que Raymond. Elle se sentait vierge de tous les hommes qu'elle n'avait pas connus. Elle a d'abord accepté, car elle avait besoin d'être autre chose qu'une mère épuisée et une femme trompée, puis elle a changé d'idée. Elle a appelé Éric à la dernière minute pour lui dire qu'elle avait mal à la tête. Il ne l'a pas crue, mais il n'a pas insisté. Éric est un homme délicat.

La semaine dernière, il l'a invitée à prendre un verre. Ils étaient en train de fermer la boutique, l'invitation était spontanée. Ils ont marché sous la pluie jusqu'au premier bar. Elle a commandé un martini, lui, un verre de vin. Ils ont parlé de tout et de rien, de la vie, des voyages, des enfants. Il est divorcé et il a deux grandes filles qui vivent en Europe. Françoise l'a trouvé charmant. Elle a essayé de s'imaginer au lit avec lui. Il est beau, début soixantaine, cheveux gris, grand, bedonnant – mais qui ne l'est pas à cet âge? Elle a cinquante-deux ans, des rides et des vergetures héritées de ses cinq grossesses. Osera-t-elle se montrer nue devant lui? Faire l'amour? Dieu du ciel, comment fait-on l'amour avec un homme de soixante ans quand on en a cinquante-deux? Françoise avait le vertige.

Elle a bu trop de martinis. Il l'a embrassée devant tout le monde. Elle s'est sentie libre. Ils ont quitté le bar comme des délinquants, ils ont franchi la centaine de mètres qui les séparaient de son domicile en courant sous la pluie battante. Éric vit au-dessus de la boutique, dans un grand loft de célibataire. Ils ont grimpé les marches en s'embrassant. Françoise était ivre, sinon elle ne se serait jamais permis une telle liberté. Ils sont tombés sur le lit et ils ont fait l'amour avec de grands gestes maladroits. Elle s'est endormie dans ses bras, heureuse pour la première fois depuis deux ans.

32

Georges

Montréal, 2010

Georges regarde, horrifié, le prix des chaussures : 209,99 dollars. C'est une erreur, ça ne peut pas coûter aussi cher.

— Ils se sont trompés, dit-il à sa fille, Chantal.

— Non, papa.

Elle a discrètement averti le vendeur : « Mon père pense que des souliers coûtent vingt piastres. » Il a souri, complice. Il est habitué de servir des vieux.

— Les miens sont encore bons.

— Ils te font mal aux pieds, ça fait quinze ans que tu portes les mêmes.

Georges fronce les sourcils. Sa fille l'énerve. Elle l'a quasiment traîné de force chez Tony Pappas. Chaque fois qu'il magasine avec elle, ça lui coûte une fortune. Le mois dernier, c'était un pantalon à 150 dollars. Il n'en revient toujours pas, 150 dollars !

Quand Chantal vient à la maison, elle passe tout au crible, les taches sur la moquette, les aliments périmés dans le réfrigérateur, le cerne autour du bain, rien ne lui échappe. Elle examine sa garde-robe comme un caporal qui passe ses troupes en revue. Ses ordres tombent, il a besoin de chemises, de pantalons, de chaussures, de caleçons, jamais satisfaite, toujours en train de critiquer et de le faire dépenser. Elles sont très bien, ses chaussures, un peu fatiguées peut-être, mais il les aime. Il ne veut pas dépenser 200 dollars pour une paire de godasses, c'est une question de principe.

Ce matin, quand Chantal est venue le chercher pour l'emmener au magasin, Élyse faisait ses mots croisés. Le chien, Tombouctou, un basset obèse, dormait à ses pieds. Élyse a demandé à Georges comment s'appelait le fils aîné d'Adam et Ève.

— Ben voyons, Élyse, Caïn.

— Ah, c'est vrai, j'avais oublié.

Elle a pris son stylo – elle ne fait jamais ses mots croisés avec un crayon de plomb – et elle a écrit « Caïn » avec application, ses lunettes sur le bout du nez.

Georges est troublé. La mémoire d'Élyse flanche par moments. Elle lui pose les mêmes questions plusieurs fois par jour.

— Qu'est-ce qu'on mange pour souper?

— Du poulet, répond Georges.

— Ah, c'est vrai, j'avais oublié.

Une heure plus tard, la même rengaine.

— Qu'est-ce qu'on mange pour souper?

— Du poulet! Élyse, du poulet!

— Ah, c'est vrai, j'avais oublié.

— Tu oublies tout !

— Des petits oublis, rien de grave, c'est normal, je vieillis. Énerve-toi pas, Georges.

— Je m'énerve pas.

— Oui, tu t'énerves.

Georges n'en peut plus de voir Élyse faire des mots croisés comme si la vie ne se résumait qu'à ça. Ses enfants sont inquiets, ils veulent que leur mère consulte un médecin.

— Maman fait peut-être de l'alzheimer, lui a dit Chantal.

— Elle a des petits oublis, rien de plus.

— Papa, elle oublie tout !

— Tu exagères.

Alzheimer. Le mot le terrifie. Il ne veut pas en entendre parler. Elle n'a pas l'alzheimer, elle ne peut pas l'abandonner, elle n'a pas le droit. Que deviendrait-il sans son Élyse ? Il n'a plus qu'elle dans la vie. Louise l'a quitté une semaine après son party de retraite.

Il venait d'avoir soixante et onze ans et il avait couru dix kilomètres en moins de cinquante minutes. Il a abandonné le jogging à la suite d'une blessure au tendon. Il n'a jamais trouvé le courage d'enfiler de nouveau ses souliers de course.

Louise. Elle a osé le quitter. Il lui avait fait une scène.

— Je te l'avais dit de pas t'attacher, lui avait dit Louise.

Elle lui avait volé sa réplique. C'est lui qui disait ça aux femmes quand il voulait rompre.

— Ce René Vautrin est un imbécile.

— Tu es jaloux, mon pauvre Georges.

— Je suis pas ton pauvre Georges.

— C'est fini, Georges. On a eu du plaisir, non?

— Tu m'aimes plus.

— Je t'ai jamais aimé. Et toi, tu m'as aimée?

— Mais oui, qu'est-ce que tu penses?

— Je pense que tu n'as aimé que toi.

Elle était partie sans se retourner. Il s'était senti vieux, immensément vieux. Il n'a plus jamais eu de maîtresse.

Il regarde de nouveau les chaussures. Elles sont belles, brunes en cuir souple. Il s'assoit, le vendeur l'aide à les enfiler.

— VOUS LES AIMEZ?

— Je suis pas sourd.

Il se promène dans le magasin. Les chaussures sont confortables, il a l'impression de marcher sur un nuage, et elles lui font des pieds élégants. Il se regarde dans le miroir. Il est beau pour un homme de quatre-vingts ans. Sa silhouette s'est légèrement affaissée, mais il a gardé sa crinière. Il est très fier de ses cheveux.

— Tu les aimes?

— Mouais.

— On les achète.

— Non, c'est trop cher.

— Papa! Tu as les moyens de t'en acheter une douzaine!

— C'est peut-être mes derniers.

Chantal lève les yeux au ciel. C'est la nouvelle marotte de son père, son dernier lit, son dernier fauteuil, sa dernière télévision, sa dernière voiture, elle déteste ça.

— On les achète!

— VOUS VOULEZ LES METTRE MAINTE-NANT? demande le vendeur.

— Je suis pas sourd! Non, pas maintenant.

« Il me prend vraiment pour un débile », se dit Georges avec agacement. Il sort sa carte de crédit. Il a un haut-le-cœur quand il voit le montant s'afficher. Il avait oublié les taxes: 241,44 dollars. Il paie en maugréant. Il sort du magasin avec sa boîte de chaussures sous le bras.

*   *   *

Georges ne reconnaît plus personne. Tout a changé au département, la plupart de ses anciens collègues sont partis à la retraite, d'autres sont morts, ils ont été remplacés par des jeunes. Les secrétaires aussi ont changé. Seule la couleur déprimante des murs est restée la même, un blanc indéfinissable tirant sur le beige sale.

Il salue la secrétaire. Il oublie toujours son nom, il devrait le noter. Godet? Bovet? Rivest, peut-être? Il arrête devant son casier. Vide. Il ne reçoit plus rien. Sa boîte de courriels aussi est vide. On lui envoie des messages pour lui proposer d'augmenter la taille de son pénis ou lui demander de verser des millions d'euros à une veuve éplorée en Côte d'Ivoire, c'est tout ou presque. Ses enfants lui écrivent une fois par jour, histoire de s'assurer qu'il n'est pas mort dans son sommeil.

Il croise Louise. Elle a cinquante-neuf ans. Toujours aussi pimpante et jeune. Georges la salue froidement. Depuis qu'elle l'a largué, il la boude. Neuf ans de bouderie.

Il arpente le couloir étroit jusqu'à la porte B6884. Il fouille dans ses poches à la recherche de sa clé, sans la trouver. Il plonge la main dans le sac en cuir qu'il possède depuis le début de sa carrière. « C'est tellement déboussolé, là-dedans ! » s'énerve-t-il.

— Je peux vous aider, monsieur Dupont ? demande un jeune tout en cheveux. Le nouveau professeur d'histoire africaine. Georges a un pincement au cœur.

— Non, merci.

Il finit par dénicher sa clé au fond de son sac, il pousse sa porte et s'écrase dans son fauteuil. Il allume son ordinateur, un Mac poussif, vérifie son mot de passe qu'il a inscrit sur un post-it, l'entre en tapant à deux doigts et attend que l'écran s'illumine. Il se frotte les mollets, qui lui font mal. Il a mis ses vieilles chaussures, les nouvelles sont restées dans leur boîte, rangées dans le fond de sa garde-robe.

Il fixe le curseur. Il n'a pas l'énergie de lire les trente pages qu'il a pondues en... en combien de temps ? Neuf ans ? Oui, neuf ans. Il a perdu l'élan qui lui permettait de noircir des pages et des pages sans s'arrêter et sans se poser de questions. C'était bon, point, passionnant même. Pourtant, il en a des choses à raconter : ses équipées dans le désert, sa vie de chercheur dans les confins du Sahara, la magnifique Tombouctou. Non, pas Tombouctou, ça, il en a déjà parlé en long et en large dans ses six autres livres. Ses équipées dans le désert aussi. Que lui reste-t-il à raconter ? Rien ? A-t-il fait le tour ? A-t-il tout dit ? Pourtant, il s'est acheté le meilleur dictionnaire de synonymes. Il pourrait reformuler le tout sous un angle plus personnel avec des phrases-chocs, comme la fois où il s'est perdu dans le désert avec la tempête de sable qui a failli l'engloutir. Non, ça aussi, il l'a déjà raconté.

Il regarde les centaines de lettres qu'il a écrites à Élyse au fil des ans. Des anecdotes sans intérêt ? Même son éditeur ne le relance plus. Georges s'agite. Pourquoi s'obstine-t-il ? Il a mal au dos. Il se lève, frotte ses reins et fait quelques étirements. Sa carcasse proteste. « Il faut que je me remette au jogging », se dit-il. Il sent une nouvelle énergie parcourir son corps. Il éteint son ordinateur et ramasse ses clés qui traînent sur son bureau. « Demain, j'attaque le chapitre trois, promis. » Il attrape son sac, ferme la porte derrière lui et remonte le couloir jusqu'aux ascenseurs. Il a enfin quelque chose à faire.

C'est décidé, il recommence à courir. Il a vu une boutique de sport près de l'université. Il traverse la rue d'un pas guilleret et ouvre la porte. Le maga-

sin est plein à craquer. Sur un pan de mur, des chaussures de course de toutes les couleurs, violettes,
orange, rouges, bleues, vertes. Il s'assoit et essaie
d'attirer l'attention d'un vendeur. Ils ont tous la
même dégaine, cheveux courts, vêtements de sport
moulants, pas une once de graisse. Ils ignorent
Georges. Il a l'impression d'être transparent, de ne
pas exister.

— Excusez-moi, je voudrais m'acheter des souliers, dit-il.

— J'arrive! répond un vendeur débordé.

«Pourquoi je me suis excusé?» se demande
Georges avec humeur. Il s'assoit et attend cinq
minutes, puis dix.

— Pardon, c'est pour les souliers.

— Un instant! lance le vendeur.

Georges soupire. «Calme-toi, tu as tout ton
temps», se dit-il.

Les vendeurs papillonnent d'un client à l'autre,
ignorant Georges. Finalement, un jeune sautillant se
plante devant lui.

— C'est pour quoi?

— Des souliers, je me remets à la course.

Le jeune le dévisage, amusé. Georges n'aime pas
son regard, il se sent humilié. «Oui, la course, jeune
homme, la course», a-t-il envie de lui dire. Le vendeur lui propose quelques modèles. Georges choisit
les orange avec des bandes vert fluo.

— Du huit et demi, oui.

Il a des pieds étonnamment petits pour un

homme de sa taille. Petits pieds, petit pénis ? Peut-être. Le sien est petit mais travaillant, il n'a jamais chômé, sauf au cours des dernières années.

Georges attend une éternité le retour du vendeur. Il essaie enfin les chaussures, l'effet est magique. Il a des fourmis dans les jambes, il veut courir, là, maintenant, faire le tour des parcs d'Outremont, grimper dans la montagne sentir ses muscles travailler comme avant. Avant sa blessure, avant que la vieillesse fasse de lui un homme fatigué. Il jette un œil sur le prix : 174,99 dollars. Il avale de travers. « Si Chantal me voyait. » Il décide de les acheter, tant pis pour le prix. De toute façon, c'est sa dernière paire.

— Je les prends, dit-il au vendeur qui passe en coup de vent devant lui.

— Un instant !

Georges attend, il n'a pas le choix. Il les veut, ces chaussures orange et vert fluo. Il les veut plus que tout, comme si sa vie en dépendait, mais il n'arrive pas à attirer l'attention de son vendeur rebondissant.

Il regarde ses vieilles chaussures, celles qu'il traîne depuis quinze ans et que Chantal voudrait mettre à la poubelle. Il les tasse sous le banc, puis il admire ses pieds chaussés de neuf qui lui donnent l'allure d'un athlète. Il se lève, marche tranquillement vers la sortie, ouvre la porte et se retrouve sur le trottoir. Il examine de nouveau ses pieds en souriant, il adore le frisson qui parcourt son échine, cette délicieuse sensation de briser un tabou. Lui, le chercheur réputé, l'homme qui a toujours payé ses factures sans l'ombre d'un retard, vient de voler une paire de chaussures valant 174,99 dollars, avant taxes. Douce revanche. À quatre-vingts ans, il découvre les joies de la délinquance.

33

La fugue

Georges cherche Élyse. Il se promène dans la rue faiblement éclairée par les lampadaires. Il n'a qu'un pyjama sur le dos, le gris avec de fines rayures bleues qu'Élyse lui a offert pour ses soixante-quinze ans. Il a froid, il frissonne.

Il marche sans comprendre où il va. Il est inquiet, ça fait deux jours qu'il n'a pas vu Élyse. Hier, il a appelé sa fille. Elle lui a dit qu'Élyse était morte. Morte? Impossible, elle ne peut pas mourir sans lui, elle ne lui ferait jamais ça. Il ne sait pas, il ne sait plus, il a peur. Où est-elle?

Pourquoi sa fille s'obstine-t-elle à lui dire qu'Élyse est morte? Ils ont la même conversation désespérante jour après jour.

— Est où, ta mère?

— Est morte.

— Comment ça, morte?

— Elle est morte, papa, ça fait cinq fois que je te le dis aujourd'hui!

— Est où?

— Au cimetière, on l'a enterrée au printemps.

— T'es sûre?

— Mais oui, je suis sûre!

— Appellerais-tu au cimetière pour vérifier?

— Ben voyons, papa!

— Appelle, pis rappelle-moi.

Georges a attendu à côté du téléphone, rongé d'inquiétude. Tout était mêlé dans sa tête. Peut-être qu'Élyse était morte, après tout? «Mon Dieu, je perds la tête, c'est effrayant!» s'est-il dit. Le téléphone a sonné, Georges a décroché à la première sonnerie.

— J'ai vérifié, papa, maman est enterrée.

— T'es sûre?

— Rappelle-toi, on s'est retrouvés au cimetière avec Jean et les enfants. C'est toi qui as déposé l'urne dans la terre. Il pleuvait. Tu te rappelles pas?

— Non, je m'en souviens pas.

— On est allés au restaurant après, tu étais fâché parce que tu avais perdu ton parapluie, tu le cherchais partout.

Les souvenirs sont remontés à la surface, Élyse était morte et il avait perdu son parapluie. Il s'est rappelé le matin où Charlotte avait secoué son épaule pour lui dire que sa femme était morte dans son sommeil. Il avait regardé Élyse, son visage gris déformé par la souffrance, sa bouche entrouverte, ses yeux mi-clos, son corps froid. Et sa peine immense, trop grande pour lui.

Il a raccroché le téléphone, en colère contre sa

fille, qui tient tant à ce que son Élyse soit morte et enterrée. Peut-être que le cimetière s'est trompé? Il est resté assis dans le fauteuil turquoise au tissu élimé. Élyse a toujours aimé le turquoise.

Il s'est endormi recroquevillé comme un enfant. En se réveillant, il n'avait qu'une idée en tête, retrouver Élyse, disparue depuis deux jours. Il est parti faire le tour des étages. Elle était sûrement au quatrième, elle allait souvent au quatrième. Il a grimpé les escaliers, car l'ascenseur n'était pas assez rapide, et il a ouvert les portes des appartements sans cogner. Charlotte l'a vu.

— Vous cherchez votre femme, monsieur Dupont?

— Oui, elle est partie depuis deux jours, je suis vraiment inquiet.

— Elle est morte, lui a doucement rappelé Charlotte.

— Élyse est pas fine. Je me lève le matin, elle est déjà partie, je me couche le soir, elle est pas revenue. Je pense qu'elle est lesbienne et qu'elle couche avec la voisine.

Charlotte n'a pas pu s'empêcher de sourire. Élyse, lesbienne? Cette femme prude qui n'a connu qu'un homme dans sa vie?

— Votre femme est pas lesbienne pis elle couche pas avec la voisine, elle repose en paix au cimetière. Venez avec moi, monsieur Dupont, je vais vous reconduire chez vous.

Ils ont pris l'ascenseur. Il s'est laissé faire, docile,

dévasté. Cette résurrection acharnée d'Élyse, morte, vivante, morte, vivante, l'étourdissait. Il voulait vivre en paix sans être pourchassé par son fantôme. Pendant que Charlotte le guidait dans les couloirs de la résidence, il a pensé à Françoise, à cet amour naissant qu'Élyse, jalouse, voulait détruire.

En arrivant devant l'appartement, Charlotte a eu les larmes aux yeux. Collée sur la porte, une grande feuille de papier sur laquelle Georges avait griffonné d'une main maladroite : « Élyse, SVP, donne-moi signe de vie. »

Charlotte l'a aidé à mettre son pyjama et elle l'a couché en lui donnant un léger somnifère. Il s'est endormi en rêvant d'Élyse. Le même rêve le hantait les jours de grande agitation. Il était jeune, Élyse aussi. Ils faisaient l'amour dans des draps de satin. Élyse riait. Il l'enlaçait, il sentait son corps jeune, souple, harmonieux, ses seins charnus qu'il a caressés toute sa vie puis, sous ses mains vigoureuses, la peau d'Élyse se flétrissait, ses seins s'affaissaient, son corps devenait cassant, ridé, constellé de taches brunes. Il reculait, horrifié, pendant qu'Élyse riait comme une folle. Il s'est réveillé au moment où son rire dément emplissait la chambre à coucher.

Il est sorti de ce cauchemar hébété, le cœur battant, le corps couvert d'une sueur glacée. Il a gémi : « Élyse, où es-tu ? »

Il a quitté sa chambre, longé les couloirs plongés dans le noir sans que personne le remarque et il est sorti dans la nuit froide qui sentait l'automne. Un chien a jappé dans l'obscurité. Il devait retrouver Élyse. Elle n'était pas à la résidence, il avait arpenté tous les étages, fouillé le quatrième, ouvert les portes des appartements. Élyse se cachait.

Il a décidé de se rendre au cimetière pour voir sa tombe, même s'il savait qu'elle n'était pas morte. Il voulait en avoir le cœur net. Il s'est égaré dans les grandes rues d'Outremont battues par le vent et jonchées de feuilles mortes. Il a croisé des jeunes qui l'ont regardé en riant. Le vieux fou en pyjama.

Georges a compris qu'ils se moquaient de lui, qu'il était ridicule, que sa quête était vaine, qu'Élyse était morte, qu'elle reposait dans le cimetière Notre-Dame-des-Neiges. Il s'est senti fatigué, à bout de forces.

Il veut retourner chez lui et dormir collé contre Françoise, mais il ne retrouve plus le chemin de la résidence, il ne reconnaît plus les rues qu'il a parcourues toute sa vie.

Il aperçoit la masse sombre de l'église où Élyse et lui se sont mariés. Le souvenir le happe avec force. Il faisait beau, une journée bénie des dieux avec une brise légère qui adoucissait la chaleur de juillet. Après la cérémonie, ils s'étaient regroupés sur le parvis de l'église, Élyse et lui au premier rang. Elle portait une robe d'un blanc éblouissant et un voile vaporeux. Autour d'eux, la famille et les amis. Les cloches avaient sonné à toute volée. Un beau mariage. Ils étaient tellement heureux.

Georges se dirige vers l'église, il monte les

marches et se réfugie sous le porche. Il se couche en serrant ses bras autour de son corps pour se protéger du froid. Il s'endort en pensant une dernière fois à Élyse. Son image se superpose à celle de Françoise.

*   *   *

Charlotte est d'une humeur massacrante. Il est tôt, une lueur pâle envahit le couloir qui mène à la chambre de Georges. Elle boude Maxime, qui ne veut pas d'enfants. Pas avec elle. Son rêve s'est effondré, l'appartement coquet qu'ils auraient loué, le jardin où leur garçon aux boucles rousses se serait amusé, la vie de famille, le bonheur tranquille.

Mais Maxime ne veut pas. Quand Charlotte lui a annoncé qu'elle était enceinte, il a secoué la tête. Elle lui a balancé la nouvelle, hier, entre deux activités.

— Tu vas te faire avorter.

Ce n'était pas une question, mais un constat qui ressemblait à un ordre.

— Je veux le garder.

— Es-tu folle ?

— On pourrait louer un appartement avec un jardin…

— T'es complètement folle.

Charlotte a eu les larmes aux yeux.

— Je t'aime, a-t-elle dit d'un ton larmoyant.

— Je veux pas de bébé, pas d'appartement, pas de jardin. Je veux pas passer ma vie avec toi. Je suis pas amoureux, Charlotte, comprends-tu? Il faut que tu te fasses avorter.

Charlotte a pleuré. Maxime était furieux. Ce n'était ni le temps ni l'endroit pour une discussion pareille. Il a regardé autour de lui, inquiet. Il avait peur de voir des résidents. Il ne voulait pas de drame, encore moins s'afficher avec une Charlotte en pleurs. Il l'aime bien, Charlotte, mais sans plus. Un bébé!

— Faut que j'y aille, on en reparle ce soir.

— Mais Maxime…

— Ce soir!

Il l'a laissée en plan avec son cœur en miettes et ses rêves brisés. Le soir, ils se sont revus. Maxime est resté inflexible.

Elle a pleuré, supplié, elle s'est humiliée, mais plus elle pleurait, plus il devenait froid.

Elle a décidé de garder le bébé, peu importe Maxime, l'argent, les difficultés. Elle se sent forte. Elle refuse viscéralement de se faire avorter. Cette décision n'a rien à voir avec la raison, c'est son cœur et son ventre qui parlent. Elle l'a dit à Maxime, il lui a fait une scène terrible, il lui a répété qu'elle était folle, mais elle n'a pas bronché. Elle y tient à son petit garçon aux boucles rousses.

Charlotte caresse son ventre, elle sent un léger renflement. Elle sourit, heureuse de sa décision. Elle le désire de toutes ses forces, ce bébé qui pousse dans son ventre. Elle arrive devant l'appartement de Georges Dupont. Elle ouvre la porte après avoir cogné.

— Bonjour, monsieur Dupont, comment ça va aujourd'hui?

Le lit est vide. Charlotte fait le tour du deux-pièces, les livres qui traînent par terre, les rideaux tirés. Personne. Charlotte a un mauvais pressentiment. Il est peut-être parti marcher? Il part souvent faire le tour des parcs avec Françoise Lorange. Elle grimpe au cinquième et cogne à la porte de Françoise. Elle est habillée, prête à sortir. Elle porte un pantalon de velours côtelé, un manteau court en laine, un béret et des gants de cuir. « Toujours aussi élégante », ne peut s'empêcher de penser Charlotte.

— Vous avez vu M. Dupont?

— On devait aller marcher ensemble, mais il n'était pas au rendez-vous. J'ai cogné à sa porte, je l'ai cherché partout, rien. Je suis inquiète.

Charlotte dévale les marches, regarde dans la salle à manger, fait le tour des étages, retourne dans la chambre de M. Dupont. Aucune trace de lui. Hier, il était très agité, il cherchait sa femme partout. Elle l'a couché en lui donnant un somnifère, elle ne l'a pas revu de la soirée. Elle fonce dans le bureau de Mme Robitaille. Elle ouvre la porte sans cogner, le souffle court, les cheveux en désordre.

— J'ai pas le temps, Charlotte! dit Lucie Robitaille d'un ton tranchant.

Elle est avec le juge. Son teint est violacé, le teint d'un homme en colère. L'atmosphère dans le bureau est électrique, mais Charlotte ne s'en rend pas compte, elle est trop absorbée par la panique qu'elle sent monter en elle. Pourquoi n'a-t-elle pas alerté Mme Robitaille quand elle a vu à quel point M. Dupont était désorienté? Elle aurait dû, tout est de sa faute, elle va être congédiée. Comment va-t-elle faire avec le bébé si elle n'a plus de travail?

— Georges Dupont a disparu!

Mme Robitaille se lève d'un bond. Le juge reste assis, contrarié par cette intrusion. Il déteste être interrompu dans ses envolées colériques.

— Disparu? Tu es certaine?

— Oui, j'ai cherché partout et Mme Lorange ne l'a pas vu ce matin. Hier, il était pas bien, il cherchait sa femme.

Charlotte baisse les yeux, elle a envie de pleurer. S'il arrivait malheur à M. Dupont, elle ne se le pardonnerait jamais. Il est gentil avec elle, toujours un sourire, toujours poli, pas avare de « s'il vous plaît » et de « merci ».

La secrétaire, affolée, entre dans le bureau.

— Les journalistes arrêtent pas d'appeler, je sais pas quoi faire. Il y en a plein dans l'entrée avec des caméras, ils veulent vous parler. Qu'est-ce que je fais, qu'est-ce que je dis?

Le juge se lève brusquement.

— J'ai rien à voir là-dedans! Si vous prononcez mon nom, je vous poursuis!

Il part en laissant la porte grande ouverte et en marmonnant: « On est dans une résidence ou une maison de fous? »

Lucie Robitaille met Charlotte et sa secrétaire à la

porte. Elle a besoin de réfléchir. Elle regarde la peinture qu'elle a achetée chez un antiquaire pour décorer son bureau, cinquante dollars, une aubaine. La neige dans les arbres, la maison au bord de l'eau, le coucher de soleil, le rouge et le bleu qui éclaboussent la toile. Cette peinture l'a toujours apaisée, mais ce matin la magie n'opère pas.

Son cellulaire sonne. Elle jette un œil sur l'afficheur : le président de la Chambre de commerce. Elle décroche. Il annule sa participation. Avec tout le bruit médiatique autour d'elle, cette histoire d'apartheid et de résident perdu dans le Vieux-Port en pleine canicule, ce n'est plus possible.

— Vous comprenez ?

Elle ne retient qu'une chose : l'histoire de M. Moisan a été ébruitée. Qui a alerté les médias ? Le fils Moisan qui veut la poursuivre ? Jacqueline Laflamme ?

— Oui, oui, je comprends, je comprends, répète-t-elle machinalement.

— Avec les réseaux sociaux qui se sont emparés de l'affaire, j'ai pas le choix. On se reprendra quand les choses se seront tassées, je suis vraiment désolé.

Lucie Robitaille raccroche sans répondre.

Les réseaux sociaux. Elle n'y connaît rien. Elle crie à sa secrétaire :

— Va me chercher Maxime !

Maxime arrive, nerveux.

— Vous voulez me voir ?

— Les réseaux sociaux parlent de la résidence. Comment ça marche ?

Maxime sort son iPhone de sa poche et va sur Twitter.

— Ils ont créé un *hashtag*.

— Un quoi?

— Un *hashtag*, un mot-clic. Il y en a un juste pour la résidence : #aladefensedesvieux. Regardez, il y a des pages et des pages de *tweets*.

Lucie prend le iPhone des mains de Maxime comme si c'était de la dynamite. Elle fait défiler les commentaires : Robitaille au pilori ; Le gouvernement doit mettre les résidences sous tutelle ; Pauvres vieux pris en otage au Bel Âge ; Vieux perdu ; Vieux qui fugue ; Scandale…

Certains écrivent en majuscules : CRISSE DE FOLLE ; NOS VIEU TRAITER COMME DE LA MARDE ; ROBITAILLE MÉRITES LA PRISON…

— Même chose pour Facebook, dit Maxime. Regardez.

— J'en ai assez vu, tu peux partir.

Lucie Robitaille s'écrase dans son fauteuil. Elle prend un mouchoir et essuie son front en sueur. Sa secrétaire frappe doucement à sa porte.

— Qu'est-ce que je dis aux journalistes?

— Je m'en occupe.

Lucie se lève, prend une grande respiration, puis marche d'un pas décidé vers l'entrée. Sa secrétaire la regarde avec une lueur de pitié dans les yeux. Les journalistes forment un bloc serré, micros tendus, caméras pointées comme une arme. Dès qu'elle franchit le seuil, ils se jettent sur elle.

Elle entend les mots *résident perdu, canicule, irresponsable, apartheid.* Elle fonce, elle n'a pas le choix. Du coin de l'œil, elle aperçoit le sourire baveux de Jacqueline Laflamme.

34

La panique

Lucie attrape la télécommande et monte le son. Elle voit la ministre de la Santé encerclée par une horde de journalistes à la sortie de son bureau : les micros tendus, les questions qui se télescopent, l'atmosphère crispée. Depuis une semaine, l'histoire du Bel Âge a grossi.

Malheureusement pour Lucie Robitaille, il ne se passe pas grand-chose dans l'actualité : pas d'attentat terroriste, de meurtre sanglant ou d'inondation qui pourraient détourner les journalistes du Bel Âge. Il y a, bien sûr, l'éternelle guerre en Syrie et le nombre de morts qui vient de grimper à 200 000, mais qui s'en émeut ? C'est un conflit lointain, complexe, alors qu'un scandale juteux dans une résidence pour personnes âgées – la perte d'un vieux en pleine canicule, la fugue d'un autre et une politique d'apartheid –, c'est facile à comprendre. Du bonbon.

Les journalistes en ont profité pour faire le procès des résidences en déterrant des scandales : les vieux ne prennent qu'un bain par semaine, ils sont parqués dans des appartements microscopiques…

Le Québec est en état de choc : qu'a-t-on fait de nos vieux ? On les traite comme des parias, l'indifférence est un crime. On les abandonne dans des résidences ou dans des CHSLD et on s'en lave les mains. À la télévision, des animateurs interviewent des experts et interrogent des politiciens. Le Bel Âge est vilipendé. Des journalistes campent devant la résidence pour arracher une déclaration à Lucie Robitaille. Les locataires n'osent plus sortir. Lucie a appelé la police, qui a refusé d'intervenir. La liberté de la presse est sacrée, lui a-t-on répondu.

Le téléphone sonne, Lucie l'ignore, elle fixe l'écran de la télévision, prête à écouter le verdict de la ministre, harcelée depuis une semaine. Cette dernière a fait le dos rond en espérant que la crise se dégonflerait, mais elle n'a fait qu'enfler. Le gouvernement fait preuve de négligence, accuse l'opposition, les résidences pour personnes âgées doivent être surveillées plus étroitement, les critères, resserrés, les pratiques discriminatoires, bannies. « Rappelez-vous la tragédie de L'Isle-Verte ! »

Les journalistes entourent la ministre et la bombardent de questions.

— La disparition de deux personnes âgées est inacceptable, déclare-t-elle. Nous allons prendre les moyens nécessaires pour éviter qu'une telle situation se répète.

— Et la discrimination au Bel Âge ? demande un journaliste.

— Nous désapprouvons cette pratique.

La ministre refuse d'en dire davantage. Elle part pendant que son attaché de presse essaie de calmer le jeu.

Lucie a l'impression d'être déshabillée devant le Québec au grand complet. Elle se retrouve seule au milieu des projecteurs, nue comme un ver. Un peu plus et on la jetterait en prison pour crime de lèse-vieillesse.

Ses ennuis avec la banque ont été publiés à la une du *Quotidien* par le jeune Samuel Fortin, le prix des loyers aussi. Les radios-poubelles se sont déchaînées et l'ont traînée dans la boue.

Elle n'ose plus aller à l'épicerie ou au restaurant. Les familles des résidents l'appellent sans arrêt. Certaines menacent de résilier leur bail. Le juge a déboulé dans son bureau pour l'engueuler.

— C'est quoi, ces folies? a-t-il hurlé. Je vous avertis, je vais déménager!

Il est reparti en claquant la porte, sans lui laisser le temps de placer un mot. Elle a haussé les épaules. « Qu'il parte, je m'en fous », a-t-elle marmonné.

Lucie éteint la télévision. Ce qu'elle donnerait pour voir la ministre changer la couche des vieux avec son tailleur griffé, ses talons hauts et ses mains aux ongles manucurés. Mais non, elle préfère critiquer, comme les journalistes. Tous des lâches.

Hier, Lucie a vu Jacqueline Laflamme au téléjournal. Elle avait troqué son éternel pantalon de jogging contre une jupe et un veston noirs. Elle parlait en prenant soin d'expurger de son vocabulaire ses sacres disgracieux.

— Pourquoi avoir mené cette bataille? lui a demandé l'animateur.

— Parce que la discrimination est odieuse. Pourquoi parquer les plus vulnérables sur un étage? Pourquoi les empêcher de vivre avec les autres? Ils n'ont pas la lèpre ou le choléra, ils sont vieux, c'est tout.

L'animateur a souri, un brin complaisant.

« C'est vrai qu'il y a quelque chose d'odieux dans l'idée d'isoler les vieux impotents, mais ce n'est pas un scandale », se dit Lucie. C'est ça ou elle perd des résidents en bonne santé. Personne ne comprend la réalité des résidences, la lâcheté des enfants trop heureux d'abandonner leurs parents à des mains expertes.

Dieu merci, la police a retrouvé Georges, mais sa fugue a été ébruitée. « Qui a averti les journalistes? » se demande Lucie. Jacqueline Laflamme? Deux fugues en autant de mois, M. Moisan à la fin de l'été, Georges Dupont la semaine dernière. Heureusement pour Lucie, il a survécu à son escapade. Les policiers l'ont ramassé grelottant sur le parvis d'une église à moins d'un kilomètre de la résidence.

Lucie fixe le vide. Le Québec fait son procès, elle est condamnée, sans aucune chance de rédemption. Tout s'effondre autour d'elle. Son téléphone sonne, elle hésite, puis décroche.

— Ma chérie, c'est effrayant, ils te traitent comme une criminelle.

— Inquiète-toi pas, maman.

— Tu tiens le coup, ma chouette ?

— Oui, oui.

— Je te passe ton père.

— Maman, j'ai pas le temps.

— Ça va, ma puce ? Pas trop secouée ?

— Oui, papa, ça va.

— Ta mère demande si tu viens souper ce soir. Elle fait une lasagne.

— Je le sais pas, pis arrêtez de vous énerver, je suis faite forte. Je vous embrasse.

Lucie raccroche, puis elle met sa tête dans ses mains et pleure comme une enfant.

35

La mort taboue

Jacqueline quitte le studio de Radio-Canada. Elle est pressée, elle a rendez-vous au Centre funéraire Côte-des-Neiges.

Elle tire sur sa veste trop étroite qu'elle a achetée quand Marc l'a nommée cadre, en 2002. Elle croyait qu'une patronne de presse devait avoir au moins un tailleur dans sa garde-robe. Elle ne l'a porté qu'à de rares occasions.

Elle a engraissé. Elle n'arrive plus à attacher les boutons de la veste. Elle hèle un taxi. Quand elle s'assoit sur la banquette d'un beige douteux, sa jupe craque et remonte sur ses cuisses.

Pendant le trajet, le chauffeur n'arrête pas de chialer : les heures trop longues, la paie trop petite, les clients qui ne laissent pas de pourboire, les politiciens véreux, tous des lâches incapables de s'occuper des vieux qu'ils laissent moisir dans des résidences…

— Êtes-vous Jacqueline Laflamme ? lui demande soudain le chauffeur en l'examinant dans le rétroviseur.

Jacqueline se rengorge. Depuis qu'elle défile sur

les plateaux de télévision, les gens l'arrêtent dans la rue pour la féliciter. Son travail de journaliste ne lui a jamais procuré une telle notoriété. Elle songe à écrire un livre sur son expérience. Un éditeur l'a contactée. Elle a trouvé le titre : *Ma lutte contre l'apartheid*.

Même son journal veut faire son portrait. C'est son ancien patron, Olivier, qui l'a appelée pour la convaincre de donner une longue entrevue. Exclusive.

— Tu sais comment ça marche, lui a-t-il dit.

— Non, je le sais pas, fais-moi donc un dessin.

— On a eu nos différends, mais tu restes la plus grande journaliste du Québec.

— Des différends ? Tu veux dire que tu m'as crissée à la porte.

— Bon, les grands mots.

— Je veux lire l'article avant qu'il soit publié.

— Tu le sais qu'on fait jamais ça.

— C'est ça ou rien, arrange-toi.

Il a cédé.

Elle est tellement occupée qu'elle a failli annuler son rendez-vous au centre funéraire, mais un vieux relent de superstition l'en a empêchée. S'il fallait qu'elle meure, qui s'occuperait de sa dépouille ? Certainement pas sa sœur toxicomane ou son vieux frère, encore moins Lucie Robitaille, qui se ferait un plaisir de l'enterrer sans cérémonie dans une fosse commune.

Depuis un mois, elle a un ulcère sur la langue qui refuse de guérir. Elle ne peut pas remettre son rendez-vous avec le centre funéraire, car la mort, cette salope, serait bien capable de la faire crever juste pour la contrarier.

Le taxi s'arrête devant le Centre sur le chemin de la Côte-des-Neiges. Jacqueline paie, salue le chauffeur, descend du véhicule en entendant les coutures de sa jupe soupirer, puis s'engouffre dans l'édifice, un bloc beige pseudo-classique et prétentieux qui jouxte le cimetière.

C'est la mort de M. Miller qui l'a poussée à s'occuper de la sienne. Depuis quelques mois, il faisait de fréquents allers-retours entre l'hôpital et la résidence. Il a fini par mourir, une manie chez les vieux.

Un résident meurt et hop! il est aussitôt remplacé par un autre.

«Tous ces vieux sont interchangeables», se dit Jacqueline. Cette pensée la déprime. Lucie Robitaille ne parle jamais des morts. Pas de cérémonie, pas de fleurs, pas d'hommage, pas de photo du disparu, rien pour rappeler l'inéluctable dans cette résidence remplie de morts en sursis.

Pour s'attaquer à ce tabou, Jacqueline voulait ajouter une rubrique nécrologique dans *Le Flambeau,* mais son journal a rendu l'âme après le troisième numéro, faute de lecteurs. Décidément, la mort ne chôme pas au Bel Âge.

Jacqueline attend dans le hall du centre funéraire. Ici, les employés chuchotent comme s'ils avaient peur de réveiller la mort. On parle de l'au-delà, de la disparition, du défunt, du dernier repos, du dernier sommeil, du dernier soupir, jamais de la mort qu'on enrobe dans un susurrement hypocrite.

— Madame Laflamme?

Jacqueline sursaute. Devant elle, une grande femme habillée en noir lui tend une main virile. « Elle ressemble à un cheval », se dit Jacqueline.

— Bonjour, je m'appelle Anne-Marie Coulombe, je vais vous accompagner dans votre démarche.

Jacqueline a envie de lui demander de préciser sa pensée : quelle démarche ? Celle de magasiner ma mort, de choisir le cercueil le plus cher, la cérémonie la plus onéreuse ?

Elle la suit dans une enfilade de corridors, prend un ascenseur, tourne à droite, puis à gauche et encore à droite. Mme Coulombe entre dans un bureau feutré. Elle s'installe devant son ordinateur et propose à Jacqueline une panoplie de produits : un éventail de cercueils et d'urnes, l'inhumation, la crémation, l'exposition, la veillée, un service commémoratif, des arrangements floraux, sans oublier toutes les questions auxquelles elle doit répondre : qui sera le célébrant ? Souhaite-t-elle un jardin de crémation ou un jardin de dispersion des cendres ? Veut-elle écrire son eulogie ?

— Mon eulogie ? demande Jacqueline.

— Un discours bref vantant les qualités de la personne décédée et ses réalisations, récite Mme Coulombe.

Jacqueline n'en revient pas : « C'est ben compliqué, mourir », se dit-elle.

289

Elle interrompt la logorrhée de Mme Coulombe d'un ton abrupt:

— Je veux pas être exposée ni maquillée comme un bouffon, je veux être incinérée.

— Nous avons un très beau choix d'urnes, poursuit Mme Coulombe sans se laisser démonter par le ton agressif de Jacqueline.

D'un geste professionnel, elle prend un catalogue et tourne les pages en décrivant les qualités des urnes.

— Voici une urne en bambou deux tons, discrète et élégante, seulement 450 dollars. En voici une autre en forme de larme, très chic, à 650 dollars. Vous pouvez aussi choisir une urne avec votre photo pour seulement 350 dollars.

— Je veux la moins chère.

Mme Coulombe fronce ses sourcils épilés et tourne plusieurs pages avant d'arriver aux urnes bas de gamme. Jacqueline en choisit une en chêne à 175 dollars. Elle refuse la plupart des services: pas de commémoration, ni de célébrant, ni de dispersion des cendres, ni de fleurs, rien, juste un enterrement sobre et décent. « Pas question d'engraisser l'industrie de la mort », se dit Jacqueline avec une joie mauvaise. Oui, elle écrira elle-même son eulogie. Total: 2 889 dollars, avant taxes.

Mme Coulombe la salue froidement. Jacqueline sort du centre funéraire soulagée. Elle peut mourir en paix.

36

Maxime

Maxime joue avec sa nourriture. Il tasse les frites et défait son hamburger, le pain est mou, la viande, trop cuite. Il regarde sa montre. Jacqueline Laflamme est en retard.

Il avale une gorgée de café et fait signe à la serveuse qu'il en veut d'autre en soulevant sa tasse. Elle arrive avec la cafetière en traînant les pieds, l'air maussade. Normalement, Maxime se serait énervé. Il déteste les gens qui font mal leur travail, mais il a la tête ailleurs. Il vient de s'engueuler avec Lucie Robitaille, qui l'a congédié sur-le-champ. En sortant de son bureau, il a appelé Jacqueline Laflamme. Il l'attend depuis une trentaine de minutes dans un restaurant situé à deux pas de la résidence.

Jacqueline pousse la porte avec son énergie légendaire. Elle porte un tailleur, ses cheveux sont coiffés, ses yeux, maquillés. Elle vient de donner une entrevue. Un client la salue. « Lâchez pas ! » dit-il en levant le pouce en l'air.

Elle se laisse tomber sur une chaise en face de Maxime.

— Qu'est-ce qui se passe?

— Lucie Robitaille vient de me mettre à la porte.

— Hein? Pourquoi? La tabarnak!

Maxime lui raconte tout. Il était en train de préparer une activité pour les résidents quand la secrétaire de Mme Robitaille est venue le voir. Il était convoqué.

— Je peux pas, les résidents arrivent dans deux minutes, a-t-il protesté.

— Elle a dit maintenant.

Maxime a suivi la secrétaire, inquiet.

Lucie Robitaille faisait les cent pas dans son bureau.

— Pas besoin de t'asseoir, lui a-t-elle dit, ça sera pas long.

Elle les a accusés, lui et Jacqueline Laflamme, d'avoir tout déballé au *Quotidien,* les atteints, ses ennuis avec la banque, le montant des loyers, la disparition de M. Moisan dans le Vieux-Montréal, la fugue de Georges Dupont.

— Tu m'as trahie, tu as saboté ma réputation. Tu as quinze minutes pour ramasser tes affaires. Je veux plus jamais te voir.

— Vous avez pas le droit.

— J'ai tous les droits.

Il l'a regardée, hésitant, puis il a plongé. Il n'avait plus rien à perdre.

— Vous êtes obsédée par l'argent, vous avez jamais un mot d'encouragement pour vos employés, que vous pressez comme des citrons. Vous aimez même pas les vieux.

Maxime est parti en claquant la porte, les joues rouges, bouillant de colère.

Jacqueline l'écoute. Elle se sent coupable, c'est de sa faute s'il a perdu son emploi.

— Comment elle a su que c'était toi qui avais parlé au journaliste?

— Je le sais pas.

— Tu devrais porter plainte.

Maxime hausse les épaules.

— Je veux partir, c'est fini. Lucie Robitaille me déteste. J'ai besoin de prendre l'air, les derniers mois m'ont brûlé.

— Petite nature, blague Jacqueline.

Maxime se rembrunit.

— Excuse-moi, je sais pas ce que j'aurais fait sans toi. Qu'est-ce que tu vas faire?

— Je veux passer un peu de temps chez mes parents. Viens me voir! C'est pas loin, Rimouski.

— Tu vas me manquer.

— Toi aussi.

37

Charlotte

Charlotte fixe désespérément son iPhone. Elle a bombardé Maxime de textos, mais il ne répond pas, il ne répond plus, il les a abandonnés, elle et l'enfant qui germe dans son ventre. Elle prie silencieusement Dieu pour qu'il lui ramène Maxime. S'il pouvait aussi chasser son mal de cœur, elle lui en serait éternellement reconnaissante.

Elle murmure un *Je vous salue Marie* en plaçant les chaises en cercle dans la pièce qui jouxte la salle à manger. La séance quotidienne d'exercices reprend ce matin après avoir été suspendue pendant une semaine. Après la tornade médiatique, la résidence renoue enfin avec sa routine.

Le juge et sa femme arrivent en premier, suivis de leur bande. La vie continue, même si une poignée de journalistes fait encore le pied de grue devant l'immeuble. Un ministre a été arrêté hier, il est accusé de corruption, de fraude et d'abus de confiance. Il est sorti de son bureau les menottes aux poignets.

La plupart des journalistes ont déserté la résidence pour se ruer au palais de justice. D'autres rumeurs d'arrestations courent sur la colline parlementaire. Des experts sont interrogés : le Québec est-il plus corrompu que les autres provinces ? Le Bel Âge a été relégué en fin de bulletin et n'a plus droit qu'à de courts articles. La tempête s'apaise. Lucie Robitaille est soulagée et remercie le ciel d'avoir placé sur son chemin des politiciens véreux. Si les journalistes ont un nouvel os à ronger, le gouvernement, lui, a le Bel Âge à l'œil. Lucie a écouté la ministre, elle n'avait pas le choix, les atteints sont de nouveau intégrés dans les activités.

M. Moisan, toujours aussi égaré, entre dans la pièce pendu au bras de sa femme. De sa démarche claudicante, il se traîne jusqu'à sa chaise où il s'écrase dans un raclement aigu. Mme Patenaude s'installe entre M. Gordon et M. Rossignol. Georges arrive en tenant la main de Françoise. C'est sa première sortie depuis sa fugue. Les résidents l'entourent avec sollicitude. Il marmonne, merci, merci, puis s'assoit à côté du juge. Charlotte l'accueille avec un grand sourire. Il a pris un coup de vieux, ses épaules sont voûtées, son regard, légèrement voilé.

Le soleil illumine la pièce. Les arbres sont émouvants avec leurs feuilles rouges, jaunes et ocre. Le juge contemple le paysage, touché par la beauté sauvage de la nature. « Est-ce mon dernier été des Indiens ? » se demande-t-il.

Cette histoire d'atteints l'a chaviré. Son nom a été éclaboussé, ses empoignades avec Lucie Robitaille et

Jacqueline Laflamme l'ont usé. Même si le médecin a augmenté sa dose d'antidépresseurs, l'anxiété le ronge. Il se réveille la nuit, les yeux rivés au plafond, hanté par l'image de son père qui se balance au bout de sa corde. Il finit par se rendormir, enveloppé dans les bras maternels de Suzanne. Que deviendrait-il sans elle?

Charlotte regarde la salle.

— Êtes-vous prêts?

Quelques murmures distraits parcourent l'assemblée.

Charlotte a accepté de remplacer Maxime au pied levé. C'est lui qui, normalement, dirige cette activité.

— Restez assis, commence Charlotte. Étendez la jambe droite, talon au sol, touchez vos orteils. C'est beau, madame Lorange.

Françoise sourit, elle touche ses orteils sans problème. Ses mouvements sont souples et gracieux, même si elle a parfois mal au dos et à la hanche.

— Les mains sur les épaules et on monte, poursuit Charlotte : un, deux, trois, quatre, cinq, encore un effort, six, sept, huit, neuf, dix. Bravo!

— C'est-tu assez niaiseux, souffle le juge à sa femme.

M. Rossignol écoute avec application, il a dirigé un collège privé avec une poigne de fer. Il s'incline devant l'autorité même si elle est incarnée par Charlotte.

La voix de Charlotte se mêle aux bruits de la vaisselle qui s'entrechoque. Les employés préparent la salle à manger. Il est onze heures et demie, l'heure du repas approche. Des effluves de viande trop cuite envahissent la pièce.

Charlotte doit parler à Lucie Robitaille. Elle ne peut pas tout faire, s'occuper du deuxième, distribuer les médicaments, changer les couches, faire le lavage, donner les bains, encadrer les activités. Personne ne peut lui donner un coup de main, tous les employés sont débordés. Avec sa grossesse et sa peine d'amour, elle est au bord du *burnout*. Maxime est parti. Charlotte est encore sous le choc.

Hier, ils se sont rejoints dans la salle de lavage. Plus tôt dans la journée, Lucie Robitaille l'avait congédié. Charlotte l'attendait en se tordant les mains. Quand il est entré dans la pièce, elle s'est jetée dans ses bras. Il l'a repoussée.

— C'est fini entre nous, lui a-t-il dit.

— Je m'excuse.

— De garder le bébé ?

Il a ricané. Son rire a heurté Charlotte.

— C'est de ma faute. Je parlais avec Lucie Robitaille pis c'est sorti tout seul.

— Qu'est-ce qui est sorti tout seul ?

— Ben, toi, la source du *Quotidien*. Je m'excuse.

Maxime l'a regardée, incrédule.

— T'es vraiment nulle, Charlotte.

— Je le sais.

— J'ai perdu ma job à cause de toi.

Charlotte pleurait, Maxime s'est raidi.

— Je t'aime, a-t-elle pleurniché.

— T'as même pas lu Kapuściński.

— Qu'est-ce qu'on va faire sans toi ?

— On ?

— Le bébé pis moi.

— Si t'as besoin de moi pour te faire avorter, je suis là, sinon, oublie-moi.

Il est sorti sans se retourner. Charlotte a mis sa main sur son ventre en refoulant ses larmes, puis elle s'est précipitée dans le bureau de Lucie Robitaille.

— Elle est occupée, a dit sa secrétaire.

— Faut que je la voie, c'est urgent.

Lucie l'a fait attendre une quinzaine de minutes. Charlotte a eu le temps d'examiner la pièce. Dans un coin, le bureau de la secrétaire, une femme austère qui ne sourit jamais, une moquette beige, des murs marron, un fauteuil en cuir, des revues sur les baby-boomers et les retraités empilées sur une table basse, un éclairage triste diffusé par des lampes Ikea.

Maxime doit absolument revenir à la résidence. Il va la côtoyer tous les jours. En voyant son ventre grossir, il va finir par s'attacher. Quand il va voir la frimousse de son petit garçon, sa tête d'ange, ses boucles rousses et ses joues rondes, il va craquer. Elle lui a déjà donné un nom, il s'appellera Ryszard, le prénom du journaliste Kapuściński.

— Vous pouvez y aller, lui a dit la secrétaire.

Lucie Robitaille avait les yeux cernés. Du café tachait son chemisier, et son bureau disparaissait sous une pile de documents. Charlotte était étonnée par ce désordre. Normalement, elle était parfaite, pas un cheveu ne dépassait de son chignon serré, pas un pli ne déformait sa jupe ajustée, pas un papier ne déparait son bureau lisse.

— Fais ça vite, Charlotte, j'ai pas beaucoup de temps.

— Vous pouvez pas congédier Maxime.

— J'avais pas le choix, il m'a trahie.

— Il voulait bien faire.

— C'est tout?

— Je suis enceinte. De Maxime. Il peut pas partir, vous pouvez pas me faire ça.

— Il aurait dû y penser avant.

— Je vous en supplie, qu'est-ce que je vais devenir si Maxime est pas là? Il veut pas du bébé.

Lucie Robitaille a regardé Charlotte avec un mélange de pitié et d'agacement.

— Désolée, ma petite Charlotte, mais je peux rien faire pour toi. Autre chose?

Lucie l'a regardée une dernière fois, puis elle a plongé le nez dans sa paperasse.

Charlotte a envie de pleurer, mais elle se retient, elle doit finir les exercices. Les résidents la regardent, les bras en l'air. Elle a cessé de compter, perdue dans ses pensées. Elle les regarde tour à tour, le juge et sa femme, un couple heureux, soudé, Mme Patenaude, qui passe la moitié de sa vie à chercher ses dents, M. et Mme Moisan, unis pour le meilleur et pour le pire, mais surtout pour le pire, M. Rossignol et ses interminables monologues sur la guerre, Françoise, douce et dévouée, Georges avec sa mémoire démembrée où s'emmêlent les femmes de sa vie. Elle les aime, ils ont besoin d'elle. « Elle est ici, ma famille », se dit Charlotte qui sent une immense bouffée de tendresse pour ses vieux.

— Vous pouvez baisser vos bras, dit-elle en riant. Vous avez bien travaillé. Un dernier exercice pour finir en beauté?

Ils protestent pour la forme.

— Allez, levez-vous et faites le tour de votre chaise cinq fois. Et un, deux, trois, quatre et cinq! Bravo tout le monde! On se recueille une minute avant de partir. Pensez à quelque chose de positif ou faites une petite prière.

Charlotte en profite pour réciter un *Je vous salue Marie*. Elle implore la Vierge d'intercéder en sa faveur auprès de Maxime et de Lucie Robitaille. Pour son bien et celui de Ryszard.

38

Jacqueline

Montréal, 2012

Jacqueline regarde son bureau où traînent des piles de dossiers. Elle n'a jamais été ordonnée. Elle a casé ses maigres biens dans une boîte de carton, des livres, un chandail, sa tasse à café, rien d'autre. Pas de photos. Elle n'a pas d'enfants, pas d'amoureux, pas de vie en dehors du travail.

À la porte, Louis, le gardien de sécurité, attend. Il n'ose pas la regarder. Tous les matins pendant trente ans, il a salué Jacqueline en faisant des blagues sur le temps, trop chaud, trop froid, trop de neige, trop de pluie, trop de vent, trop de soleil. Jacqueline poussait la lourde porte de l'immeuble en lançant : « Salut Louis ! Maudit qu'il fait chaud, je suis plus capable ! » Louis riait. « Cet hiver, tu vas chialer en disant qu'il fait trop froid », répondait-il à tout coup.

Quand le patron lui a demandé de surveiller Jacqueline, qui venait d'être congédiée, il a été atterré. Il se sentait comme Judas qui a vendu Jésus pour trente deniers. « Elle a quinze minutes pour vider la place, pas une de plus. Tu l'escortes jusqu'à la porte sans la lâcher des yeux. »

Louis examine le plafond, malheureux, il refuse de surveiller Jacqueline comme si elle était une criminelle. Il ne veut pas voir les larmes dans ses yeux. Il est neuf heures du matin et il a déjà mal à la tête.

Jacqueline jette un dernier regard sur son bureau : le store qui bloque les rayons du soleil, son ordinateur contre lequel elle s'est battue, son clavier qui disparaît sous la paperasse, sa chaise où elle a passé des heures à réfléchir et à prendre des décisions, ses classeurs qui débordent de dossiers qu'elle n'a jamais consultés, tout ce fouillis auquel elle tient. C'est son antre. *C'était* son antre.

Elle prend la boîte de carton d'une main, son sac de l'autre et sort de son bureau sans se retourner. Elle doit traverser la salle de rédaction, supporter les regards de ses collègues, quitter cet endroit où elle travaille depuis plusieurs décennies. Sa deuxième maison. Elle avait vingt-trois ans quand elle a mis les pieds ici la première fois, la tête remplie de rêves. Quarante-six ans plus tard, elle part dans la honte et le déshonneur.

Elle n'a rien vu venir. Ce matin, son patron, Olivier, un jeune ambitieux qui a grimpé les échelons à une vitesse foudroyante, l'a fait venir dans son bureau. Louis était présent, il fixait le plancher le visage fermé. Marc a pris sa retraite en 2007, un an après la guerre du Liban. Il voulait profiter de la vie.

Son fils, Hugo, venait d'avoir un enfant, et sa femme, la journaliste Emmanuelle, était à la veille d'accoucher. Jacqueline était sidérée. Un enfant à soixante-trois ans, les hommes ne doutent de rien.

— Tu es congédiée, lui a dit Olivier.

Jacqueline a ri.

— Arrête tes niaiseries.

— Je suis sérieux, c'est fini. T'as quinze minutes pour ramasser tes affaires.

— Tu peux pas me faire ça.

— Oui, je peux, t'es pas syndiquée. C'est ça, être cadre.

— Pourquoi tu me congédies?

— Tu fais plus partie des plans de l'entreprise.

— C'est quoi, ces conneries-là? C'est pas une entreprise, mais un journal!

Olivier a blêmi sous l'insulte. Lui, dire des conneries? Niaiseries, conneries, elle a l'insulte facile, mais pour qui se prend-elle? Il a fréquenté les meilleures écoles, complété son MBA à Harvard et sauvé un quotidien américain qui coulait corps et biens. Il a des idées, une vision et une mission, redéfinir le journalisme pour qu'il survive à la chute vertigineuse du tirage. Le journal doit conclure une alliance avec la publicité, qui deviendra un partenaire, lui a-t-il souvent expliqué. Désormais, publicité et rédaction marcheront main dans la main, sans toutefois compromettre l'indépendance des journalistes. « Bullshit! » répondait Jacqueline chaque fois qu'ils abordaient ce sujet explosif.

Olivier a enfin trouvé le courage de congédier Jacqueline Laflamme. Ce n'est pas une vieille qui roule depuis trop longtemps sur une réputation surfaite, une mal embouchée qui passe son temps à critiquer et qui ne comprend rien aux réseaux sociaux qui va lui montrer comment diriger un journal. Jacqueline a soixante-neuf ans, elle est plus vieille que sa mère.

Jacqueline a toujours levé le nez sur Twitter. Le terme *gazouiller* l'énerve au plus haut point. «Gazouillez pas, informez», disait-elle à ses journalistes. Quand on la traitait de dinosaure, elle reniflait avec mépris.

Elle trouvait que le journal se montrait trop conciliant avec le gouvernement. À chaque réunion, elle critiquait la couverture. Olivier se braquait, Jacqueline s'énervait, le ton montait.

Le premier ministre a appelé Olivier pour se plaindre d'une chronique assassine dans laquelle on le traitait de fasciste incompétent. Olivier a suspendu le chroniqueur, Jacqueline a protesté, le syndicat aussi. L'histoire s'est retrouvée à la une des journaux concurrents. Jacqueline a donné une entrevue où elle ne s'est pas gênée pour critiquer Olivier. C'était le prétexte rêvé pour la congédier.

Du jour au lendemain, elle est devenue une sans-abri du travail, larguée sans un merci pour ses années de dévouement. Qui voudra embaucher une femme de soixante-neuf ans? Comment va-t-elle survivre sans sa dose quotidienne d'adrénaline?

*   *   *

Ça fait un an jour pour jour que Jacqueline a été congédiée et elle n'a toujours pas digéré l'affront. Quand elle s'est réveillée ce matin, c'est la première chose qui lui est venue à l'esprit, un an déjà et rien n'a bougé dans sa vie.

Elle a enchaîné les gestes quotidiens avec une lenteur calculée, espérant tuer au moins une heure dans cette journée qui en compte vingt-quatre. Elle a pris sa douche, donné à manger à son épagneul, qu'elle appelle Chien-chien, puis elle a allumé la radio et écouté avec délectation les coups de gueule de Denis Pouliot, l'animateur-vedette de CKRF, en se préparant un café corsé qu'elle a accompagné de pain grillé, le même déjeuner depuis quarante ans.

Jacqueline tourne en rond dans son huit pièces, une maison beaucoup trop grande pour une femme et un chien. Elle passe du salon à la salle à manger, de la salle à manger au salon. Elle s'assoit dans son La-Z-Boy, se relève, allume la télévision, l'éteint, attrape les mots croisés et relit la définition sur laquelle elle bute depuis hier : « Plante à fleurs toxique de la famille des solanacées », un mot de six lettres qui commence par D et qui finit par A, avec un T au milieu. Elle a beau se creuser la cervelle, elle ne trouve pas. Elle finit par tricher en interrogeant Google : datura. Elle bougonne : « Je le sais-tu, ostie, c'est quoi des solanacées ! »

Elle repose brusquement les mots croisés sur la

table du salon et fixe le vide. Tout ce temps, Dieu du ciel, tout ce temps. Comment l'occuper? Au début, elle s'est agitée. La colère a été sa meilleure compagne, sa fidèle alliée qui l'a soutenue dans les premiers pas de sa vie de chômeuse, chassant la détresse et la peur.

Elle a écrit des lettres, expédié des courriels, embauché un avocat, appelé plusieurs fois Olivier, qui l'ignorait. Elle a protesté, appelé des journalistes pour expliquer son point de vue et s'insurger contre cet affront innommable.

Elle a eu droit à un entrefilet, un simple entrefilet après quarante-six ans de loyaux services! Elle a couvert des guerres, gagné des prix, dirigé la principale section du journal pendant dix ans, une carrière brillante réduite à quelques paragraphes?

La vérité l'a frappée de plein fouet un soir d'automne où elle fumait en buvant une bière tablette : elle n'était plus rien. Elle avait perdu son pouvoir, son identité, sa raison d'être. Sans son travail, elle n'était qu'une femme insignifiante. Après avoir été tout, elle était devenue rien.

Elle a laissé tomber la poursuite. À quoi bon engouffrer des dizaines de milliers de dollars dans une cause perdue d'avance. Elle s'est mise aux mots croisés, elle a même recueilli un chien, un vieil épagneul au caractère irascible qui grogne quand elle essaie de le chasser du fauteuil le plus confortable où il passe des heures à dormir en boule, ses grandes oreilles étalées sur le tissu soyeux.

Depuis quelque temps, des ulcères dans la bouche la tiennent éveillée. Elle a la voix enrouée et une haleine de cheval, même si elle se brosse les dents deux fois par jour. Elle n'ose pas consulter un médecin, elle sent que quelque chose s'est détraqué dans son corps.

Hier, elle a dîné avec Marc. Elle était nerveuse, elle ne l'avait pas revu depuis son départ de la salle de rédaction, en 2007. Au lendemain de son congédiement, il l'avait appelée. Sa compassion l'avait touchée. Ils devaient se voir, mais Marc était occupé.

Ils ont fini par fixer un rendez-vous. Quand il a poussé la porte du restaurant, elle a reçu un coup au cœur. Même s'il avait maigri, il était toujours aussi séduisant. Ses cheveux étaient à peine clairsemés, son jean cachait habilement sa silhouette légèrement affaissée. Et son sourire, toujours le même, chaleureux, enveloppant. Elle lui a fait un signe de la main. Elle était arrivée quinze minutes en avance. Elle ne voulait pas qu'il la voie debout avec son corps qui avait mal vieilli.

Ils ont bu une bouteille de vin et ils ont ri en se rappelant des anecdotes. Ils ont vécu tellement de choses ensemble, leur amour secret alors que Marc était un jeune père de famille, son départ pour Washington, son retour comme patron, leur deuxième coup de foudre, leur vie de couple, Hugo, l'adolescent rebelle et son éternel Nirvana qu'il écoutait à plein volume, leur collaboration quand elle est devenue son adjointe. Elle se rendait compte à quel point il avait été un bon directeur de l'information quand elle le comparait à l'insignifiant Olivier qui n'a jamais écrit un article de sa vie. Pompette, elle a pris sa main dans la sienne.

— Si tu veux, je suis partante.

Marc l'a regardée, consterné. Elle a compris son erreur.

— Je ne pense pas que ça serait une bonne idée, je suis marié.

— Depuis quand ça t'empêche d'avoir une maîtresse? a-t-elle répondu avec aigreur.

— J'aime Emmanuelle.

Jacqueline a vidé son verre de vin sans répondre, évitant le regard de Marc; elle avait trop peur d'y lire de la pitié. Marc a fait signe au serveur d'apporter l'addition. Il a payé.

— J'insiste », a-t-il dit.

Ils se sont quittés maladroitement en s'embrassant sur la joue. Sur le chemin du retour, Jacqueline a pleuré en maudissant le bonheur de Marc.

39

Françoise

Montréal, 1995

Françoise examine la pièce une dernière fois, satisfaite : le grand lit, l'édredon blanc, les rideaux rouge sang, l'armoire antique. Elle a vidé la moitié des tablettes pour laisser de la place à Raymond.

Françoise est heureuse, Raymond revient à la maison après huit ans d'absence. Elle a tout préparé comme une jeune mariée. Elle a fait repeindre la maison, qui sentait le tabac refroidi, elle a acheté des draps en coton égyptien, des draps doux qui accueilleront le corps meurtri de Raymond, et elle a déposé un immense bouquet de fleurs dans l'entrée, des roses blanches. Françoise aime le blanc, c'est la couleur tendance cette année.

Depuis un mois, sa vie n'a été qu'un vaste tourbillon. Entre les visites à l'hôpital, son travail au magasin d'antiquités, le branle-bas de combat dans la maison, les garçons qui vident le frigo plus vite qu'elle le remplit, elle n'a pas eu une seconde à elle, pas une microseconde pour réfléchir et se poser la question : a-t-elle pris la bonne décision ? Elle l'ignore, elle plonge tête baissée sans se demander si elle est en train de mettre sa vie entre parenthèses et de se sacrifier pour… pour quoi ? Pour un homme qui l'a trahie ? Elle ne veut pas le savoir, elle refuse d'écouter la petite voix qui la met en garde contre ce dévouement aveugle. Il n'y avait pas d'autre solution.

Raymond est son homme et elle l'aime, malgré la maladie, sa lâcheté et Marie-Ève, la greluche. C'est ainsi qu'elle a décidé de l'appeler, la greluche. Ce mot a quelque chose de vulgaire qui la réjouit. Marie-Ève est une greluche, une intrigante qui lui a volé Raymond.

Au début, Marie-Ève venait à l'hôpital tous les jours, puis ses visites se sont espacées. Françoise, elle, était fidèle au poste. Elle restait le plus longtemps possible au chevet de Raymond. Elle voulait donner une leçon à la greluche, lui montrer comment on s'occupe d'un homme, comment on lui reste fidèle envers et contre tout, pour le meilleur et pour le pire.

Quand le bureau d'avocats l'a appelée pour lui dire que Raymond avait fait une attaque, elle s'est précipitée à l'hôpital. Marie-Ève était à New York. Simon, son grand Simon, l'a rejointe. Raymond a passé des heures sur la table d'opération. Ils ont patienté, silencieux, tendus, le temps suspendu entre ciel et terre dans une salle anonyme aux néons agressifs.

Le chirurgien n'avait pas de bonnes nouvelles à leur annoncer. « Vous êtes sa femme ? » a-t-il demandé à Françoise en sortant de la salle d'opération. Elle a répondu oui sans hésiter, en évitant le regard de Simon. Raymond survivra, mais l'accident vasculaire cérébral est grave, les deux hémisphères de son cerveau ont été touchés. Il y aura des séquelles, paralysie, troubles d'élocution, fatigue. La réadaptation sera longue. Il restera un certain temps à l'hôpital avant de rentrer à la maison. La maison, le mot a résonné dans la tête de Françoise. Quelle maison? La sienne ou celle de la greluche?

*   *   *

Françoise a réuni ses enfants dans le salon pour leur annoncer que leur père revenait à la maison. Simon était furieux, les jumeaux, eux, jubilaient.

— Mais maman, t'as pas assez souffert? lui a reproché Simon.

— Marie-Ève veut plus de lui, je vais quand même pas le laisser moisir dans un CHSLD!

— Pourquoi pas?

— Sois respectueux, c'est ton père.

— Il m'a respecté, lui, quand il est parti comme un lâche? Viens pas brailler dans mes bras quand il va t'abandonner pour une plus jeune!

Même le chat Paxil a protesté. Il s'est senti bousculé par les peintres et la fébrilité de Françoise, qui ne prenait plus le temps de le caresser entre les oreilles. Il se réfugiait dans un coin de la maison en miaulant, loin de cette agitation qu'il ne comprenait pas.

Raymond quitte l'hôpital aujourd'hui. Françoise vérifie les derniers détails. Elle est ravie. Elle a pris congé. Éric la boude. Il l'a prévenue :

— Tu ne peux qu'être blessée de nouveau. Raymond ne te mérite pas.

*   *   *

Raymond est revenu depuis un mois. La vie s'organise, mais tout est lent et laborieux. Un doute s'installe dans la tête de Françoise : aura-t-elle la force de tenir Raymond à bout de bras ? Ce soir, elle a décidé d'inviter son amie Roberte Jolicoeur pour écouter la soirée référendaire.

— Veux-tu un autre martini ? demande Françoise.

— Envoye donc ! répond Roberte, pompette.

Elles regardent la télévision en mangeant de la pizza et en buvant des martinis. Raymond est resté dans sa chambre, il ne voulait voir personne.

Elles se sont connues à l'université et leurs maris ont travaillé dans le même cabinet d'avocats. Les Jolicoeur devaient souper chez Françoise le jour où Raymond l'a quittée. Lorsqu'ils s'étaient présentés à dix-neuf heures avec une bouteille de vin, ils avaient découvert une Françoise en larmes, effondrée dans les bras de Simon. Ils étaient repartis aussitôt, bouleversés.

Pendant que la soirée référendaire monopolise

toutes les chaînes, Françoise et Roberte parlent des hommes.

— Est-ce que tu te remarierais? lui demande Françoise.

— Es-tu folle? Recommencer avec un autre homme? Jamais de la vie! En vieillissant, les hommes deviennent *cheap* et ils bandent plus.

— Comment tu le sais?

— J'ai eu des amants.

— Toi? Des amants?

— Ben quoi, mon mari est mort depuis trois ans.

— Tu m'en as jamais parlé.

— C'était trop déprimant. Qui veut d'une femme de cinquante-huit ans, à part des vieux de soixante-dix ans? À cet âge-là, c'est juste du trouble. J'ai eu quatre enfants et je me suis occupée de mon mari incontinent qui souffrait le martyre. Deux ans de dévouement, j'ai donné, merci. Après sa mort, je me sentais en vacances. C'est effrayant de parler de même, mais c'est ça qui est ça, qu'est-ce que tu veux que je te dise.

— Tu es cynique.

— Moi, cynique? Peut-être, mais je suis lucide. Regarde-toi, es-tu heureuse?

Françoise ne répond pas. Elle observe Jacques Parizeau pendant que les résultats défilent au bas de l'écran : 50,6 % pour le Non, 49,4 % pour le Oui. Françoise se prépare un autre martini tandis que Parizeau déverse son fiel devant des millions de

téléspectateurs : « On était si proches du pays »,
clame-t-il.

« Et moi, si proche du bonheur », se dit Françoise.

Elle tend un verre à Roberte. Elle se rassoit, légèrement ivre. Paxil saute sur ses genoux, il ne la boude
plus. Les mots de Roberte tournent dans sa tête.
« Regarde-toi, es-tu heureuse ? » Non, elle ne veut pas
se regarder, elle refuse de contempler le désastre de sa
vie. Elle fixe l'écran et écoute Parizeau. « C'est vrai
qu'on a été battus. Au fond, par quoi ? Par l'argent et
les votes ethniques. »

— Il est soûl ou fou, dit Roberte.

Françoise ne retient qu'un mot : battu. Elle aussi
a été battue. Le bonheur n'a pas voulu d'elle. Il ne lui
reste que le dévouement et l'amertume.

*   *   *

Françoise dépose les sacs d'épicerie sur le comptoir de la cuisine. Ses gestes sont brusques. Elle entend
la musique de Martin dans le sous-sol, *November Rain*
beuglé par Guns N' Roses. Les jumeaux ont laissé traîner leurs assiettes dans l'évier, le panier à linge sale
déborde, elle est épuisée.

Raymond est à la maison depuis six mois. Après
l'euphorie du début, Françoise est vite tombée dans
une routine abrutissante où elle enchaîne les corvées.
Elle ne reçoit aucune aide de ses enfants. Les jumeaux
passent le plus clair de leur temps à l'université. Un

étudie le quechua, un dialecte péruvien, l'autre se passionne pour la poésie médiévale française. Pourquoi pas le droit, comme leur père ? Ou la médecine ? Une profession qui les ferait vivre. Le quechua ? Les trouvères et les troubadours ? Quelle mouche les a piqués ?

— Françoise !

Raymond l'appelle. Elle réprime un mouvement d'impatience. Elle continue de ranger l'épicerie, le lait et la bière dans le réfrigérateur, les biscuits, les conserves et les pâtes dans l'armoire.

— Françoise !

— J'arrive !

Elle soupire, jette les sacs en plastique dans la poubelle et relève une mèche de cheveux. Elle grimpe l'escalier et entre dans la chambre où ils se sont tant aimés, où les garçons déboulaient dans le lit à la recherche d'un câlin et où Raymond, tendre et amoureux, lui murmurait qu'elle était la plus belle femme de l'univers. Aujourd'hui, elle ne voit qu'un homme aigri, diminué par la maladie. Pour le meilleur et pour le pire, a-t-elle juré devant Dieu lorsqu'elle s'est mariée. Jamais elle n'aurait cru que le pire serait aussi difficile.

La maladie a transformé Raymond. Il est devenu dur, impatient, tyrannique. Il exige, elle exécute, docile. Elle est au service de tout le monde, Martin, les jumeaux, Raymond. Même Paxil est devenu capricieux. Il passe à côté d'elle en miaulant, la queue en l'air et les moustaches frémissantes. Il ne grimpe plus sur ses genoux pour se faire caresser. Seul Éric pense à elle.

Françoise regarde Raymond. En six mois, son corps s'est tassé. Il refuse de faire les exercices de réadaptation et il boude la psychologue. Il se replie sur lui-même. Il n'a jamais accepté la défection de Marie-Ève. Au début, des collègues et des amis le visitaient, mais, refroidis par le silence hostile de Raymond, ils viennent de moins en moins souvent.

Patiente, Françoise change la couche de Raymond. Elle tourne son corps lourd et lave ses fesses avec une débarbouillette. Ses gestes sont rapides, précis. Raymond ne parle pas, il se laisse faire. Françoise ouvre les rideaux. Il fait beau, le soleil est lumineux. Raymond proteste, il n'aime plus la lumière du jour.

— Je t'ai fait des pâtes.

— Encore !

Françoise ne dit rien. Elle descend les marches, retourne dans la cuisine, sort un restant de spaghetti du frigo qu'elle met au micro-ondes. Elle doit être à la boutique dans une heure, elle n'y arrivera pas. Elle déteste être en retard. Éric ne proteste jamais, pas un reproche. Il est bien le seul.

Elle prend l'assiette chaude, la dépose sur un plateau avec un verre d'eau et grimpe les marches au pas de course. Elle s'assoit près du lit, noue une bavette autour du cou de Raymond et lui tend la première cuillerée. Il mange avec une lenteur calculée en la fixant dans les yeux d'un air buté, il sait qu'elle va arriver en retard à la boutique. Une lutte les oppose, lui, tyrannique, essayant de contrôler Françoise, elle, agitée par une révolte larvée, enchaînée à un homme qui ne l'aime plus.

Elle aurait envie de tout foutre en l'air, Raymond, les garçons, les courses et le ménage, mais son éducation stricte étouffe dans l'œuf tout mouvement de fronde.

Raymond finit ses pâtes, Françoise dévale les marches, abandonne le plateau avec l'assiette sale sur le comptoir de la cuisine, attrape son manteau et jette un œil dans le miroir. « Pas mal », se dit-elle. Avant de fermer la porte de la maison, elle entend Raymond qui l'appelle. Elle l'ignore et part, soulagée et coupable, vers la boutique.

40

Georges

Banlieue de Montréal, 25 décembre 2014

Georges regarde ses petits-enfants développer leurs cadeaux. Ils déchirent les emballages tapageurs en poussant des cris. Il a chaud et il est fatigué.

La maison est surchauffée, son fils Jean a toujours été frileux. Enfant, il dormait enfoui sous une pile de couvertures, même l'été. Le déballage de cadeaux s'éternise, Georges n'a qu'une envie, quitter cette banlieue soporifique et retrouver la résidence et sa routine réconfortante.

Élyse est morte la semaine dernière. Georges est encore sous le choc. Elle était assise dans son fauteuil, les jambes enflées. Ses gestes étaient lents, son corps, engourdi. Elle souriait, la bouche légèrement tordue.

Quelque chose dans son regard aurait dû alerter Georges, un voile annonciateur de la mort. Elle n'a pas touché à ses mots croisés de la soirée, elle est restée dans son fauteuil avec son sourire béat et ses jambes boursouflées. Pourquoi n'a-t-il pas réagi? Pourquoi n'a-t-il pas appelé Charlotte?

Elle s'était couchée tôt ce soir-là. Il l'a aidée à se mettre au lit. Elle a sombré dans le sommeil sans un soupir. Georges n'a pas compris qu'elle était à l'article de la mort et qu'ils ne se reparleraient plus jamais. Il ne lui a même pas souhaité bonne nuit, il s'en veut tellement. Leur dernière discussion a été d'une banalité navrante.

— Enlève ton dentier.

— Pourquoi?

— Parce qu'il faut que tu l'enlèves pour dormir. Élyse, bon sang, ça fait cent fois que je te le dis!

Elle l'a regardé sans le voir, elle a enlevé son dentier d'un geste machinal en omettant de dire, comme elle le faisait toujours, « C'est vrai, j'ai oublié », et elle a tendu ses dents à Georges, qui les a déposées dans un verre d'eau.

La veille, il s'était énervé parce qu'elle refusait de prendre son bain. Tous les mardis, la même bataille les opposait.

— Voyons, Élyse, il faut que tu te laves!

— Fiche-moi la paix avec ça!

Elle finissait par céder devant l'insistance tranquille de Charlotte. Elle avait le tour avec elle, pas Georges. Élyse l'exaspérait. Elle oubliait tout, absolument tout, l'heure des repas, son adresse, son nom, son numéro de téléphone, le jour, le mois, l'année, ce qu'elle avait fait deux minutes plus tôt, tout. Une fois, elle l'a appelé monsieur. Georges avait été bouleversé.

Il regarde ses enfants, ses petits-enfants et ses arrière-petits-enfants dans le salon en désordre où trône un immense sapin de Noël. Il devrait être fier, pourtant, il ne ressent que de la lassitude. Il n'a jamais aimé Noël et ses rituels absurdes : le sapin, l'orgie de cadeaux, la dinde, les tourtières et les atocas.

— On s'en va-tu ? demande Georges.

— Papa, on vient d'arriver, on n'a même pas mangé, répond Chantal.

— J'ai pas faim.

— Attends encore un peu.

Georges se tait, résigné. S'il avait eu son permis de conduire, il serait parti sur-le-champ. Ses enfants insistaient pour qu'il vende son auto, ils lui répétaient qu'il était un danger public. Il leur a sèchement rappelé qu'il avait conduit toute sa vie et qu'il n'avait jamais eu d'accident.

Sa vue avait faibli, c'est vrai, il éprouvait parfois de la difficulté à évaluer les distances, il frôlait les autres voitures, la carrosserie avait quelques éraflures, il avait eu un accrochage ou deux, rien de grave, il y avait tellement d'autos sur les routes, mais un danger ? Jamais de la vie ! De plus, Élyse l'aidait. Elle le guidait, même si elle voyait à peine la route. En vieillissant, elle avait rapetissé et les sièges de la Volvo étaient profonds. « Un peu plus à gauche, Georges », lui disait-elle quand il flirtait avec le trottoir. Ils formaient une bonne équipe.

Georges a résisté jusqu'au 12 octobre, il se rappelle la date avec précision, elle est marquée au fer rouge dans sa tête. Ce jour-là, il a reçu une lettre de la Société de l'assurance automobile, une enveloppe blanche tout ce qu'il y a de plus banal. Il l'a ouverte sans se méfier. Il devait passer un examen de la vue dans les plus brefs délais. Il a obtempéré, la mort dans l'âme. Le verdict est tombé : inapte à la conduite. Peu de temps après, on lui retirait son permis. Il a vendu son auto, boudé ses enfants qui l'avaient dénoncé et acheté pour la première fois de sa vie des billets d'autobus. L'expérience a été désastreuse, tout ce monde entassé, cette odeur de linge mouillé les jours de pluie, le chauffeur qui freinait brusquement, non merci.

Depuis ce jour funeste, son rayon d'action se limite à quelques pâtés de maisons. Lui qui a voyagé dans le monde entier, traversé des océans et des continents, se retrouve confiné à quelques rues et à la banlieue neurasthénique où s'étiolent son fils et sa dulcinée. C'est ici qu'il fête Noël, son premier sans Élyse.

Georges soupire. Il s'ennuie. Assiégé par l'odeur de la dinde et des tourtières, il a mal au cœur.

— Dis merci à papi, insiste Chantal en poussant son petit-fils de trois ans vers Georges.

— Non !

— Dis merci, répète Chantal.

— Non ! Ze l'aime pas, il pue !

Un silence consterné tombe dans le salon. Pendant que l'enfant braille, Georges se demande à quand remonte son dernier bain. Il regarde son arrière-petit-fils en pleurs et il n'éprouve aucun élan de tendresse, que de l'agacement.

— On s'en va-tu? demande-t-il de nouveau à Chantal.

— Attends encore un peu, papa.

Georges déteste se sentir prisonnier. Il cherche la main d'Élyse et ne trouve que le vide. Sa mort lui revient à la mémoire, elle le frappe comme un coup de poing. Il ferme les yeux et gémit.

Au début, ils riaient quand Élyse égarait ses lunettes, son porte-monnaie ou ses clés. Elle mettait ça sur le compte de la distraction. Puis les oublis se sont multipliés.

Elle sortait peu. Quand elle s'aventurait à l'extérieur, elle faisait toujours le même trajet. Elle prenait l'autobus jusqu'au centre commercial Rockland, elle achetait des vêtements pour ses petits-enfants à La Baie, elle buvait un thé glacé, ses sacs à ses pieds, elle reprenait l'autobus en sens inverse et rentrait sagement à la maison. Un jour, elle est sortie du Rockland déboussolée. Elle cherchait son chemin. Cet état d'hébétude a duré quelques minutes. Elle a paniqué, puis tout lui est revenu : elle s'appelait Élyse Dupont, elle venait d'acheter des vêtements à La Baie et Georges l'attendait à la maison. Elle a pris l'autobus, inquiète.

Georges l'a accompagnée chez le médecin. Ils ont attendu longtemps avant que le gériatre les reçoive. Il a posé des questions à Élyse qui l'ont énervée. « Quel est votre nom? En quelle année sommes-nous? » Elle s'est levée, insultée, en disant au médecin que ses questions étaient stupides. Elle est partie en claquant la porte. Georges, consterné, s'est excusé.

Élyse l'attendait en pleurs devant la clinique. Ils sont retournés à la maison sans échanger un mot. Il a préparé du thé, noir, très fort, comme Élyse l'aimait. Ils se sont assis dans la cuisine silencieuse inondée de soleil, le chien Tombouctou à leurs pieds.

Élyse aimait cette pièce qui donnait sur un jardin qu'elle entretenait amoureusement. À travers la porte-fenêtre, elle a regardé les plates-bandes fleuries, le chêne qu'elle avait planté à la naissance de Chantal, son tronc puissant, ses feuilles dentelées qui ombrageaient la cour, le mobilier en osier, cette oasis de calme, loin des rumeurs de la ville.

— Je suis au début de la maladie, a-t-elle dit d'une traite comme on se jette à l'eau. Des fois, je trouve pas les mots quand je parle, je suis perdue. Ça me fait beaucoup de peine.

— Je t'aime, Élyse.

— J'ai peur.

— Je suis là.

— J'ai toujours su pour tes maîtresses. Je veux que tu le saches avant que mon esprit efface tout. Mais je t'en veux pas, je t'aime.

Georges a pleuré, il lui a demandé pardon. Élyse l'a consolé, elle l'a pris dans ses bras, alors que c'était elle qui avait besoin d'être rassurée.

Le quotidien s'est détraqué. Georges était prêt à vivre dans une résidence, mais il ne se résignait pas à abandonner Tombouctou, qu'il aimait davantage que ses enfants. Ils en ont visité quelques-unes et ils ont essayé leur salle à manger. Élyse critiquait tout : les appartements trop petits, les balcons trop étroits, les légumes trop mous, le steak trop cuit, les vieux trop vieux. Partout, elle répétait : « C'est déprimant, on s'en va-tu ? »

Les enfants insistaient. Ils ont même proposé de s'occuper de Tombouctou. Georges était déchiré, Élyse s'accrochait à sa routine.

Un matin, Georges a visité le Bel Âge avec Chantal. Il a eu le coup de foudre. Il s'est décidé subitement, sans consulter Élyse. Il a signé le bail et mis sa maison en vente. Il a trouvé un acheteur en moins d'une semaine. Tout allait trop vite. Il a prévenu Élyse, qui a réagi avec un calme surprenant. Chantal et Jean les ont aidés à faire des boîtes.

Georges a fait le tour de sa grande maison, Tombouctou sur les talons. Il a paniqué : comment caser soixante ans de vie dans un deux et demie ? Comment choisir, trier, renoncer ? Les meubles trop grands, les tableaux trop nombreux, son immense bureau en chêne, sa bibliothèque qui couvrait deux pans de mur. Choisir, c'est mourir un peu, abandonner des morceaux de sa vie, il n'y arriverait pas. Il a caressé Tombouctou, paralysé par l'ampleur de la tâche.

Allait-il s'adapter ? Et Élyse ? Il se réveillait au milieu de la nuit, affolé. « Mon Dieu, qu'est-ce que j'ai fait ? » Il regardait Élyse qui dormait la bouche ouverte et les narines pincées. Il ne pouvait plus reculer.

Le jour du déménagement, Georges n'a pas fermé l'œil de la nuit. Élyse le suivait comme son ombre. Il a couru d'une pièce à l'autre et donné des ordres contradictoires aux déménageurs. Il pleuvait des cordes, le ciel était sombre et bas, comme un mauvais présage, une ombre maléfique qui planerait sur leur avenir.

La maison s'est vidée rapidement. Georges en a fait le tour une dernière fois, la chambre des enfants, la cuisine, le grand jardin, le salon avec sa cheminée en pierre, le sous-sol où il avait passé des heures à écrire ses livres. Il avait quatre-vingt-trois ans. Il était prêt à commencer sa vie de vieillard.

41

L'heure mauve

Françoise caresse le tissu rêche du fauteuil rose saumon. Elle était enceinte des jumeaux quand elle l'a acheté. Raymond avait hésité, la couleur lui semblait trop audacieuse. Françoise avait insisté. Il trône toujours dans le salon de sa maison d'Outremont, quarante ans plus tard.

Elle voit les traces laissées par les griffes des chats qui l'ont accompagnée tout au long de sa vie, ses Simone et son Paxil, et les taches laissées par les enfants.

Elle vient de vendre sa maison à un jeune couple : elle, enceinte de son troisième enfant, lui, avocat dans un grand cabinet, un couple heureux et sans histoire. Comme elle et Raymond au temps de l'insouciance et de l'amour fou.

C'est Simon qui l'a convaincue de vendre sa maison. Elle restait attachée à ce morceau de vie, ce cottage coquet qu'elle a décoré avec passion et où elle a élevé ses cinq garçons.

Elle doit jeter son fauteuil rose, impossible à caser

dans son deux pièces du Bel Âge. Les nouveaux propriétaires n'en ont pas voulu, les garçons non plus.

A-t-elle envie de faire un bilan de sa vie? Aime-t-elle ses enfants? Elle se sent tellement loin d'eux, même de Simon, son Simon, qui a toujours été son préféré.

Les jumeaux ont quarante ans. Ils ne lui ont jamais pardonné le départ de leur père, comme si tout était de sa faute. Elle leur en veut d'avoir défendu Raymond, qui les a abandonnés. Martin est devenu un incapable qui a quitté le nid familial à trente-sept ans. Il ne l'a jamais aidée. Il l'abandonnait à ses corvées sans lever le petit doigt. Éternel adolescent, il préférait s'enfermer dans son sous-sol. À quarante-sept ans, il vit dans un petit appartement de l'est de la ville, il reçoit de l'aide sociale et il boit son chèque avant la fin du mois.

Jérôme, lui, a réussi. À quarante-trois ans, il ressemble à son père : avocat brillant, il fait de l'argent comme de l'eau. Quand il l'appelle, il est toujours pressé. Il la met en attente en lui disant : « Excuse-moi, maman, j'attends un appel important. » Il la laisse poireauter. Ils répètent machinalement les mêmes banalités, un dialogue de sourds où mère et fils n'ont qu'une envie, en finir au plus vite.

Les dernières années avec Raymond ont été terribles. Elle s'est mise à le haïr tout doucement, puis avec une passion qui frisait l'obsession. Sa haine s'est d'abord manifestée par de l'impatience et de l'exaspération. Ses mouvements étaient brusques quand elle changeait sa couche. Elle ne lui parlait plus, ou si peu. Derrière son dévouement s'agitait une aversion qui prenait des proportions inquiétantes. Il avait gâché sa vie, il lui avait menti, il l'avait trompée. Elle retournait dans sa tête une longue liste de griefs qui la transformaient en femme méchante. Elle était enchaînée à un homme irascible, colérique et amer. Il l'entraînait dans sa déchéance. Elle se vengeait en le laissant mariner dans sa couche pendant des heures. Il la rabrouait, l'humiliait et multipliait les demandes. Une relation malsaine s'est tissée autour du corps malade de Raymond.

Elle a parfois songé à le tuer, une dose de médicament de trop, un oreiller appuyé trop longtemps sur son visage. Elle passait des nuits à imaginer sa mort, mais elle n'osait pas franchir le pas et devenir une meurtrière.

Elle a abandonné son travail au magasin d'antiquités et elle a renoncé à sa relation avec Éric. Cette double abdication a alimenté sa haine contre Raymond. Éric, si discret, si gentleman, s'est mis à lui faire des reproches. Il ne la comprenait pas. Pourquoi ce dévouement suicidaire ? Il a essayé de la convaincre de placer Raymond dans un CHSLD, elle pourrait le visiter souvent, se libérer des fantômes de son passé. Elle refusait, ils se disputaient, leur relation se dégradait. Ils ne faisaient plus l'amour. La tension était palpable dans le magasin, leur belle entente avait volé en éclats.

Elle a fini par démissionner, au grand soulagement d'Éric. Elle ne l'a jamais revu. Des amis lui ont dit qu'il avait rencontré une femme, qu'ils vivaient ensemble et voyageaient beaucoup. Son bonheur l'a pétrifiée. C'est elle qui aurait dû être à ses côtés, vivre avec lui, voyager et être heureuse. Elle s'est mise à haïr Raymond avec encore plus de force. Il l'avait dépouillée de ce bonheur en l'enchaînant à sa maladie, il avait saccagé sa vie. C'est en ruminant ses frustrations qu'elle est passée de la haine aux envies de meurtre.

Raymond a survécu dix ans à son attaque. Il est mort le 7 mai 2005 à trois heures du matin. Françoise dormait dans une pièce contiguë à la sienne. C'était le week-end de la fête des Mères. Raymond l'a appelée. Sa voix paniquée résonnait dans la nuit silencieuse. Il s'étouffait. Elle aurait dû accourir, l'asseoir dans le lit et nettoyer ses sécrétions, comme elle le faisait souvent, mais elle est restée couchée. Les cris de Raymond se sont mués en gargouillements sinistres. Elle fixait le plafond sans bouger. Puis le silence s'est installé, un silence terrifiant. Elle a tendu la main, pris la bouteille de somnifères et avalé un cachet.

Elle a sombré dans un sommeil sans rêves. Elle s'est réveillée à l'aube. Elle s'est levée encore engourdie par le somnifère et elle a marché vers la chambre de Raymond en comptant ses pas pour vider son esprit. Même si les rideaux rouge sang étaient tirés, elle devinait la frêle silhouette de Raymond, son immobilité suspecte. Elle s'est approchée du lit à pas prudents. Elle a tout de suite compris que c'était fini, son corps figé, son teint blafard, sa bouche entrouverte et ses yeux exorbités où elle pouvait lire de la colère mêlée à de la stupéfaction.

A-t-elle tué Raymond? Elle a négocié avec sa conscience, puis elle a tranché : non, elle ne l'a pas tué, elle a simplement devancé l'heure de sa mort, sans plus. Dieu lui pardonnera ce péché véniel en échange de son dévouement exemplaire.

Françoise regarde le soleil descendre à l'horizon en caressant le tissu élimé du fauteuil. C'est l'heure mauve, quand le jour se bat contre la nuit et que les ombres s'allongent.

Pourquoi s'est-elle entichée de Georges, un homme à moitié dément qui vit dans l'ombre de ses maîtresses et de sa femme, un homme qui ne connaît plus que de rares instants de lucidité? Il a été transféré au deuxième étage avec les atteints. Elle va le voir plusieurs fois par jour. Elle s'occupe de lui avec abnégation. Elle est de nouveau la Françoise admirable. Elle lui reste fidèle, comme elle l'a fait avec Raymond.

Demain, c'est l'Action de grâce. Elle devra endurer ses enfants, qui lui offriront des fleurs avec des mines compassées. Ils l'embrasseront. Elle répondra : « Merci, mon grand », mais le cœur n'y sera pas. Ils regarderont discrètement l'heure en soupirant. Quand ils partiront, elle montera au deuxième pour s'occuper de Georges et, dans le silence de la chambre, elle l'appellera Raymond. Elle saura alors qui elle est.

42

L'Action de grâce

Jacqueline se dirige d'un pas ferme vers la salle à manger. C'est la fête de l'Action de grâce. Au menu, un buffet. De loin, elle entend la pianiste massacrer une chanson de Charles Trenet, *Y a d'la joie*. Dans l'entrée trône l'habituel tableau sur lequel Lucie Robitaille écrit la pensée du jour. Aujourd'hui : « *Le bonheur est semblable à une rose qui ne se fane jamais.* »

Jacqueline lève les yeux et marmonne : « N'importe quoi ! »

Une longue file s'étire devant le buffet où agonisent des œufs mayonnaise, des cornichons, de la salade de chou, un énorme jambon, des patates pilées, un gâteau et une salade de fruits.

Jacqueline a une faim de loup. Elle salue ses compagnons de table d'un bref mouvement de tête. Ils la regardent à peine. Elle s'est fait beaucoup d'ennemis pendant sa guerre contre Lucie Robitaille.

Les atteints ont réintégré la salle à manger et M. Moisan est revenu à la table, une bavette sale accrochée à son cou. Elle a gagné sa bataille, elle devrait triompher, mais sa victoire a un goût amer. Les journalistes l'ont oubliée. Heureusement, des gens l'arrêtent dans la rue pour la féliciter pour son courage. Victorieuse à l'extérieur des murs du Bel Âge, mais paria à l'intérieur.

Elle hausse les épaules. Qu'ils aillent se faire foutre, qu'ils crèvent dans leur médiocrité, c'est tout ce qu'ils méritent. Elle leur en veut. Pourquoi cette soumission? Pourquoi cette résignation bêlante, ce refus de se battre, cette obsession de la routine? Elle doit partir d'ici au plus vite, l'air est devenu irrespirable. Lucie Robitaille la déteste, Jacqueline est isolée, plus seule que jamais, même Charlotte la boude. Maxime, son dernier allié, est parti la semaine dernière.

Elle se dirige vers le buffet, elle prend une assiette et salue Mme Patenaude, qui l'ignore. Le son du piano est insupportable. La pianiste s'acharne, Jacqueline reconnaît à peine la chanson *Hey Jude,* des Beatles. Elle sent un début de migraine lui comprimer les tempes. Elle avance lentement, Françoise devant elle, Suzanne, la femme du juge, derrière. Elles se parlent au-dessus de sa tête comme si elle n'existait pas. Elle n'a plus faim. Elle dépose une tranche de jambon et de la salade de chou dans son assiette. Elle évite les patates pilées, car elles ont le goût amer de son enfance. Sa mère cuisinait toujours les mêmes plats, du steak haché avec des légumes en conserve, du spaghetti, du pâté chinois et du veau avec des patates pilées le jeudi, le plat préféré de son père. Elle a développé une aversion pour le veau et les patates pilées. Elle revoit son père enfourner de grandes bouchées pendant qu'un silence sépulcral enveloppait la salle à manger.

Jacqueline se traîne jusqu'à sa table, une assiette dans une main, un verre de vin dans l'autre. Elle prend une bouchée de jambon trop cuit. La viande touche son ulcère qui refuse de guérir. Elle grimace de douleur.

Tous les matins, elle épluche le journal du début à la fin, sans rien omettre. Elle examine avec soin la page des décès, elle scrute la colonne de noms et les photos, et elle essaie de deviner la cause de la mort. C'est ainsi qu'elle a su pour Marc, une petite notice intercalée entre celles annonçant le décès de deux vieilles, l'une de quatre-vingt-treize ans, l'autre de quatre-vingt-douze. Marc, lui, en avait soixante-treize. « Il laisse dans le deuil sa femme Emmanuelle, son fils Hugo, sa fille Sophie et son petit-fils Arthur ainsi que de nombreux amis et collègues », a lu Jacqueline. Elle a laissé tomber le journal. Elle n'a jamais revu Marc après ce dîner désastreux où il a repoussé ses avances ridicules.

Elle n'a pas osé se rendre au salon funéraire, elle n'aurait pas eu le courage de revoir ses anciens collègues et elle se sentait incapable de voir Emmanuelle en veuve éplorée, belle et encore jeune. Jacqueline a pleuré non seulement la mort de Marc, mais aussi sa vie passée, sa jeunesse perdue, sa carrière envolée, son présent sans histoire et son futur sans futur. Elle a bu une bouteille de vin à la santé de Marc et elle s'est couchée éméchée.

Elle n'a jamais voulu d'enfants, elle ne voulait pas entraver sa carrière. De toute façon, la maternité lui puait au nez, l'allaitement la dégoûtait et elle détestait tous ces bébés qui bavaient et babillaient des sons ésotériques devant des adultes ébahis. Elle n'a jamais eu la fibre maternelle. Elle est tombée enceinte à vingt-huit ans. Elle ignorait qui était le père; à l'époque, elle collectionnait les amants. Elle s'est fait avorter sans hésiter. Le lendemain, elle reprenait le fil de sa vie sans remords et sans regret, mais aujourd'hui, à soixante-treize ans, la promesse de cet enfant arraché de ses entrailles la hante. Elle ne serait pas seule si elle l'avait gardé, quelqu'un l'aurait aimée de façon inconditionnelle et elle aurait peut-être des petits-enfants.

Elle regarde autour d'elle, tous ces vieux entourés de leur progéniture. Il n'y a jamais eu autant de monde dans la salle à manger. Lucie Robitaille a ajouté des tables. Les enfants profitent du long congé de l'Action de grâce pour visiter leurs parents. Jacqueline les voit embrasser les joues ridées de leur mère. Ces femmes qui portent leur maternité comme un fait d'armes la dépriment. Elles n'ont pas couvert de guerres, dénoncé des injustices, risqué leur vie pour le droit du public à l'information. Elle aperçoit Françoise entourée de ses cinq garçons et Georges qui se fait gronder par sa fille parce qu'il échappe de la nourriture sur sa veste en cachemire. Et elle, Jacqueline, la grande journaliste ? Rien, ni progéniture, ni amis, ni famille, ni fleurs, qu'une carrière terminée dans le déshonneur.

Elle n'a même plus son épagneul caractériel. Elle a dû le faire euthanasier parce que la résidence n'accepte pas les animaux.

Elle regarde la table des six, qui est étrangement silencieuse. Le juge a son visage des mauvais jours, les traits tirés, le regard triste. Jacqueline observe ses compagnons. Lucie Robitaille ne l'a jamais changée de table. Depuis un an, elle est prisonnière des mêmes convives. Jour après jour, elle partage ses repas avec les Moisan, M. Gordon et M. Rossignol. Pendant la crise, M. Moisan mangeait au deuxième. Il lui épargnait la vue de son assiette en désordre et de sa bavette maculée de nourriture. Jacqueline tente maladroitement de nouer la conversation :

— Je prendrai pas de dessert, je veux perdre du poids, dit-elle.

— Pour qui tu veux être belle ? lui demande Mme Moisan.

Son ton abrasif heurte Jacqueline. Elle pique le nez dans son assiette. C'est idiot, mais elle a les larmes aux yeux. Elle a beau faire la fière, lever le nez sur les résidents qui se complaisent dans leur vieillesse, elle ne comprend pas leur hostilité. Elle s'est battue pour eux et ils n'éprouvent aucune reconnaissance. Surtout Mme Moisan. C'est grâce à elle si son mari est revenu dans la salle à manger.

Tout à coup, un doute surgit dans son esprit. Mme Moisan était peut-être soulagée de ne plus partager ses repas avec son mari. Son retour la dépouille des rares moments de paix où elle pouvait respirer sans avoir à supporter ses divagations séniles. Les bien-portants ont-ils raison d'éviter les atteints? Et si elle n'avait rien compris? Est-ce possible? Jacqueline jette sa serviette sur la table. Elle se lève brusquement et part sans saluer personne.

*   *   *

Le mois dernier, pendant qu'elle naviguait sur Internet à la recherche d'un appartement, son ordinateur a affiché un message : « Vous n'avez plus assez de mémoire. » Elle a failli le balancer au bout de ses bras. Elle a appelé Maxime pour qu'il la dépanne. Il lui a parlé de processeur, de gig et de barrette. Elle ne comprenait rien à rien. Elle l'a écouté dans un silence révérencieux.

Grâce à Maxime, son ordinateur a retrouvé la mémoire. Jacqueline a continué de surfer sur la Toile à temps perdu. La semaine dernière, elle a déniché un appartement coquet dans une tour du centre-ville, un trois pièces lumineux avec des fenêtres qui donnent sur le fleuve, libre immédiatement. Elle a déposé une offre d'achat. Fébrile, elle attend la réponse de la banque.

L'immeuble est pourvu d'une piscine et d'un stationnement souterrain. Elle pourrait peut-être se remettre à la natation? Jeune, elle était une excellente nageuse. Par contre, il faudrait qu'elle s'achète un costume de bain et qu'elle subisse le supplice de la cabine d'essayage. Aura-t-elle le courage d'examiner son corps décati dans un minuscule morceau de tissu sous un éclairage peu flatteur? Non, pas de natation, décide-t-elle.

Hier, elle a annoncé à Lucie Robitaille qu'elle quittait la résidence avant la fin de son bail. Elle est entrée dans son bureau sans frapper et elle s'est écrasée dans le fauteuil bourgogne qui fait face à la table en acajou où trônait son ennemie.

— Je pars à la fin du mois, a lancé Jacqueline. J'ai trouvé un condo au centre-ville.

Lucie Robitaille a souri.

— Très bien.

— C'est tout?

— Qu'est-ce que vous voulez que je vous dise?

Jacqueline s'est tue. Elle a observé Mme Robitaille, sa robe jaune citron, son chignon démodé, ses mains trop grandes.

— Vous êtes une femme sans cœur obsédée par l'argent.

— Et vous, une emmerdeuse. Les fauteuils roulants, les marchettes, la maladie, ça fait peur. Vous devriez comprendre ça. Vous avez quel âge? Soixante-dix-neuf?

— Non! Soixante-treize!

— C'est ça qui vous attend, ouvrez-vous les yeux.

— J'aime mieux crever.

— Seule dans votre beau condo?

Jacqueline est sortie du bureau la tête haute.
« C'est elle qui comprend rien », a-t-elle marmonné.
Oui, elle sera seule, mais elle préfère cette solitude
plutôt que de vivre avec des vieux qui fuient la vie
pour se réfugier dans un confort de pacotille.

ÉPILOGUE

Un an plus tard

Françoise

Simon fixe le trou creusé par le croque-mort en tenant l'urne qui contient les cendres de sa mère. Autour de lui, Jérôme, Martin et les jumeaux. Jérôme jette un œil discret sur son iPhone, Martin a bu, les jumeaux s'impatientent et tapent du pied. Une pluie fine et froide tombe sur la petite troupe figée devant la pierre tombale où le nom de leur père est gravé : Raymond Lorange, 1937-2005.

L'herbe est mouillée, le ciel, bas et gris, est gonflé de pluie, un vent d'automne fouette les arbres. Ils n'ont qu'une envie, enterrer leur mère au plus vite, en finir avec cette corvée qu'ils repoussent depuis des mois.

Françoise est morte en janvier. Ils ne l'ont pas enterrée, car la terre était gelée. Ils devaient se réunir au cimetière en mai, mais Jérôme a demandé de reporter l'enterrement. Un voyage d'affaires à Londres s'était ajouté à la dernière minute à son agenda surchargé. La secrétaire du centre funéraire a soupiré quand Simon l'a appelée pour trouver une nouvelle date.

— Nous sommes très occupés, je n'ai rien avant le 10 juillet, a-t-elle dit d'un ton coupant.

Trois jours avant la cérémonie, un des jumeaux a décidé de partir en vacances à Cape Cod, un coup de tête pour faire plaisir à sa nouvelle copine, une blonde oxygénée qui ressemble à Marie-Ève, l'ancienne maîtresse de leur père. Simon a rappelé le centre funéraire. Nouveau soupir agacé de la secrétaire, qui a fouillé dans son ordinateur pour dénicher une ultime et dernière date, le 15 novembre, avant que la terre gèle.

Simon a le cœur à l'envers. Il lit un texte qu'il a écrit la veille pour rendre hommage à sa mère. La pluie mouille son visage et la feuille qu'il tient d'une main tremblante. De l'autre, il serre l'urne contre sa poitrine. L'encre pâlit, les mots forment des pâtés et deviennent illisibles. Ses frères l'écoutent, à peine émus. Ils se balancent d'un pied sur l'autre, le corps transpercé par un froid humide. Ils ont les pieds mouillés et ils gèlent dans leur manteau trop léger. Simon bute sur les mots, il ne veut pas pleurer. Il aimait tellement sa mère, il a toujours été son chouchou. Ses frères ne lui ont jamais pardonné sa relation fusionnelle.

Simon était seul au chevet de Françoise quand elle a poussé son dernier soupir. Elle était à l'hôpital, le regard brouillé par les médicaments, la respiration sifflante, le visage livide. Simon sentait la mort rôder autour de son corps squelettique. Il aurait voulu la supplier de ne pas l'abandonner. Il lui en a tellement voulu quand elle a repris Raymond après son attaque. Il s'était éloigné d'elle. Il l'appelait une fois par mois, leurs conversations étaient banales et froides. Il en souffrait. Ils avaient perdu ce lien sacré qui les avait toujours unis.

Il voulait ressusciter leur ancienne complicité, lui parler une dernière fois, mais elle s'est éteinte tout doucement, assommée par la morphine, sans ce dernier instant de lucidité où tout aurait été possible.

Simon finit de lire sa lettre d'adieu en pleurant. Il dépose l'urne dans le trou. Les frères jettent à tour de rôle une poignée de terre, puis ils se regardent, mal à l'aise, perdus dans ce cimetière trop vaste, égarés dans des rituels dont ils ignorent tout. Ils n'ont pas l'habitude de la mort, ils n'ont enterré que leur père. Françoise avait tout organisé. Aujourd'hui, ils sont orphelins, il n'y a plus personne pour les prendre par la main et leur dire comment agir face à la mort.

— On se retrouve au restaurant? propose Simon.

— Peux pas, j'ai une réunion dans quinze minutes, répond Jérôme, qui n'a pas lâché son iPhone des yeux.

Les jumeaux et Martin ne répondent pas, ils fixent le trou où reposent les cendres de leur mère. La pluie redouble, elle tombe dru et les trempe jusqu'aux os.

— Bon ben, faut que j'y aille, dit Martin. Désolé vieux, j'ai pas le temps d'aller au restaurant.

Les jumeaux déclinent aussi l'invitation.

— On se voit peut-être à Noël? demande Simon.

— Oui, oui, marmonnent les frères sans conviction.

Ils se saluent et partent chacun de leur côté en relevant le col de leur manteau pour se protéger de la pluie.

Georges

Georges regarde Charlotte. Elle lui parle doucement en changeant sa couche.

— Ça va, monsieur Dupont? Vous avez bien dormi?

Il ne la reconnaît pas. Qui est cette jeune femme? Pourquoi est-il couché dans ce lit? Il doit rejoindre Élyse, elle l'attend dans la salle à manger. À moins que ce ne soit Françoise? Non, pas Françoise, elle est morte cet hiver.

Il pense à sa vie, à sa carrière, à ses enfants, Chantal et Jean. Combien a-t-il de petits-enfants? Et d'arrière-petits-enfants? Il a perdu le compte.

Est-il prêt à mourir? Rejoindre Élyse, qui l'a abandonné? Il l'ignore. Il a adoré sa vie. Il se revoit à Tombouctou, ses rues sablonneuses, le vent chaud du désert, l'immensité du Sahara, le ciel plus grand que Dieu. Il a été tellement heureux. La chaleur lui manque, il a tout le temps froid, un froid intérieur qui lui glace les os. Il revoit ses maîtresses, son bureau à l'université où il a écrit ses livres et fait l'amour.

Combien a-t-il eu de maîtresses? Cent? Deux cents? Et Élyse qui a toujours su. Comment a-t-il pu être aussi aveugle?

Élyse est morte, il le sait. Il lui a fait de la peine en la trompant. Il profite d'un rare moment de lucidité, ça aussi il le sait. La jeune femme qui change sa couche s'appelle Charlotte, il vit au deuxième étage du Bel Âge, celui des atteints, Élyse est morte, Françoise aussi, il oscille entre la démence et la clairvoyance. Sa vie est finie, là, maintenant, il le sent. Il ne veut plus vivre avec ce brouillard dans la tête, avec ces angoisses qui lui tordent le cœur. Il a assez vécu, il est temps que tout cela finisse.

— Je vais vous laver, monsieur Dupont.

Laver? Pourquoi? Qui est cette femme qui prend soin de lui? Georges ne dit rien, il ferme les yeux et laisse Charlotte passer la débarbouillette chaude sur sa peau parcheminée. Il est fatigué. Et cette brume dans sa tête. Jamais il n'a ressenti une telle fatigue. Il ferme les yeux et s'endort pendant que Charlotte termine sa toilette.

*　　*　　*

Chantal raccroche, bouleversée. L'hôpital vient de l'appeler pour lui dire que son père se meurt, qu'elle a peut-être le temps de se rendre à son chevet.

Elle appelle Jean.

— Décroche!

Chantal est furieuse, Jean ne répond jamais au téléphone. Elle le texte : « Viens à l'hôpital, vite ! »

Elle attrape son manteau et ses clés et sort en coup de vent de la maison. Elle conduit trop vite. Elle abandonne son auto dans un endroit interdit, court, ouvre les portes de l'hôpital à la volée et se précipite à la réception.

— Mon père est en train de mourir !

Elle pleure.

On l'amène dans une pièce aux murs d'un blanc immaculé entourée de bancs en plastique bleu ciel. Elle est seule, elle fait les cent pas, fébrile, au bord de la crise de nerfs. Elle veut voir son père, elle a tant de choses à lui dire. Cinq minutes plus tard, un médecin vient la voir. Son père est mort, elle est arrivée trop tard.

— Il était seul ? demande Chantal.

— Oui, désolé.

Le médecin se lance dans des explications compliquées. Elle comprend l'essentiel : l'aorte s'est décrochée, il est mort d'une hémorragie interne.

— Le cœur ?

— Oui, le cœur.

— Il s'est brisé ?

— On peut dire ça.

Chantal avait tant de choses à dire à son père, tant de reproches à lui faire, sa froideur, son indifférence face à la vie familiale. Pourtant, elle l'aime, elle l'a toujours aimé, un amour mêlé de colère. Elle admirait ce père mythique qui partait dans le désert

347

et revenait les bras chargés de cadeaux. Elle lui en a beaucoup voulu. Elle aurait aimé lui dire qu'elle l'aimait malgré tout, mais il est trop tard, elle a raté sa mort de quelques minutes. Il lui reste un douloureux sentiment d'inachevé.

Jean arrive, essoufflé. Lui aussi a couru, lui aussi adorait ce père toujours absent, lui aussi, il lui en a terriblement voulu. C'est pour cette raison qu'il a choisi de vivre dans une banlieue tranquille avec sa femme et ses enfants. Son plus grand voyage, il l'a fait en Floride avec sa petite famille. Il a tout fait pour ne pas lui ressembler.

Chantal le regarde, les yeux rougis par les pleurs. Il comprend qu'il est trop tard.

— Veux-tu le voir? Il est dans la pièce à côté. Moi, je suis pas capable.

Jean hoche la tête. Il entre dans une pièce sans fenêtre éclairée par des néons. Le corps de Georges repose sur une civière. Il porte un vieux pantalon, un chandail taché et des chaussures usées. Ses yeux sont fermés, sa bouche ouverte sur ses lèvres ridées. Sans son dentier, elle forme un trou obscène. Il est maigre, il a tellement perdu de poids. Son visage est tavelé, ses cheveux clairsemés. Jean a envie de pleurer. Il n'ose pas le toucher, ce cadavre chaud le répugne. Il revient vers Chantal, qui est assise sur un banc.

— On est orphelins, dit Jean.

Chantal le regarde en souriant tristement.

— On l'a toujours été.

Charlotte

M. Moisan est mort la semaine dernière à l'hôpital, deux mois après sa femme. Quand Charlotte est allée lui rendre visite, elle lui a apporté des fleurs. Il dormait d'un sommeil agité. Même s'il n'a pas ouvert les yeux, elle est restée une heure dans la chambre lugubre qui donnait sur un stationnement mal éclairé. Elle a réfléchi à la vie et à la mort en fixant le visage tourmenté de M. Moisan. À sa vie et à la mort de son bébé, Ryszard.

Elle était enceinte de trois mois quand elle a senti les premières crampes. Tout s'est passé très vite, les saignements, la visite chez le médecin, la fausse couche.

Elle a appelé Maxime, il n'a pas répondu. Elle lui a appris la nouvelle par texto :

« Ryszard est mor. »

« Ryszard ? »

« Notre bébé. »

« … »

« Apele-moi. »

« … »

« Si vous plai. »

« … »

« Je sui tellemen maleureuse tu me manque. »

Elle a traîné sa tête d'endeuillée pendant des semaines dans les couloirs de la résidence.

La vie a repris son cours, M. Moisan est mort, un nouveau l'a remplacé, un homme de quatre-vingts ans qui a tout de suite pris Charlotte en affection. Elle enchaînait les corvées sans enthousiasme. Elle ne souriait plus, une ride barrait son front tourmenté et un pli amer déformait sa bouche.

Lucie Robitaille a fait faillite. Même si Charlotte ne l'aimait plus, elle est allée la saluer. Elle a eu un pincement au cœur en la voyant, seule dans son bureau en désordre, avec sa tête d'enterrement et des cernes violacés sous les yeux. Elle tenait contre sa poitrine une boîte de carton et le tableau que Charlotte a toujours aimé. Lucie Robitaille ressemblait à un général défait au milieu d'un champ de bataille. Charlotte aurait voulu la prendre dans ses bras, mais sa froideur l'a clouée sur le pas de la porte. Elle lui a souhaité bonne chance dans sa nouvelle vie en se demandant à quoi ressemblerait cette vie, sinon à un grand vide avec un arrière-goût d'échec. Comme la sienne.

La chaîne qui a acheté le Bel Âge a embauché un jeune pour remplacer Maxime. Il s'appelle Jonathan, il a trente ans, le front bas, de grands yeux noisette et une bouche aux lèvres tellement minces qu'elles forment à peine une ligne entre son nez et son menton.

Il a tout de suite plu à Charlotte. Elle l'a guidé dans les méandres de la résidence, elle lui a parlé des vieux et de leurs manies. Pendant les pauses, elle lui a tout raconté, la lutte opposant Jacqueline Laflamme à Lucie Robitaille, les atteints et les bien-portants, l'errance de M. Moïsan dans le Vieux-Port sous un ciel d'enfer, la fugue de M. Dupont, le scandale, les journalistes qui faisaient le pied de grue devant la résidence, la folie qui a failli emporter le Bel Âge. Elle n'a omis aucun détail. Jonathan était suspendu à ses lèvres. Elle se trouvait de nouveau intelligente, presque belle.

Il l'a invitée à souper. Elle s'est acheté une robe pour l'occasion, rouge avec une ceinture en cuirette et un décolleté osé qui mettait en valeur ses seins rebondissants.

Son cœur palpite, elle est amoureuse. Le souvenir de Maxime s'est évaporé. Elle texte souvent Jonathan :

« Q'est-se que tu fai ? »

« Je travail. »

« T'est libre pour diné ? »

« Peu pas. »

« J'ai hate a se soir pi toi ? »

« … »

« T'es la ? »

Le juge

Le juge s'est endormi. Suzanne lui tient la main. Elle veille sur lui comme elle l'a toujours fait. Depuis son AVC, son anxiété a décuplé.

L'attaque est arrivée le jour de Noël. Les enfants et les petits-enfants avaient fêté le réveillon à la résidence. Suzanne avait appelé un traiteur. Ils avaient mangé de la dinde farcie aux marrons avec des atocas et un gâteau des anges. Après leur départ, le juge s'était couché, il se sentait fatigué, déprimé, le cœur au bord des lèvres. Son corps était parcouru de frissons, même si l'appartement était surchauffé. Il n'avait qu'une envie, s'écrouler dans son lit et dormir jusqu'à la fin des temps.

Inquiète, Suzanne avait fait la vaisselle, rangé l'appartement, essuyé les marques de doigts laissées par les petits sur les cadres de porte. Elle avait rangé les cadeaux, des bâtons de golf, des polos noirs et blancs et une casquette carottée, en se demandant si Pierre jouerait de nouveau au golf. Elle en doutait.

Pierre avait commencé par s'ennuyer, puis son

ennui s'était mué en dépression : perte d'appétit, insomnie, larme à l'œil, manque d'énergie. Le glissement subtil de l'ennui à la dépression avait ravivé l'inquiétude de Suzanne. Elle connaissait la fragilité de son mari, son passé, le suicide de son père, l'atavisme familial.

Elle s'était couchée en se collant contre son corps chaud et en lui murmurant « bonne nuit », même si elle savait qu'il dormait à poings fermés. À cinq heures du matin, alors que le ciel était d'un noir d'encre et qu'un silence épais enveloppait la ville, Pierre s'est brusquement assis dans le lit en gémissant. Suzanne a aussitôt appelé le 9-1-1.

À l'hôpital, le verdict est tombé : accident vasculaire cérébral. Il a passé quatre jours à l'urgence. Il n'arrivait pas à dormir au milieu du va-et-vient, des lamentations des autres patients et des néons qui lui blessaient les yeux. Il voulait quitter cet endroit sinistre.

— On s'en va-tu ? demandait-il à Suzanne quand elle était à ses côtés.

— Pas aujourd'hui, Pierre.

— Quand ?

— Bientôt.

— Je veux partir !

— Calme-toi, mon chéri, il faut pas que tu t'énerves, c'est pas bon pour ton cœur.

Pierre soupirait, exaspéré. Il détestait la chemise de nuit qui ne couvrait pas ses fesses, les couloirs déprimants, le bleu maussade des murs, les « Ça va, mon petit monsieur ? » lancés d'un ton trop familier par les infirmières. Il n'était le petit monsieur de personne.

Ses enfants sont venus le voir. Ils le fatiguaient avec leur optimisme qui sonnait faux, leurs regards inquiets et leur encombrante compassion.

Le troisième matin, il a débranché les fils qui le rattachaient à une machine, il a enfilé son pantalon, ses bottes et son manteau avec des gestes maladroits, et il est sorti sans que personne l'arrête. Fouetté par le vent glacial, il s'est figé sur le trottoir, essoufflé, désorienté. Il a regardé la neige sale dans la rue, le ciel grisâtre, les flocons qui s'écrasaient sur son visage baigné de larmes. Résigné, il est retourné à l'urgence en se tenant aux murs. Il s'est couché tout habillé dans son lit avec ses bottes dégoulinantes de neige et son manteau humide. Il a attendu Suzanne, les yeux grands ouverts. Il comprenait que la partie la plus difficile de sa vie commençait. Une deuxième attaque l'a laissé encore plus affaibli.

Il est revenu à la résidence en fauteuil roulant, l'œil triste. Il a croisé le regard froid de Lucie Robitaille. Désormais, il devait vivre au deuxième étage, il ne pouvait plus rester dans son appartement avec Suzanne, car son état exigeait trop de soins, trop de surveillance. Il s'est retrouvé au milieu des gens qu'il avait méprisés avec acharnement : Mme Couture, Mme Patenaude, M. Blanchette, ces fantômes en fauteuil roulant ou en marchette, à l'esprit vide ou au corps malade. Il s'est installé dans la plus belle chambre, celle en coin, avec les grandes fenêtres. Le matin, quand il se réveillait, il fixait la montagne blanche, les arbres qui ployaient sous le poids de la neige, la cour et la balançoire où il aimait s'asseoir en dégustant une crème glacée. Il trouvait la ville émouvante, il avait une envie folle de s'y promener main dans la main avec Suzanne. La vague de nostalgie qui le submergeait était tellement forte qu'elle le laissait hébété. Il pleurait tout doucement sur sa vie. Il était passé de vieux à vieillard en une nuit. La vie est une vraie salope.

Il a parlé de suicide. Suzanne lui a répondu qu'on ne se suicidait pas à quatre-vingts ans.

— Pourquoi pas?

— Parce que tu peux pas m'abandonner, j'ai trop besoin de toi.

— Toi? Tu as besoin de moi?

— Mais oui. Sur qui je vais veiller si tu meurs?

Pierre prend ses déjeuners et ses dîners dans sa chambre avec Suzanne, qui a conservé leur grand appartement au sixième étage. Le soir, il descend en fauteuil roulant dans la salle à manger. Il s'installe à la table des six, salue tout le monde d'un bref hochement de tête et se verse maladroitement un grand verre de vin pendant que Suzanne attache une bavette autour de son cou. Sa présence jette un froid que Pierre ignore.

Un couple a remplacé Françoise et Georges : lui, médecin, elle, infirmière. L'atmosphère autour de la table est compassée, un malaise vaste comme l'océan

plane sur les convives. Les rires sont forcés, la conversation, figée. Pierre est devenu tout ce qu'il détestait,
un homme diminué qui mange avec une bavette.

Lucie Robitaille

Lucie sourit en soufflant les chandelles. Elle fête ses soixante ans. Ses parents lui tendent une boîte joliment emballée. Elle la regarde, intriguée, avant de déchirer l'emballage. Elle découvre, caché dans du papier de soie, un sac en cuir avec une boucle en argent.

— Pour ton entrée à l'université, ma grande, lui dit sa mère. On est tellement fiers de toi.

Lucie se lève et embrasse ses parents. Elle vit avec eux depuis dix ans. Quand elle a acheté le Bel Âge, ils lui ont proposé de s'installer dans leur maison, à Verdun, là où elle a grandi.

Sa mère a toujours veillé sur elle. Après la faillite, Lucie s'est enfermée dans sa chambre et elle a dormi vingt quatre heures d'affilée. Elle ne comprenait pas comment elle était devenue la marâtre du Québec, l'ennemie des personnes âgées, elle qui, pourtant, adorait ses parents, et qui avait torché des vieux pendant trente ans dans un CHSLD sans compter ses heures.

Le scandale s'est éteint aussi vite qu'il s'était allumé, mais il a fait des dégâts. Le gouvernement a enquêté, épluché ses comptes, vérifié le nombre de gicleurs par étage, la compétence du personnel, la qualité de la nourriture, la salubrité de la cuisine. Elle avait l'impression que la Gestapo avait pris sa résidence d'assaut. Elle a perdu des clients, mais le juge est resté. Il n'a peut-être pas trouvé le courage de déménager, de s'adapter à un nouveau milieu et de recréer un groupe qui papillonnerait autour de lui. Jacqueline Laflamme, elle, est partie, au grand soulagement de Lucie.

Elle a tout fait pour éviter la faillite, mais elle croulait sous les dettes. Elle ne dormait plus, elle passait ses nuits à additionner des colonnes de chiffres. Elle a eu beau se débattre, elle a fini par couler corps et biens. La résidence a été rachetée par une chaîne pour une bouchée de pain. Le nom *Bel Âge* a disparu après quatre-vingt-cinq ans d'existence, car il était désormais associé à la maltraitance, le nouveau mot à la mode qui ulcérait Lucie. Elle était quoi, une maltraitante qui avait fait de la maltraitance?

Lucie a vendu six mois après le scandale. Elle est partie comme une voleuse. Elle a récupéré son fauteuil à 899 dollars et son tableau. Seule Charlotte est venue la voir pour lui souhaiter bonne chance dans sa « nouvelle vie ».

Quelle nouvelle vie? s'est demandé Lucie avec amertume. Que peut-on bâtir à cinquante-neuf ans? Elle a appelé le président de la Chambre de commerce pour lui offrir ses services. Le silence embarrassé au bout du fil l'a tuée. Elle a compris que son nom était radioactif et que plus personne ne voulait d'elle.

Les premières semaines, elle a erré dans la maison de ses parents, l'âme en bandoulière. Elle passait de la colère au désespoir. Elle a pleuré dans les bras de sa mère. Elle avait l'impression de revivre sa fausse couche, le sentiment de perte était presque aussi puissant. Au plus creux de sa déprime, elle a croisé Jacqueline Laflamme à l'épicerie. Entre les poireaux et les brocolis, elles ont échangé un regard glacial. Lucie a trouvé qu'elle avait le teint cireux. Elle s'est demandé si son cancer était revenu. Elle a eu un élan de pitié pour son ancienne rivale. Lucie aussi était pâle et amaigrie. Elles ressemblaient à deux rescapées d'une tempête qui avait chaviré leur vie.

Puis elle s'est ressaisie. Un matin, elle est sortie de sa chambre reposée, le teint frais, et elle a avalé un café et des rôties au beurre de pinottes avec un bel appétit. Ses parents ont échangé un regard discret au-dessus de sa tête, heureux de voir leur Lucie reprendre des couleurs. Elle est partie de la maison en lançant : « Je reviens pour souper ! »

Elle s'est inscrite en gestion à l'université. Elle voulait en finir avec le syndrome de l'imposteur, comprendre les erreurs qu'elle avait faites et qui l'avaient acculée à la faillite. Elle caressait l'idée de se lancer à son compte, mais cette fois-ci, se jurait-elle, elle serait outillée. Avec quel argent ? Aucune idée.

Quelle entreprise? Elle l'ignorait. Elle se disait: « Je traverserai le pont quand je serai rendue à la rivière. » Ça tournerait autour des vieux, la seule chose qu'elle connaisse dans la vie. Elle avait besoin de se sentir compétente, premier pas à franchir avant de repartir à zéro.

Elle entreprenait un baccalauréat à soixante ans, elle le finirait à soixante-trois, deux ans avant l'âge officiel de la retraite. Elle avait encore de belles années devant elle, pas question de baisser les bras ou de se bercer en écoutant la télévision, autant mourir d'ennui. Elle était trop jeune pour se momifier. Elle n'était pas une vieille, mais une femme mûre, nuance. Si une autre Jacqueline Laflamme essayait de lui barrer la route, elle l'écraserait du haut de son savoir.

Jacqueline

Jaqueline attrape un kleenex, sèche ses yeux et fixe la table basse en reniflant. La psychologue laisse planer le silence. Son cancer est revenu. Elle s'en doutait, les ulcères, l'haleine fétide. Elle a attendu trop longtemps avant de consulter son médecin, les cellules malades ont envahi sa bouche.

— J'ai peur, répète-t-elle.

Jacqueline se remet à pleurer. Elle se penche, prend un autre kleenex, se mouche, renifle. Les kleenex forment une boule échevelée à côté d'elle. Elle envie ceux qui croient en Dieu, ils peuvent s'accrocher à une vie après la mort, à un second début, à la réincarnation, mais elle ? Rien. Que va-t-il lui arriver quand elle sera morte ? Va-t-elle errer dans le cosmos comme une âme égarée ? Elle a décidé de ne pas être enterrée dans le caveau familial, elle ne veut pas que ses cendres côtoient celles de son père pour l'éternité. Elle a l'intention de le bouder, même dans l'au-delà. C'est ridicule, elle le sait, mais elle tient à sa colère et à sa rancœur, ce sont ses seules compagnes. Sa sœur est morte d'une surdose dans un squat minable le mois dernier et son frère végète dans un CHSLD. C'est tout ce qu'il reste des Laflamme, un vieux fou et une cancéreuse.

Elle vit dans son condo du centre-ville depuis un an. Au début, elle était euphorique, la liberté, l'absence de contraintes, le sentiment de faire de nouveau partie de la vie, la vraie. Puis elle a déchanté. Elle ne croise jamais personne dans le long couloir feutré qui mène à son appartement. Elle ne connaît pas ses voisins. La routine de la résidence lui manque : les potins, la salle à manger, le bingo, les activités, ses prises de bec avec Lucie Robitaille ; elle s'ennuie même de la messe, du juge et de la table des six. Sa vie ressemble à une page blanche, lisse et vide.

L'hiver a été particulièrement difficile, surtout les jours de tempête, avec le froid, les rafales de vent et le silence de la ville ensevelie sous la neige. Elle avait l'impression de vivre dans un tombeau, seule, perchée au quinzième étage de sa tour de luxe.

La nuit, elle a tellement peur qu'elle n'arrive plus à respirer. Pendant ses crises de panique, son cœur s'emballe. Ses séances chez la psychologue lui font un bien fou. Jamais elle n'aurait cru que les larmes l'apaiseraient à ce point.

— Je veux pas mourir, dit Jacqueline d'une petite voix.

Elle aimerait que la psychologue la rassure : « Mais non, mais non, vous ne mourrez pas. » C'est idiot, elle le sait.

Elle a décidé de suivre des cours de bridge, elle qui a toujours méprisé ce jeu de snob. C'était le bridge, le golf ou l'aquaforme, les activités prisées par les vieux. Elle a vite écarté le golf, un jeu – et non un sport – encore plus snob que le bridge, et elle refusait de tremper ses fesses dans une piscine trop chaude en compagnie de vieux qui se dandinent de gauche à droite. Elle s'est donc jetée sur le bridge. Elle apprend vite, elle a une bonne mémoire et l'instinct du tueur. Elle veut gagner à tout prix. Si elle s'applique, elle deviendra une joueuse redoutable.

Elle songe à retourner vivre dans une résidence. Sa vieille peur est revenue la hanter : mourir seule comme un chien, son cadavre pourrissant sur le carrelage de la salle de bain, l'odeur putride qui sature l'air.

La psychologue l'écoute, elle hoche parfois la tête. Jacqueline a envie de lui demander de la prendre dans ses bras, mais elle n'ose pas.

La séance est terminée, Jacqueline ramasse son sac et son manteau, elle salue la psychologue en lui disant : « Jeudi prochain, même heure, merci », elle ouvre la porte, franchit le couloir sans regarder le patient suivant et sort sur le trottoir. C'est l'automne, l'air est vif et piquant, les arbres nus. « Ça sent l'hiver », se dit Jacqueline. Elle a envie de marcher, de sentir les odeurs, de secouer sa vieille carcasse.

Jamais elle ne supportera un autre hiver dans le silence funèbre de son condo. Elle va trouver une nouvelle résidence, elle déménage, c'est décidé. Elle veut jouer au bridge, participer aux activités, s'engueuler, se chamailler, rouspéter, critiquer. Elle adore critiquer, elle a toujours été une chialeuse hors pair. Et elle va guérir. Ça aussi, elle vient de le décider. Elle veut vivre. Elle se sent follement optimiste et étrangement heureuse, malgré le cancer, la vieillesse et la chienne de vie.

Table des matières

CRÉDITS ET REMERCIEMENTS

Les Éditions du Boréal remercient le Conseil des arts du Canada
ainsi que le gouvernement du Canada pour leur soutien financier.
Canadä

Les Éditions du Boréal sont inscrites au Programme d'aide
aux entreprises du livre et de l'édition spécialisée de la SODEC
et bénéficient du Programme de crédit d'impôt pour l'édition
de livres du gouvernement du Québec.
Québec ❉❉

Couverture : Les Éditions du Boréal

EXTRAIT DU CATALOGUE

Ce livre a été imprimé sur du papier 100 %
postconsommation, traité sans chlore, certifié ÉcoLogo
et fabriqué dans une usine fonctionnant au biogaz.

MISE EN PAGES ET TYPOGRAPHIE :
LES ÉDITIONS DU BORÉAL

ACHEVÉ D'IMPRIMER EN OCTOBRE 2017
SUR LES PRESSES DE MARQUIS IMPRIMEUR
À MONTMAGNY (QUÉBEC).